空山新雨后

柏峰 著

文匯出版社

图书在版编目（CIP）数据

空山新雨后／柏峰著. —上海：文汇出版社，
2016.8

ISBN 978－7－5496－1829－3

Ⅰ.①空… Ⅱ.①柏… Ⅲ.①散文集-中国-当代
Ⅳ.①I267

中国版本图书馆 CIP 数据核字（2016）第 186898 号

空山新雨后

作　　者／柏　峰
责任编辑／鲍广丽
封面设计／王　峥

出 版 人／桂国强

出版发行／文汇出版社
　　　　　上海市威海路 755 号
　　　　　（邮政编码 200041）
经　　销／全国新华书店
排　　版／南京展望文化发展有限公司
印刷装订／启东市人民印刷有限公司
版　　次／2016 年 9 月第 1 版
印　　次／2016 年 9 月第 1 次印刷
开　　本／640×960　1/16
字　　数／197 千字
印　　张／18

ISBN 978－7－5496－1829－3
定　　价／38.00 元

自　序

应该具有这样的情怀：既有穿越云天的高远的理想，又有足踏实地的行走现实的精神——也就是说，行走于现实的土地，记录沿途独异的风景以及深深感触心怀的炽热之情，寻找灵魂的出路，点燃起希望的灯火……

历史是总由当下的现实构成的。现实总是以新的变动不居的面貌出现，透彻地把握现实，就是做一株根植大地的树木，也要摇曳出一地的绿荫，散发出自己独特的清香……

目　录

山路陡峭——阅读《资本论》记事

面对这套深蓝色布封面的马克思的《资本论》，禁不住叫了一声。只觉得此时此刻心花怒放。犹如在汹涌澎湃的大海上找到一个可以锚拴住船只的绿色小岛，愉悦之情溢于言表——从七月初开始，一直埋头阅读，除中途有几天自驾去了太行山大峡谷之外，不分昼夜，紧张地穿行在《资本论》这部伟大典籍之中。很少有整块的阅读时间，现在，想在将近两个月的暑假里，好好过把阅读瘾，好好阅读这部勾魂一样的书。

之前，还阅读了麦克里兰的《西方政治思想史》。过去只读过部分章节的节选，就被他汪洋恣肆而又娓娓道来的文风折服，这次，有了时间尽情阅读。别说，这部结构宏伟、精英荟萃的"宏大叙事"作者举重若轻一路逶迤写将下来，好像雨后竹林，幽然清新，引人入胜，欲罢不能。整整用了五个昼夜，才恋恋不舍挥别而去。

接着，思路一转，呼啸直奔凯恩斯。他是第二次世界大战以来最为著名的经济学家，强调国家进行经济干预政策，引导欧美走出了经济危机，体现其核心经济观点的就是这部并不厚重却有点艰涩的《就业、利息和货币通论》——阅读的过程，确实没有阅读麦克里兰那样轻松愉快，尽管我的阅读不是专业阅读，而是一般的知识性阅读，只是大致了解一下这部经济学经典著作的主要思想也就罢了，可是，一旦进入他的世界，就由不得你了……

好不容易从凯恩斯那里逃出来，未曾消停，干脆横下心来，接着阅读过去望而生畏，不敢轻易揭开的伟大的马克思主义奠基之作《资本论》。还在三十多年前，就断断续续读过《资本论》的片段，那是学习政治经济学这门课的时候，老师要求阅读的。也曾经想认认真真阅读《资本论》，可是，看着那厚重如山、严肃人仪的书本，心里暗暗先怯了，几次拿起，又悄悄放下，心头不时泛起丝丝缕缕的遗憾与不甘。

这次，鼓足勇气开始阅读。好在当年苦读过政治经济学，又刚刚放下凯恩斯，人的整个思维陷入了商品、流通、货币、利息等散发着陌生而又极具吸引力的经济学体系，这就为顺利阅读《资本论》铺垫了一点心理准备和知识准备。于是，毅然决然打开《资本论》的第一页。

1872 年 3 月 18 日，马克思在《资本论》的《法文版的序言和跋》里，有这样一段很著名的话："在科学上没有平坦的大道，只有不畏劳苦沿着陡峭山路攀登的人，才有希望达到光辉的顶点。"——哎呀，这话说得太对了，太深刻了，没有亲身经历过异常紧张和艰苦卓绝的精神劳动的人，绝然不会有这样悲壮的感慨——《资本论》的写作印证了这段很著名的话。为了研究资本主义生产方式以及和它相适应的生产关系和交换关系，马克思阅读了大量的英国社会经济发展资料和统计数据，细心寻找隐藏在这些资料和数据内部不以人的意志而变化的基本规律——这个寻找过程，如果没有"不畏劳苦沿着陡峭山路攀登"的卓绝精神，这部真正揭示了资本主义社会经济运动规律的伟大著作也就不会诞生——事实上，马克思的鹅毛笔不是蘸着工业化流水线生产出来的形制大小一律的瓶瓶里的墨水来书写，而是用那锋利的笔尖戳出自己身体里的鲜红鲜红的血，如石匠一般，硬是在人类思维未曾达到的地方，一字一句，刻画出自己的伟大著作——《资本论》，其精神、其意志太伟大、太壮烈了！

当然，阅读《资本论》并不是一件轻松的事情。就我来说，虽说陆续不断地阅读过这方面的一些书籍，但是毕竟缺乏经济学的专业知识，然而，内心涌起的阅读《资本论》的极度渴望左右了我，只有选择继续阅读，也学习马克思做一回"不畏劳苦沿着陡峭山路攀登的人"，去努力攀登《资本论》这条"陡峭山路"——其实，还在青春年少的时候，就很想很想阅读《资本论》，却一直没有胆量去真的阅读。且不说其时没有具备相应的阅读条件，就是在学习了政治经济学之后，也未尝有过如今这么强烈的当下阅读的渴望。不过，我知道，总有一天会开始阅读的。

不知道你有没有过这样的阅读经验：持续不懈地阅读，忽然有一天，觉得满世界似乎找不到自己非常感兴趣的阅读物了，总觉得充塞眼前的阅读物提不起精神，于是，便不断地调整阅读的方向，由文学艺术转向哲学，转向历史，转向经济学——也或许并不是转换专业，只是为了寻找到受鼓舞的一种新的精神、新的认识和新的思维角度；也或许只是为了感受别样知识领域里的文字表述上产生的一种气势，经历一种前所未有的思想冲击，从而获得精神的愉悦，不再陈陈相因而别开生面——真的，之所以产生如此强烈的阅读《资本论》渴望，在我来说，目下就是这样的期望。期望借着阅读《资本论》，鞭策久已麻木的灵魂，清扫齷齪，复活积极向善之心，激起风发的意气。

就在阅读《资本论》之前，也曾经下功夫阅读过当代著名经济学家哈耶克的著作。包括凯恩斯在内，为什么突然间我的阅读兴趣有了如此明显地转变？是的，之前的阅读，特别是近年来主要围绕着我国古典哲学和西方哲学进行，没有什么功利目的，纯粹是由着自己的阅读兴趣，就这样山一程水一程不知伊于胡底，然而，心灵得到了极大的愉悦，得到了极大的满足。这些年，有时候还阅读外国文学，也主要是文学理论方面的书籍，很少阅读当下的所谓的文艺作品，主要原因，阅读这些能满足自己探索世界的欲求，让自己不安分的灵魂得到些许的安宁而已，别无所图。

阅读《资本论》，感受到马克思大气磅礴的语言论述和精微细致的理论分析结合起来的文体风格，就是不去钻研马克思建构起来的政治经济和哲学体系，仅仅阅读其文字，就能感受到雄浑有力的艺术感染。在阅读《资本论》第二十章关于商人资本的历史考察时，就被深深地裹挟在优美而舒畅的文字叙述的激流之中，犹如漫步于林间小路，听着远山在夜风的吹拂下发出的天籁之声，是那么的悠扬悦耳，令人凝神谛听；又使人好像站立在悬崖峭壁之上，遥望万里黄河天际而来、浩浩荡荡东流而去，震撼灵魂，涤荡胸怀，使人陡生沛然浩气……

这些年都不知道干什么去了！终于开始阅读《资本论》的时候，

早就笼罩在心灵上空的雾霭，忽然画出一道闪亮的光线——一种未曾有过的感觉，是那样震撼和强烈！真是落伍了，该被时代淘汰了，别人早就把《资本论》搁置在书架上的时候，而我才开始阅读，相比较，我比先知先觉者简直落后了许久许久，惭愧！但是，不懊丧，不气馁，经典是要经常阅读的，而常读常新。重要的是，绕过了山，绕过了水，不怕别人讥笑落伍与愚蠢，只是觉得内心一片光明——有人说，人生识字糊涂始。真的，不想让自己糊涂，于是，选择了大量的读书，读文学、读哲学、读历史、读艺术，而现在又开始了读经济，读《资本论》。在读书的过程中，才能慢慢冷却骚动的灵魂，才能把不平与屈辱掩埋在心底，才能让生命的亮色涂抹在余光依然灿烂的天空——呵，读书是适应这个社会的自我放逐，是寻找到的一块永远不会干涸的生命绿洲。

阅读《资本论》，也确实如马克思本人所说的，因为他使用的分析方法还没有人在经济问题上运用过，前几章读起来相当困难。在我来说，最大的困难也确实是商品和货币与货币转化为资本这两编，其中商品和交换过程以及货币或商品流通与资本的总公式、总公式的矛盾等内容，虽然说以前学习政治经济学接触过，然而，时隔这么久，也没有很好地温习，读起来还是相当吃力——马克思在资本主义还处在蓬勃发展的历史阶段，通过资本主义社会最为关键和活跃的要素资本、商品、货币、利润等在生产过程和流通过程中的作用与变化，从而揭示出资本主义社会隐藏在深层的奥秘——这就是剩余价值转化为利润和剩余价值率转化为利润率——由此证明了资本主义社会巨大财富的来源与工人阶级日益贫困的症候所在——这是社会科学发展史上一个非常了不起的发现。这个发现，终于使得整个地球上的社会形态发生了剧烈的变化，出现了人类社会一个崭新的充满希望的世界。

阅读《资本论》，能清醒地认识当下为什么要走向城镇化以及走向城镇化的未来。因为，在这个前所未有的历史变革面前，假若不走向城镇化，农业由社会之中不发达的单凭经验和刻板沿袭下来的经营方式，就不能转化为以科学技术为主导的现代农艺化经营方式，也阻滞了整个经济社会实现工业化和信息化，这是事关人类社会发展的核心矛盾之一。所以，坚定不移地走向城镇化，就是走向现代化，走向光明的未来。

在走向城镇化过程中，如何挽救日益沦陷的人类伦理道德，如何承续传统的伦理道德和建设适应现代化社会的人际交际与人类幸福生存的秩序与规范，由于时代的关系，马克思的《资本论》并没有告诉我们这些，这需要我们依据《资本论》体现出来的实事求是的科学精神，依据社会发展的客观实际来解决这些问题——我以为，这些问题的解决，需要符合经济社会实际和在承继传统的伦理道德的基础上，不断吸纳西方先进国家的优秀文化，创造出带有时代特征的新质的思想哲学道德，这就是《资本论》给予的理论昭示。

美国当代著名西方马克思主义学者杰姆逊认为《资本论》是一部关于"失业"的书，当然，他的解读自有自己的理论目的，这里先不去讨论。在我看来，《资本论》不仅仅论述了资本主义经济发展状况，重要的还是一部走向现代化的伟大的规划著作，也是我们正在经历的转型社会和历史向前发展的非常重要的思想资源。当然，更重要的是提升自己的思想境界、获得力量的生命经典。

墙外的世界

英国著名学者、诗人 A. E. 豪斯曼终其一生在剑桥大学执教,讲授希腊罗马文学,其用功最勤的是古罗马文学的校勘。校勘是老派读书人最基本也最为看重的治学方法之一。简而言之,就是搜集某书的不同版本,并综合有关资料,互相比较、核对,别其同异,定其正误——能有这等学力,可见绝非等闲之辈。所以,豪斯曼口衔烟斗,一袭黑衣,携杖悠游在碧波荡漾剑河岸边绿草如茵的地坪,蓝天白云,静享安谧的孤独时光,忽然心有所触,诗句便如水银泻地,一路绮丽而来……

西方什么时候出现校勘学,还不很清楚,但是我国校勘学在春秋战国就已经充分发挥了强大的学术作用,一直绵延不绝。而正式成为学科,则是西汉刘向、刘歆父子在校订群籍的过程中逐步形成的,名曰"校雠",其方法大略是:兼备众本、审理篇目、校勘文字、确立书名、厘定部居、录成专书这六个步骤,成就了《别录》这部宏伟的著作。此后,东汉的郑玄也把学术注意力放在网罗众家、删繁裁芜、刊改漏失以及编注群经、惠及后学。宋代文化发达,国家专门设有校书机构，由校书郎校订图书，一些专门研究介绍校勘学的著作，如张淳的《仪礼识误》、方崧卿的《韩集举正》等深受学人青睐。南宋岳珂的《刊正九经三传沿革例》，结合前人的有益经验，提出了“广征异本，精审字画，订正注疏，详明音释，点定句读，查明脱落，考定脱落”一整套校勘规范程序，进一步完善了校勘学，并使之走上专业化和正规化道路。清代则是校勘学兴旺发达时期，形成了汉学这一学术流派，和宋学遥遥相对，并且大家迭出。张之洞的《书目答问》附录的清代学问家，列校勘名家的就有三十一人，其中何焯、惠栋、全祖望、戴震、王念孙、段玉裁、孙星衍、阮元等负有盛名。

早已书患蔓延的书房，想寻找一本确凿无疑、伸手可及的书籍，可一转眼又杳然消失，不见踪影，不由使人徒生“侯门一入深似海，从此萧郎是路人”之叹。若是能有袁枚随园一角也好，除了让摩肩接踵挨挨挤挤的书们舒展舒展久曲的腰身，也可借一方空旷，叠岩石，引清泉，植几株绿树，栽几丛青竹，俟清风徐徐，捱朗月临窗，此时际，洁手焚香，持一卷《严楞》，顿觉身心凌空……豪斯曼绝然不会进入这个世界。斯人终日打坐乱书叠叠如青山的书房，打点起精神，双眼紧盯，面对秋叶一般枯黄的书页，考异对同，纠谬正误，眼前不断闪回的是血肉横飞的角斗场、血色残阳下静默无语高高挺立的大理石粗柱……

豪斯曼毕竟是正经的读书人，是具有高贵品质的学者，关注的是如何让人的精神走出——墙。他说：

灵魂之窗能否朝向一片赏心悦目的景观，或者面对是除一片砖墙

之外别无所有。

汉语是这样定义墙的： 垣蔽也——房屋或园场周围的障壁——这样诠释墙，言简意明： 其用途和价值就在于"蔽"，也就是设置"障壁"，挡住外边人的目光，不能看见房屋或园场里的一切，同时，也能挡住房屋或园场里边人的目光，不能看见外边的一切——墙，既能挡外，也能挡内。除此而外，墙还有标志属地的意义，墙之内，属于自家所有；墙之外，属于公共或者他人所有，墙就是边界或者界线。豪斯曼主张破除的"墙"是精神上的"墙"，多具边界的含义。而精神上的"墙"比起现实生活里的墙，更是牢不可破——特别是西方社会经过十六世纪以来的伟大的启蒙主义运动，科学理性占据了主导地位，各个学科之间壁垒森严，界限明确，轻易不能越雷池一步，否则，违了天条，后果自负——在我的认识里，科学理性是建立在形而上这块智慧的高地，显示出孤立、静止和浑然自成一体的状态，其内部五彩缤纷，异常丰富，而外部则以本体独立于世界——这种本体带有绝对的权威，比任何政治、宗教理念，比任何文化传统，比任何法律体系都要伟大，正如美国学者安东尼·克龙曼在其名著《教育的终结》里所说的那样："我们只能依靠科学、服从科学，舍此则一事无成。"——是的，科学理性是世界走进现代化工业社会的主要推动力，也是未来世界进步的主要推动力——但是，在科学理性的引导下，现代化工业无时无刻地都在竭力消费大自然资源，势必带来难以预计的后果。例如生态平衡、灾害和气候问题，也带来了人将更加陷入愈来愈逼仄的空间，而其精神也将会愈来愈逼仄——如何让"灵魂之窗""朝向一片赏心悦目的景观",或者说,如何解除"面对""一片砖墙"这样尴尬的状况,已经成为必须认真思考并作出回应的问题——豪斯曼认为,只有通过学习,才有可能避免发生被"墙"所"蔽"的局限。这不失为一个走出精神被遮蔽的"墙",到达"赏心悦目的景观"的好主意。不过,更重要的是清醒地认识到只尊重科学理性而忽视了关注人的精神,那么,这个世界就是发展到了工业化的极限,也不会给人带来绝对的利益,也许,人类生存的危机早于工业化极限到来之前就开始爆发了——及时走出人被遮蔽的"墙"尤其重要!

为什么人往往不能理智地走出被遮蔽的"墙"呢?还是另一位美国学者提姆·凯乐的《诸神的面具》对我们有很好的启发意义——尼采在《黄昏的偶像》中说"在这世界上的偶像比真实的事物还多",凯乐分析道,这是因为人心本是制造偶像的工厂。他说:"许多人把信心寄托在成功、金钱、爱情以及由这些组成的所谓美好人生之上,相信它们是通向终极快乐的钥匙。"接着他说:"这些无形却闪耀的偶像在人们寻求意义、保障、安全和满足的路上,占据了人心中极重的位置,人们依赖和信靠它们。"——凯乐在这里接触了一个人类意识中极其要紧的问题——人类不仅仅是依赖物质条件活着,也十分依赖从自身心灵里异化生成的偶像意识而活着。离开了偶像,好像无所适从,好像丧失了人生的航标一样——在某种意义上,偶像也是遮蔽人的"墙","墙"的实质就是"偶像"——人们对偶像崇拜,如同人走不出遮蔽自己的"墙"——豪斯曼与凯乐从不同的侧面,触摸到人心灵世界里很少在阳光下翻晒却能支配人的全部生存实践过程和精神趋向的地方——著名精神分析学家弗洛伊德也许尚未来得及涉及这一领域，未见其鞭辟入里的理论阐述。

尽管未见弗洛伊德关于偶像与"墙"的精神分析阐述，然而，只能依据他的学说去认识这一精神现象。偶像与"墙"大约亦属于人的潜意识，而潜意识是人精神发展的核心动力——又是什么原因从人的心灵世界生生地异化出其主导自身精神趋向的这种潜意识呢？可不可以说，类似这样的潜意识或者是人本身就需要一种催促前进的精神力量，这种精神的力量会鼓舞人义无反顾地追求理想的目标，即使经历千折百回，也不足以使人停止艰难迈进的脚步。如此，经过漫长的岁月，逐渐转化并逐渐积淀起来，慢慢形成今天的偶像与"墙"潜意识——遗憾的是，人对这种潜意识揭示出来得晚了一点。

偶像与"墙"，奴役和限制着人的精神——让人沿着既往的路径去追求虚幻的人生，彻底封闭了灵魂之窗"朝向一片赏心悦目的景观"——因此，一方面坚持科学理性，另一方面时刻寻找放逸灵魂的去处，拆除遮蔽目光的"墙"，看见墙外那清新明媚的世界——豪斯曼在书斋里待久了，三番五次校勘过偶尔还能瞅出几个不大顺眼的字已经在眼前模糊不清了，既然看破这一切不过是"墙"而已，何不"老翁逾墙走"，去看一看"墙"外的风景呢？于是，抬身离开铺满古籍那发黄变脆的书页，摘下古罗马文学校勘教授的面具，推开虚幻的偶像碎片，不再整日面对那枯寂单调的"一片砖墙"，伸伸懒腰，整整衣领，点燃烟斗，在青烟袅袅里转身，走向野外——

我要到林径间去玩耍，

　　去看樱桃树如雪的花。

他知道，在早春的天气里：

　　最可爱的树，樱桃，如今

　　枝上已经垂下了繁英，

　　孤立在这幽林野径里，

　　为这佳节穿上了白衣。

　　豪斯曼先生陶醉在这花团锦簇、花香四溢的无限美丽的"景观"之中，不由得酿就一团浓郁芬芳的诗意，化成珠圆玉润的《最可爱的树》……或许人们早已忘记他校勘过的那些故纸堆，就连自己最为得意的弟子也步履匆匆地离开图书馆，不再抱残守缺，而充满热情地探索新的世界——毕竟"午阴嘉树清圆"，"小桥外，新绿溅溅"——鼓起勇气敲碎偶像，寻觅科学理性墙外的风光——人便可以安栖在这"乱分春色到人家"的诗情画意里，对么？

小舟撑出柳荫来

巴门尼德是了不起的古希腊伟大哲学家，其杰出的贡献就是将人类的认知途径分为理性与感性认识两种形式，认为"只有理性思维才是制服虚幻之见去求得完美真理的逻辑之路"——这话说得真有见地，把这句话反过来说，理性要制服的"虚幻之见"就是感性认识制造出来的，而文学艺术却往往需要这种"虚幻之见"，需要感性而排斥理性，感性是文学艺术最为重要的认识之一。

社会生活既是理性认识的客观世界，又是感性认识的客观世界，而文学艺术更偏重于感性认识，感性认识是人物、形象、意境的仓储库房，是文学艺术极其丰富的创作素材资源，也是创作灵感闪亮起来的主要媒介。

如果说，文学艺术是以感性认识为主的审美产物，那么，文学艺术就要能动地反映感性认识的主要来源——社会生活。离开了社会生活，离开了感性认识，文学艺术就失去了产生的客观世界，这实际上就是文学艺术与社会生活的辩证关系。

因而，无论文学艺术发展到了怎样的地步，一个不能忽视的问题就是文学的生活品质,这是古往今来文学关键的特性。文学的这一特性,决定了文学必须多多积累对社会生活的感性认识,就必须牢牢地扎根于大地,扎根于生活的深处。

生活,包含两个方面的内容:一是指人的社会生活,二是指自然存在的状态。自然存在的状态是人类社会生活的基础,人的社会生活又深刻地影响自然存在的状态。就文学而言,关注的主要是人类社会生活,关注的是人的社会生活怎样影响了自然存在的状态。

人类的社会生活最本质的是社会生产,并由社会生产而建立起来的人的实践和意识行为,其中包含人的经济、科技、贸易、文化、教育、管理和交往诸要素。这些要素,构成了人的生动活泼、丰富多彩的社会生活,也构成了人宽广的精神世界——这是文学发生的条件,也决定了文学艺术创作需要感性认识。

文学艺术储藏了生活,实质上是储藏了对社会生活的感性认识。衡量文学作品的一个重要条件,就是看是不是描写了广阔的社会生活,是不是真实地反映了社会生活,或者换句话说,其中储藏了多少社会生活。无论是俄国十九世纪伟大批判现实主义作家托尔斯泰的《安娜·卡列尼娜》《复活》也好,还是现代主义小说大师乔伊斯的《尤利西斯》也好,其作品都容纳了壮阔的社会生活,都几乎把全部的创作力放在展示自己时代的社会风貌方面。尽管艺术创作的方法各异,但都能从其作品中感受到真实的社会环境和波澜壮阔的生活画面。

文学艺术"艺术"了生活,就是把感性认识通过艺术的方式呈现出来。当然,文学对社会生活不是摹刻,而是艺术地反映。古代希腊哲学家赫拉克利特在《论自然》里说"艺术是对自然的模仿"；亚里士多德也把模仿论当作文学作品的首要理论来研究。俄国的别林斯基、车尔尼雪夫斯基也认为艺术再现生活。这些观点，说明了文学确实来源于社会生活，但是，在这里，却忽略了文学能动地反映社会生活，而在这个过程中并不是完全照搬或者复制，是要通过文学艺术家的艺术创造劳动，才会是"艺术"了社会生活。

文学艺术是生活的真实写照，即把感性认识在文学艺术中具象化地表现出来。社会生活是文学的源泉和基础，而社会生活又十分复杂和丰富，只有紧紧地抓住社会生活的发展规律，紧紧地抓住社会生活的主要矛盾，切近社会生活的巨大漩涡来塑造人物形象和展开故事情节，才能够生动鲜明地反映出社会生活的本质，因此，文学写照了社会生活的真实。

文学离不开社会生活，离不开感性认识，而要真正地从事文学活动，就要深入生活、研究生活、体验生活、积累生活和反映生活——当代著名作家陈忠实，为了写作《白鹿原》这部小说，从繁华的城市移居灞河岸边的原上乡村，直到把这片土地上半个世纪以来的社会变迁和人与人之间交错纵横的关系以及表现出来的大事小事弄明白了，弄清楚了，人物呼之欲出了，才在自家的祖屋小方桌上开始小说创作，犹如雕刻一般，塑造出白嘉轩、鹿子霖、朱先生、白孝文、黑娃、田小娥等那么多活灵活现的人物形象来，为当代文学奉献出一部具有史诗品格的巨著。

从某种意义上来看，文学艺术家精心构撰的作品，具不具有生活品质，这标示了对社会生活认识的深浅程度，也就是说，对社会生活的感性认识达到了怎样的高度，或者说能不能上升到理性思考，在理性的关照下，去洞察社会生活和理解社会生活，把握好时代精神，继而进入艺术创作过程。当然，进入艺术创作过程，不是沿用理性的逻辑的方法，而是采用诉诸感官的文字（或者图画等）来塑造人物形象和他们所依赖的社会和自然环境，反映出社会生活风貌，给人以美的、艺术的享受。

伟大的哲学家巴门尼德区分了理性与感性认识，提出需要理性制服的"虚幻之见"的观点，对认识文学艺术规律是很有积极意义的，而文学艺术的生活品质预示了作品思想的高度和生活的深度，同样是值得研究的重要问题——宋代诗人徐俯的《春日游湖上》是一首很有新意的绝妙好诗，假其"小舟撑出柳荫来"以为结句，甚好！

人生的三部大书

天下有三部书无论如何是要细读的：一部是《易》，一部是《论语》，另一部是《老子》——为什么呢？道理其实很简单，这三部书是我国传统文化的经典著作。儒家学说滥觞于《论语》，道家开创于《道德经》，而《易》则是一切学说的统摄并为这一切学说提供了先进的哲学思想。

细读，是一种很好的阅读和研究方法。老派读书人一般具有这样的读书基本功：一字一句读去，涵咏深味，直读得月明星稀、水落石出，特别是清代的一些读书人更是这样，如段玉裁把薄薄一册《说文解字》，读得如痴如醉，"键户不问世事者三十余年"，竟然读出了"盖千七百年无此作"、字数多达数百万的《说文解字注》，真是堪为细读的榜样。二十世纪英美兴起至今影响不衰的新批评文学研究同样提倡文本细读，认为阅读是一种"细致的诠释"，是对作品作详尽分析和解释的批评方式，首先要了解词义，其次要理解语境，再次是把握修辞特点——真正的读书，当采取如此方法。

用这种方法来读我国的经典著作，最为适宜——因为这些经典著作，大都字数不多，但是包含的内容极其丰富，用言简意赅来形容非常恰当：《易》不过六千七百余字，《论语》一万余字，《老子》五千余字——然而，要把这三部经典著作彻底读明白，那是需要一定的时间和相当刻苦的努力才有端倪的，否则，只能望洋兴叹而已。

孔子开创的儒家学说，逐渐成为我国古典社会约束和规范人的准则，也就是伦理道德规范，确立了各种层级和次序来维持人类社会的正常运行，是一门很实用的政治哲学，大到国家治理，小到家庭建设，从纵的方面来看可以经略世界，从横的方面来看可以平衡人际关系，当然，也可以陶冶人格修养、纯洁道德情操；而老子的道家学说则比较超脱，研究的是自然和人如何和谐相处的关系，人要适应自然，不能违背自然发展规律，更不能把人力强加于自然之上，人和自然率性而行，达到天人合一的境界——《易》却指出了人和人之外的世界如何前进以及如何科学前进的问题，指出了如何认识人，如何认识人之外的世界，并且还指出了人和人之外的世界的演变路径。

实质上，这三部书揭开了这个世界上一切文明的本质，只不过选取了各自不同的阐释对象和阐释角度而已——这三部书实质是一部书，一部分了三个章节的书，这三个章节的书能够"经天纬地"，而能够"经天纬地"的书是不多的，是人类社会历史文化经典中的经典，是原初的昭示了天地大道理的元典，具有不可估量的意义和价值——直到如今，这三部书是如何产生的仍然是一个值得认真研究的课题，不仅仅是东方，而且还有西方，几乎在大致相同的历史时间段相继产生了不同的文化元典——德国大哲学家雅斯贝尔斯提出了轴心时代学说，也只是把这一问题放置在时间流逝的线段中来解说，并没有涉及更为深刻的原因——我们也只好暂且存疑。

《论语》是孔子的学生在他们的老师去世后，大家坐在一起回忆老师不同时期不同地点针对不同问题对他们的教诲，然后一条一条记录下来，就这么收集起来一部书，但是，如果再向深处思考：孔子的这些精粹包含着历史、文化、哲学、教育、伦理、音乐等内容的至理名言以及隐含在只言片语中的系统的政治理想和学术思想——孔子是"述而不作"的学者。

老子相反，估计他也应该有一大批信仰自己学说的学生，但是，没有见到老子的学生整理出老子语录，而是老子西行至函谷关，受了别人的催促，才跑到楼观台，平心静气地写出自己的专著《老子》。虽然这部伟大的专著篇幅不长，却成为世界哲学和文化的经典。看来，老子是既述又作的，述的湮灭了，作的流传下来了。

《易》呢，应该成书的年代很早，没有见过老子读《易》的记载，而孔子是确切读过《易》的，"韦编三绝"就是讲孔子读《易》的故事——但是我想：老子肯定是读过《易》的，他不但读了，而且还研究得很精深，以至于精深到能出神入化地运用《易》。他的《道德经》里面，就包含着《易》的事物互相转化互相依赖的思想，甚至可以这样认为，《道德经》的思想骨架就是用《易》搭建起来的，如果抽去了《易》，那么，《道德经》就会像是拆散开的七宝楼台，一地五彩缤纷的碎片——《易》和《老子》的关系密切相关，或者可以说是互为表里。老子极其聪明，也是智慧绝顶的人物，不过，和孔子一样，至今也不知晓他的学说师承何人。说《道德经》是玄学，我看，确实是这样，不止其内容玄渺难求真正的解答，就是文本之外也都迷雾一片，不可尽知。例如，老子完成了《老子》，就骑着一头青牛徐徐离去，而这一去，就没有了踪影……

孔子开创的儒家学说，后经孟子、荀子等人的继承与弘扬，流传悠远，至今不绝；而老子的直接继承人是庄子，他先认真地梳理清楚老子的思想观点，然后结合自己的心得体会进行理论阐释，这些文章辑为《庄子》一书。庄子才思敏捷，视野宽阔，文辞优美，想象瑰丽——孔子的儒家学说是约束人行为的规范，而老子的道家学说则是提倡人性的适意——于是，前者便以入世的态度对待人生，后者是以出世的态度对待人生，出世与入世是古代读书人的两种不同的人生选择，时而选择出世，时而选择入世。不过，从实际情况来看，纯粹的出世和纯粹的入世的人很少，大多是依据时势来取舍出世与入世，所以，这就容易产生个人心灵里的矛盾和痛苦。一般排解的方法，大致是两个类型：一种是倾情诗文书画，一种是浪迹山水荒野，也有两者兼而有之——于是，中国文化就不断地补充新的内容，但其思想主脉，是不会脱离《论语》及《老子》的藩篱——仔细阅读经以外的史子集，无论此间的文字多么优雅淡静，也无论多么忧愤惆怅，里面从不缺少不少压抑个性和政治失意的不平之气。史学家司马迁的《报任安书》，总结汉代以前的著作家包括他自己的撰述，无不是作者遭受奇耻大辱才发愤著述的，他一口气列举了西伯、孔子、屈原、左丘、孙子、吕不韦、韩非等人为例来说明，确实令人唏嘘不已；同样，古典书画艺术家也是如此，尤其是在宋元明清这个历史区间，社会发生了前所未有的剧烈变局，一些不能割舍故国的读书人丢弃了治国齐家平天下的政治理想，遗世而独立，寄意山水，倾情丹青，如八大山人、石涛等——这些读书人，一生行迹，悲欣交集，却不曾沉沦，因为灵魂的根深深扎于"藩篱"之内，故有如是千秋功业啊——可见文化建构的主体是读书人，主要是失意的读书人。在强硬的社会现实面前，他们的政治抱负没有实现的可能，反而在生活中经受了千折百回的磨难，如果再遭遇重新分化组合的社会大变局，一腔幽怨，万般情愁，再加上家国之恨淤积心头，于是，头脑逐渐清醒冷静，收拾行装，或投身教育精心育人，或隐身深山专心著述，或二者并行不悖。例如，张载、朱熹、顾炎武、王夫之等一代宗师就是这样。他们以儒家学说为圭臬，却也孜孜不倦地研习老子和其他学派，成就了一代又一代文化昆仑。

星垂平野阔，月涌大江流。我国传统文化在《易》的奠基下大致形成两大支柱，一明一暗，相得益彰——要读书，这三部著作便不能不读，这是传统文化的根蒂——若是读得好，体会深，不经意间，由此生发出新的文化萌芽就是将来的希望……

初春的抒情歌手

"春城无处不飞花"——唐代诗人韩翃仅此一句，就写尽了春满天下、生机无限的一片芳菲景象，真让人赞叹不已——现在，趁着癸巳春节的几天休假，再次阅读了当代著名散文家杨朔的散文集。在阅读的整个过程中，心里老是翻卷着这句诗。说句真话，杨朔是当代散文史上一座不可能绕过去的里程碑——在我的艺术视野里，杨朔是最为心仪的散文作家之一。当然，这并不排除对其他散文作家的重视——然而，能以散文创作实绩影响一代又一代人且永远保持美学价值的作家屈指可数，可是，杨朔却始终闪烁着不曾暗淡的光芒。

杨朔的散文创作，主要历史区间是在 1949 年至 1966 年这十七年间，他的散文创作如同同时代的小说、戏曲、诗歌一样，展示了社会主义制度确立之后伟大的文学艺术成就——诸如长篇小说《保卫延安》《创业史》《红日》等，还有戏曲《龙须沟》《谢瑶环》等，这些都是那个时代的条件下开出的文学艺术绚丽之花——自从二十世纪初期新文化运动带来的散文空前繁荣之后，散文这一文体的创作逐渐消沉，其中的主要原因是如火如荼的抗日战争和人民解放战争上升为社会和时代的主要矛盾，在这"五洲震荡风雷激"的年代，绝然不是生产散文的年代——散文艺术的繁荣，需要一个相对平稳、和谐、安宁的社会，需要一个注重文化建设的社会——假如说，我国古典散文的第一次繁荣期是春秋战国时代，这一时代也称为轴心时代，虽然诸侯之间征战不息，但是，和平仍然是主要的社会景象，尤其是在诸侯国家内部，十分注意调节社会矛盾，关注民生，延揽人才，企图以此达到富国强兵和抵御外来侵略的社会目的——比较安定的社会状况和相对自由的生活以及开放的文化，这就为散文的长足发展提供了有利的外部条件，这样，就出现了此后再也未曾出现的"百花齐放、百家争鸣"的古典散文繁荣时代；而第二次散文繁荣期，正好处在唐、宋时代，其中以宋代为主——唐、宋是我国封建社会物质文明、精神文明和社会文明的高度发展期，更是散文艺术蓬勃发展的好时期，出现了以"唐宋八大家"为标志的散文繁荣；第三次，是明清时期，特别是明代，由于资本主义萌芽的出现，整个社会的思想观念较前有了进一步的解放和社会经济的快速发展，都为散文提供了良好的生产土壤，但是，明、清处于我国封建社会末期，整个社会充满了颓废腐朽的气息，散文艺术也不可避免地带上了这些社会特征，丧失了第一、第二次繁荣期的健康、昌明气象——散文艺术的真正振兴只好有待于将来。

这个将来，正如前文所说，新文化运动推动了我国异常古老的文体——散文的又一次繁荣。这次散文的繁荣，散文文体明显出现了过去不曾见过的新元素，主要表现在以下方面：其一，西方先进的思想不断冲击固有的以儒家学说为主体伦理道德并成为以后着力表现的东西，而儒家学说为主体的伦理道德正是古典散文数千年不易之主体思想；其二，散文的文体也产生了变异，用白话文代替了古典散文的文言文，扩大了散文的题材和艺术表现范围，使散文走出院庭深深的殿堂，直接进入急切变革的时代生活，接通了"地脉"，面貌焕然一新；其三，把外国的"速写""随笔"等文体因素引入了偏重于表现当下生存状态的散文文体之中，扩大了散文的艺术容量，等等。

社会主义制度的确立，使新中国进入无限烂漫的春天，从此历史进入一个新的历史发展时期，将文学艺术家带进了前所未有的新天地，焕发了他们巨大的艺术创作热情。可以说，这一时期，是当代文学的繁荣期，散文也呈现出一派生机——杨朔也不例外。可贵的是，他不但是才华横溢的作家，还亲身参加了共和国的缔造和建设，这更使他非常自觉地把自己的命运和祖国的命运紧紧联系在一起，自觉地用手中的笔去歌颂新时代、新生活，竭力反映发生在这块土地上的带有进步力量的人和事物，企图给这个世界留下"最新最美的图画"——这也许就是杨朔的艺术创作宿命吧！

一

杨朔，是共和国初春的伟大歌手！

是的，杨朔和其他作家一样，经历了抗日战争和人民解放战争，在血与火的考验中成熟了自己的思想和散文创作艺术观，这就是永远站立在人民群众的立场，深切地关注祖国的前途命运，满怀春天的希望和理想，力图反映出人民群众在改造天地过程中涌现出来的创造精神和光辉实践，反映他们高贵的道德情操和质朴纯洁的心灵世界，成为共和国初春季节的抒情歌手。杨朔陆续创作了不少脍炙人口的散文作品，例如，《海市》《荔枝蜜》《雪浪花》《香山红叶》等，成了当代散文史上的经典著作，作为范文被长期选入中学语文课本——这些作品，至少有这样几个特征：语言美、意境美、人物美、景物美，整体缠绕着美丽的诗意——在重新阅读杨朔这些散文作品时，唐代著名山水诗人王维的"空山新雨后，天气晚来秋。明月松间照，清泉石上流"这几句优美的诗句一直盘绕在心头，而且盘绕得愈来愈紧密。是的，杨朔的散文和王维诗歌都是那样的清新、淡雅、悠远和优美——这是一种审美的境界，也是一种独特的认知。或者说，一种类似的艺术心理结构所表现出来的文字图景……

极力追求诗意的散文艺术品格，是杨朔自觉的美学选择。他曾经说："我素来喜欢读散文，常觉得，好的散文就是一首诗……于是我也学着写散文。学着运用这种形式来描写人民的斗争，劳动，以及人民的思想感情。"（《〈海市〉·小序》）

此后不久，杨朔在其散文集《东风第一枝》的"小跋"中进一步阐述了自己的散文创作审美追求，他说："有一位热心肠的批评家看了我的文章，写信鼓励督促我，同时问道：'我总觉得你的散文有个共同的特点。究竟在哪里，一时还捉不住，你能把你自己写作散文的想法告诉我么？'这倒是个难题，我并没有这么多想法，一定要问，那就告诉你：我在写每篇文章时，总是拿着当诗一样写。"

这些话语深刻完整地道出了杨朔诗意的散文创作思想。追求诗意散文艺术品格，这是一条十分艰难的创作道路，不但要求作者本身具有较高的美学造诣和文化素质，以及简洁优雅的汉语使用能力，还需要善于对现实生活进行深刻细致的艺术观察和艺术想象，并不是一件轻易就能在散文创作实际操作过程中实现的事情——另外，开辟一处新的艺术领域，不知道要经过怎样艰苦的艺术劳动和付出怎样大量的心血，然而，杨朔终于寻找到属于自己的散文创作艺术方法——有人分析杨朔的自觉追求散文的"诗意"，认为有"两层含义：一是在内容上表现'斗争中，劳动中，生活中'的诗意，主题思想必须明确；二是在形式上追求'选词用字的精炼'和剪裁布局的精美"。他接着分析道："这样的散文作品既具有明确的主题意义，又具有优美的像诗一样的意境。深刻鲜明的思想和优美充沛的感情；丰富美丽的想象和耐人寻味的境界；精炼而富于美感的语言和清新而含蓄的意象天衣无缝地融为一体。"我以为，这位评论家的意见是有道理的。其道理在于，他抓住了杨朔散文"诗意"的实质。

严格来说，杨朔的散文艺术并没有接续新文化运动以来的散文创作余绪，也就是说，没有沿着胡适、鲁迅、周作人，甚至包括梁遇春、梁实秋等人开辟的散文路径走，而是"折回去"在古典散文里寻求一种散文"诗意"的表达方法。宋代学者陈善在《扪虱新话》里说："文中要自有诗，诗中要自有文。"举例云："韩以文为诗，杜以诗为文"——他的意见并不见得是在论述散文的"诗意"，但至少可以提供一个散文艺术要追求"诗意"的参考。况且，在范仲淹、欧阳修、苏东坡等人的散文里，到处都飘逸着诗意，而诗意确乎可以提升散文的艺术品格。明代散文家袁宏道、张岱等人的作品，诗意盎然，灵动飞扬，无论状物，还是写人，都达到了很高的艺术境界——杨朔自然不会对这些古典散文生疏，而且一定下了一番刻苦的功夫。这种把散文"当诗一样写"的艺术主张，就很好地说明了他自觉地吮吸着古典散文艺术精华，并努力应用在自己的散文艺术创作中。

二

杨朔受过延安文艺精神的熏陶，曾经在延安学习、生活和战斗过一段难忘的岁月。自然，他自觉地接受了马克思主义文艺思想和我国实际相结合的中国化马克思主义文艺思想，这就是以毛泽东同志《在延安文艺座谈会上的讲话》为主要文献的指导新民主主义革命的文艺观——坚持文艺为人民的创作导向，坚持文艺要反映现实生活，这是杨朔他们这一代作家永远坚持的文艺创作原则，或许也是他们艺术创作不可变异的信念吧！而且，这个创作信念持续影响了他们一生的文艺实践活动。从杨朔所有的文艺创作历程来看，他确实终生信奉这个创作信念，始终把自己的全部笔墨倾泻在对人民群众的正面描写和满腔热忱地歌颂他们在开创新生活的过程中所表现出来的首创精神上，塑造具有社会主义道德品质的新人形象——这是社会主义文艺工作者神圣的历史使命，也是杨朔散文艺术创作的主体思想和作品内容。

我们在评判作家的时候，一定不要忘记当下历史给他们提供的思想资源和社会条件，脱离了这些具体的时代语境，是绝然得不出任何正确答案的。时代、社会和现实，这是作家赖以生存的生活基础，也是进行艺术创作十分重要的外在条件。杨朔处在这样的时代和社会以及现实生活中，况且，他愿意遵循从生活到艺术的创作道路，愿意自己的散文作品缠绕着美丽的诗意和里外都充满着灼热的明亮的光芒!

杨朔身上没有丝毫的"奴性"。他永远向往光明,永远向往精神自由,永远向往真善美——无论是用笔墨书写的绝美散文,还是用生命完成的大写的人,都证明了杨朔是胸怀坦荡、品质高洁和具有大担当的英勇无畏的战士和伟大作家! 现在,有人把杨朔这种追求诗意的散文创作方法称为"杨朔模式",这是对杨朔散文艺术研究的发展和深化,是值得肯定的。可是,有些人不顾现代、当代文学艺术发展的历史境况,对杨朔散文创作进行不负责任的批评,甚至有人指责杨朔"把中国文人的丑陋发展到了极致":

他(指杨朔——笔者)是不自觉地充当奴才的,他觉得为主子唱赞歌是一个文人无需怀疑、无需论证的使命。既然是以唱赞歌为先入之见,他当然就不需要自己的眼光,不需要面对真实,不需要为苦难和尸骨和罪恶和丑陋动一丝一毫感情,而只需要去看蓬莱仙境,只需要去看海市蜃楼,只需要动用化腐朽为神奇的中国文人的老伎俩,编出一篇篇粉饰现实的文字。即使是那些无法点化的纯自然景物,比如"香山红叶","童子面茶花",出于那种需要,也不得不勉为其难,强令他们像自己一样承担起歌功颂德的使命。连如此真诚的人都完全陶醉在罪恶之中自丑不觉,这个世界还有什么正直和良知可言。

——摩罗《耻辱者手记》

归结起来,这段话主要是指责杨朔面对"苦难""尸骨""罪恶"和"丑陋"的现实"编出一篇篇粉饰现实的文字"来"歌功颂德",也就是说，杨朔的散文没有真实地反映当时的现实生活，看不见1960至1963年全国发生灾荒的严酷现实，而是一味用诗意的散文来"粉饰"、来"歌功颂德"——"言辞"如此犀利，确实令人感觉到作者"高屋建瓴"，"鞭辟入里"，似乎接触到了问题的实质——其实，恰好反映出批评者缺乏历史唯物主义的观点。身处这个"历史时空"，而去挥斥已经过去的那个"历史时空"所出现的文学艺术现象，不是采取实事求是的态度去理解、去研究，而是采取不负责任的谩骂的全盘否定来评判，这不是正确的治学方法和态度。

我们不是历史虚无主义者，无视当时所能够提供的艺术创作条件和作家充分利用这些条件而达到了那个社会和时代散文巅峰的历史事实去研究和评价，就会走向偏执的歧途；而应该采取客观的理性的态度进行社会学、心理学、艺术学和文学学的分析，这样，就会得出比较公允的结果——我们的判定是：杨朔无愧于这个伟大时代，无愧于人民群众！他是一位富有强烈社会责任感的战士作家——他的这些具有积极进取精神和如诗如画的艺术意境以及浓郁的诗意，强烈感染人的思想道德情操、优美的语言以及臻于美学境界的艺术结构所成就的散文作品，哺育了共和国一代又一代青年，是我国社会主义文学史上无比珍贵的艺术宝藏！

三

杨朔的散文风格是什么呢？综合杨朔散文研究者的意见，具体来说，主要是：

1. 题材广泛，内容丰富，具有深刻的社会意义。他作品的基调是歌颂新时代、新生活和普通的劳动者。

2. 创造性地继承了中国传统散文的长处，在托物寄情、物我交融之中达到诗的境界。

3. 写人状物时诗意浓厚。善于选取感情色彩丰富的片断刻画人物的神貌、内心；景物描写，在写出自然美的同时，也是创造意境、深化主题的重要手段。

4. 散文结构精巧，初看常有云遮雾罩的迷惑，但峰回路转之后，曲径通幽，豁然展现一片崭新天地，而且结尾多寓意，耐人寻味。

5. 语言像诗一般精确凝练、含义丰富，又富有音乐感，具有清新俊朗、婉转蕴藉的风格。

毋庸置疑，杨朔的散文创作也确实鲜有正视现实生活的勇气，上述的那位批评家的话未必没有合理的成分。更值得研究的是"杨朔散文模式"对我国当代散文艺术发展究竟起到什么作用呢？这需要科学地研究和分析——有人总结"杨朔散文模式"的特点是讲究"起笔"，先声夺人，起势不凡；接着往复三折，讲求"转弯"，达到"曲径通幽"之妙，最后，"卒章显志"，升华主题思想，重视"画龙点睛"，含蓄止笔——还有人认为：在杨朔的笔下，往往是先写一人一物一景，再引出情与理，情与理是事先设计好的，而人物和故事不过是作者思想的注释而已——上文说过，杨朔散文未曾继承新文化运动时期散文的余绪，而是靠近古典散文艺术，直接从古典散文里吸取艺术精华，形成自己风格鲜明的艺术特色。这样的好处是：沿袭了古典散文的文体结构，易于广大人民群众阅读接受，也易于营造出富有诗意的散文艺术意境，文章结构严整，层次清晰，气脉流畅。不好的地方是：文体结构单一，没有变化，实在属于"八股文"散文，容易雷同，文章格局小，缺少厚重的历史背景和广阔的艺术视野，人为地拔高人物形象和主题思想——从前者来看，"杨朔散文模式"易于艺术模仿，很快在当时的散文写作者中流行起来，出现那一时期的散文繁荣现象；而从后者来看，也确实流弊不少，缺少散文艺术创新，阻碍了散文艺术的深层次发展，影响散文创作"真实性"，而走向"虚假"的歧途。

今天，我国历史早已进入以工业化、城镇化和信息化为标志的现代化社会，这也是一个"太阳对着散文微笑"的时代，是一个散文以前所未有的姿势大踏步前进的时代——由于人们的审美和艺术鉴赏能力不断提高，对散文创作质量有了新的艺术要求，不仅仅是要求散文具有优美的语言和深邃的意境，还要求散文具有先进的思想和打动人心的力量以及具有净化灵魂的作用，这就给散文艺术带来空前的发展空间，也带来更大的艺术创新挑战，应该认真总结我国古典散文和现代、当代散文发展的历史规律，认真吸纳世界先进的文学艺术和社会学、人类学、生态学等哲学思想资源，坚持社会主义核心价值观，积极进行散文艺术研究和创作，在实现伟大的"中国梦"的伟大历史实践中迎来散文艺术新的繁荣和昌盛——"春城无处不飞花"，把杨朔的散文放在共和国初春季节这样一个历史语境进行评判，这也许才是重新检视杨朔散文艺术价值的意义所在吧。

永远向往着太阳

对于共和国初期的文学创作应该如何科学地进行评价，这是摆在我们面前的重大课题。而要研究这个重大课题，还应该继续向前延伸至毛泽东《在延安文艺座谈会上的讲话》发表的 1942 年前后——我以为，漫漫几千年的中国文学史，到这个时期开始了又一次新的转向，走向社会主义文学道路。此前，虽然曾经发生过至少两次大的转向：一次是魏晋时期，文学从不自觉转向自觉，这是一次非常深刻的转向，标志着文学的成熟与发展；第二次发生在二十世纪初期，以新文化运动为标志的转向，文学摆脱了封建主义转向为带有资本主义进步色彩的新文学，而第三次转向则具有非常重要的意义。

社会主义文学，是人类历史上完全不同于之前的所有文学，它是迥异于封建主义和资本主义文学的新文学，属于社会主义意识形态和社会主义文化的主要组成部分，是以完全崭新的表现形式和内容来反映日新月异的社会主义革命和建设的历史全貌，来反映带有本质意义的社会主义新人形象和健康向上的思想感情——当然，社会主义文学并不是凌虚而来，而是在继承传统优秀文学遗产和广泛吸收世界先进文学营养的基础上产生的文学。

在笔者看来，刘白羽的文学创作，无论是其选取的艺术素材和写作主题也好，还是其文学作品的整体风格也好，都鲜明地体现了社会主义文学性质。在他长达七十多年的文学创作实践中，始终贯穿着坚持社会主义方向，坚持为人民的主体思想，无不与我国社会主义发展息息相关，无不与人民群众火热的日常生活息息相关，其昂扬磅礴充满正气的审美追求，感染了一代又一代人，作品所蕴含的正能量至今未丝毫衰减，而永葆青春活力。

刘白羽的文学创作历程，与我国社会主义革命和建设事业紧密相连。从他1938年以一个文学青年身份奔赴地处大西北黄土高原沟壑褶皱的革命圣地——延安的时候，就开始了并为之秉持一生的社会主义文学创作事业，时刻以火热的激情拥抱这改天换地伟大的人类解放运动，创作出许许多多脍炙人口的小说、散文等文学作品，成为我国社会主义文学史上不可或缺的艺术巨匠之一。

就其散文创作而言，堪称是我国社会主义初期散文艺术的扛鼎之作——也许是我的偏见吧，总以为散文的大繁荣发展有两个前提：其一，必须有先进的哲学思想的引领；其二，须值风起云涌的社会改革历史关口——二十世纪二三十年代发生的散文辉煌时期，正是达尔文进化论普遍流行，马克思主义开始传播，这些先进和革命的理论，彻底地动摇了千百年静止不前的以儒家学说为根蒂的伦理道德观念，引发了社会思想大解放——犹如两千多年前的诸子百家时代，特别是得风气之先的知识分子更为激进。其时，清廷宣布退位，标志着资产阶级革命取得了胜利。然而，全国不久又陷入了"王纲解纽"、军阀割据争战不休的分裂局面——这时候，散文却异常发达起来，产生了陈独秀、李大钊、鲁迅、胡适、钱玄同、梁实秋、林语堂、郁达夫、徐志摩、梁遇春、沈从文，还有冰心、庐隐、苏雪林、袁昌英、凌淑华等一大批著名散文家，他们千山万壑、气象非凡的散文成就至今仍然难以超越。我国社会主义制度的确立，从根本上解放了被束缚的生产力，无论是城市还是乡村，到处呈现出一派欣欣向荣、蒸蒸日上的兴旺景象——这时候，披着一身战争硝烟的革命作家，从全国各地纷纷汇流一起，形成了社会主义文学创作的长河大江，他们不可遏制的创作激情就要迸射出耀眼绚丽的艺术之花了……

刘白羽无疑是革命作家队伍中的翘楚。此前，他已经出版了不少文学书籍，其文学创作受到老一辈著名作家的关注和重视。例如，巴金先生在他刚刚走上文学创作道路的时候，就伸出了热情扶持的双手，亲自从报刊上剪下刘白羽发表的短篇小说辑为一集，题名为《草原上》，准备在文化生活出版社予以出版；1939 年，巴金应上海文化出版社之约，主编一套"文学小丛书"，便收入了刘白羽的短篇小说集《蓝河上》，列为这套丛书的第一部。叶圣陶、靳以等也及时援手，帮助他走上文坛。从另一个方面说，刘白羽确实不是平凡之辈，横溢的文学创作才华得到大家的认可，殊为不易。

现在，刘白羽满怀着对祖国、对未来的热切希望，就要展翅飞翔了……

可是，还没有来得及拂去肩头战争的灰尘，一场抗击帝国主义侵略者的伟大战争又在朝鲜八千里江山打响了！刘白羽和千万个志愿军战士一样，打起背包，雄赳赳气昂昂，跨过鸭绿江，迎着隆隆炮声前进了——写出了散文通讯集《朝鲜在战火中前进》《对和平宣誓》和短篇小说集《战斗的幸福》等，揭露了侵略者的暴行，歌颂了志愿军和朝鲜人民军并肩英勇战斗的精神及中朝两国人民的深厚友谊。

回国以后，刘白羽就一头沉浸到日新月异的祖国建设中去，创作出大量的文学作品，但是，最为出色的还是他的散文创作。其中，有不少名篇收入中学语文课本——作品能收入语文教材，这是没有奖章的文学殊荣。因为，编选进入语文教材里的尽是古今中外的文学精品，无论是思想内容还是写作技巧均属上乘。

刘白羽属于崇高革命理想和坚定共产主义信仰的激情燃烧型作家——在他的心中，始终有这样一团熊熊燃烧的理想和信念的"圣火"。他认为："要创造一个红玛瑙一样鲜红、通明的新世界，那就先努力把自己锻炼成为永远鲜红、通明的红玛瑙一样的人吧！"他又说："如果作者不把血、感情流注到文章里，文章又怎能有燃烧的热情，有光彩呢？"在他看来，作家要想把读者点燃，必须先把自己点燃，必须自己先做个彻底的革命战士，拥有共产主义理想和信念这一不熄的"圣火"，必须把这种圣火和激情灌注到自己的创作中。刘白羽的《日出》就是这样的优秀散文作品。《日出》是一篇引人入胜的好散文。只要你读了开头，就仿佛有种无形的力量牵引着你，使你不能不读下去，越读越爱读，越读越有味道。开笔，刘白羽便用很简洁的语言点出了文章的主题：登高山看日出。

看日出，这是刘白羽幼年时就觉得很富有魅力的事情。对读者来说，仍然也是一件富有魅力的事情。为什么呢？因为多数人只有在平地上看日出的体验，但是，登高看到的日出又是怎样一种瑰丽的景象呢？文章就这样一层一层吸引读者，沿着作者的写作思路，怀着极大的兴趣读下去。即使曾在高处目睹过日出景象的读者，也巴不得看一下作者是怎样写出自己曾有过的体验，那更得读下去了。

当读者急于看日出景象时，作者却笔锋一转，偏偏不写日出了，集中全部注意力去写日落——呵呵，真是出乎大家的阅读意外。但当继续读下去时，不能不惊叹作者手笔之妙了——原来在这里，作者用了对比衬托的手法，用日落的妙给读者造成日出更妙的印象。你看，日落的景象曾让多少古代诗人陶醉，他们留下了多少写日落的美丽诗句——日落固然富有诗意，而不管多美，总有种"萧瑟之感"；而日出呢，却是"伟大诞生的景象"，是"火、热、生命、光明一起来到人间"的壮丽景象——这样一来，刘白羽就把读者带进了看日出的更高思想境界，为看描写日出作好了必要的艺术铺垫。

古语云："文似看山不喜平。"确实这是写文章的经验之谈！刘白羽自然明白此等道理，他在下面的叙述中仍然荡开笔墨，还是不写他看到的日出，而是说他有很长时间没有这种机会，只能从书本上间接地去欣赏日出——无可奈何，读者也只好跟着作者先从前人的文章中去欣赏一番：如果说德国著名诗人海涅还只是概括地写出了观日出的印象，那么，俄国作家屠格涅夫写出的却是一轮朝阳伟大诞生的景象——作者所引出的这些描绘，的确是够精彩的，但这毕竟不是在这篇文章里想看到的日出景象。

刘白羽真是散文大家，他懂得要描写主要的景物，一定时候得采取烘云托月的方法才能有效地抓住读者的阅读心理，欲擒故纵，让读者产生浓厚的阅读欲望——接下来，刘白羽该直接进行日出描写了吧？且慢，他还是未曾落笔，却转入了议论——夹叙夹议，这是散文的写法之一，特别是关键地方，作者站出来的议论，往往能起到开掘文章主题思想的作用，给读者留下深刻的艺术撞击，产生强烈的震撼力量。此时，刘白羽以人们不易发现新生事物作比，指出日出是不会轻易看到的，具体交代了他曾经两次"有心看日日不出"的"好机会"——其一是，经过印度首都来到南端的科摩林海角看日出，但是，只是听了一夜的海涛，并未如愿以偿；其二是，他上黄山狮子林看日出，不仅写此处的地势之优，而且写这次机会之好，在这鸟语花香、天气晴朗的日子里，就要得偿所愿了吧？结果，还是碰到了徐霞客那样的遭遇，日出仍未看成——两次不同地方看日出的遗憾，让人真惋惜！

刘白羽一波三折，逶迤写来，几乎用掉了一多半的篇幅，让读者心理上三番两次地作了准备之后，才开始正面写日出景象——这日出呀，犹如白居易笔下的琵琶女，羞羞答答、扭扭捏捏"千呼万唤才出来"——此时，开始写日出。看他如何经营：

他从异国机场飞机起飞落墨，一直写到"向我们亲爱的祖国，向太阳升起的地方航行"——刘白羽按着时间的一维性原则，层次分明地写出了所见日出的瑰丽奇伟景象：

当飞机起飞时，下面还是黑沉沉的浓夜，上空却已游动着一线微明，它如同一条狭窄的暗红色长带，带子的上面露出一片清冷的淡蓝色晨曦，晨曦上面高悬着一颗明亮的启明星……这时间，那条红带，却慢慢在扩大，像一片红云了，像一片红海了。暗红色的光发亮了，它向天穹上展开，把夜空愈抬愈远，而且把它们映红了。下面呢？却还像苍茫的大陆一样，黑色无边。这是晨光与黑夜交替的时刻，这是即将过去的世界与即将到来的世界交替的时刻。你乍看上去，黑夜还似乎强大无边，可是一转眼，清冷的晨曦变为磁蓝色的光芒。原来的红海上簇拥出一堆堆墨蓝色云霞。一个奇迹就在这时诞生了。突然间从墨蓝色云霞里矗起一道细细的抛物线，这线红得透亮闪着金光，如同沸腾的溶液一下抛溅上去，然后像一支箭一直向上冲，这时我才恍然大悟，原来这就是光明的白昼由夜空中迸射出来的一刹那。然后在几条墨蓝色云霞的隙缝里闪出几个更红更亮的小片。开始我很惊奇，不知这是什么？再一看，几个小片冲破云霞，密接起来，融合起来，飞跃而出，原来是太阳出来了。它晶光耀眼，火一般鲜红，火一般强烈，不知不觉，所有暗影立刻都被它照明了，一眨眼工夫，我看见飞机的翅膀红了，窗玻璃红了，机舱座里第一个酣睡者的面孔红了。这时一切一切都宁静极了，宁静极了。整个宇宙就像刚诞生过婴儿的母亲一样温柔、安静，充满清新、幸福之感。再向下看，云层像灰色急流，在滚滚流开，好让光线投到大地上去，使整个世界大放光明……黎明时刻的种种红色、灰色、黛色、蓝色，都不见了，只有上下天空，一碧万顷，空中的一些云朵，闪着银光，像小孩子的笑脸。这时，我深切感到这个光彩夺目的黎明，正是新中国瑰丽的景象；我忘掉了为这一次看到日出奇景而高兴，而喜悦，我却进入一种庄严的思索，我在体会着"我们是早上六点钟的太阳"这一句诗那最优美、最深刻的含义。

这段日出的语言描写真美！美得几乎让人眩晕——清代桐城派文章大家姚鼐的《登泰山记》里关于日出的描写以及海涅、屠格涅夫对日出的描写，都没有刘白羽写得美，写得灵动，写得那么富有诗意，写得那么大气磅礴！在这里，他调动起各种文学手法，运用了清新庄重的语言，淋漓尽致地描绘出了本来很难描绘的日出景象，使这篇文章成为写日出的经典之作。

然而，刘白羽没有停止脚步，他继续开掘文章的深度，引读者走向更崇高的精神境界：由"光彩夺目的黎明"引申到这是"新中国瑰丽的景色"——点明了本文隐含的更深的主题是通过"日出"来歌颂我们新生的伟大祖国！

在这里，之所以不厌其详地来分析《日出》，是因为通过这篇散文，来分析刘白羽散文深含着的"写作模式"——表面极尽优美的景物描写其实隐喻着对党对祖国纯真的热爱之情——在写作方法上或许可以说是"言在此而意在彼"——刘白羽散文在艺术形式上有游记，如果进一步探讨刘白羽的散文写法（其实，这也是刘白羽这一代散文作家的集体有意识或者无意识的写作模式），可以看出：他的这些散文作品，无论采取什么素材，运用什么表现形式，他的意境常常与现实密切结合，充满着对我国社会主义革命和建设中英雄人物的歌颂以及盛赞祖国大好山水之美的高昂激情——其实质是：在他们的创作观念中，把社会生活意识形态化，这也是新中国成立直到改革开放初期所谓革命作家的精神特征。

这个精神特征，在刘白羽他们这一代作家身上得到很鲜明地体现——在我看来，这并不是艺术的缺陷而是应该清醒地具有这种艺术意识。一个时代有一个时代的文学。我国历史上有过人类初始时代的文学，有过奴隶制度时代的文学，有过封建主义时代的文学，有过半殖民地、半封建社会的文学，当然，毫无疑问，也应该有社会主义时代的文学——而社会主义时代的文学，就应该努力反映社会主义时代的社会现实和社会生活，就应该反映在社会主义革命和建设中出现的新人形象，就应该描写那些推动社会主义前进的伟大历史场景和原创精神，这是社会主义文学必须坚持社会主义和为人民服务的方向，而不是一味地咀嚼过去时代的文学。当然，社会主义时代的文学必须坚持吸纳和继承传统文学的精华以及世界各国先进的文学理念和艺术营养，从而很好地发展社会主义文学——我以为，刘白羽这一代作家处在我国社会主义制度刚刚确立的历史阶段，他们势必就要捍卫这个社会制度，因为，首先他们是革命战士，是社会主义制度的确立者之一！

俄国学者 Н·巴拉绍夫、Б·李福清撰写的《论刘白羽的创作》这篇严谨的论文，深以为他们对刘白羽的小说创作做出了独特而精确的艺术分析，令人赞叹不已。他们认为："中华人民共和国成立后，新中国的作家们积极参与中国社会生活……非常注意描写和扶持发展中的新生事物。"——此言不虚，刘白羽的散文创作体现了这些艺术特征。

正因为从这样的文学立场出发，刘白羽时刻不会忘记一个文学工作者的崇高历史使命：竭尽全身之力构建社会主义文学事业——这样的文学目标已经确定，那么，他们在坚定地走社会主义道路的同时，努力地放声讴歌社会主义和社会主义的主体推动者——劳动人民。这是贯穿刘白羽散文创作的主导思想。

有人把刘白羽的散文艺风格总结为以下三点：

1．在题材选取上，钟情于激越、壮美、宏大的题材，从中要能听到时代的涛声，反映出时代的光影。作家全身心投入我们这个充满了新与旧、美与丑、光明与黑暗、方生与垂死的尖锐斗争的"革命大时代"，认为只有"勇敢，搏斗，激流勇进才是我们的生活"。因此他在选择创作题材时喜欢剪取能振奋人心、鼓舞斗志的"大时代"的一角，首先选择炽热的战斗，勇猛的进军，沸腾的工地，雄壮的欢歌，大量描写红日、大海、长江、黎明、破晓、晨光、朝霞、凯歌、光芒、火炬、火焰、日出、战争……他用这些物像以及相伴的修饰词语如：灿烂、磅礴、奔腾、壮烈、胜利、庄严、闪耀、崇高……构成其形象世界的主要元素，来抒发对祖国和人民的热爱，表达自己满腔的激情与豪情，表现革命的艰苦卓绝、胜利的万分珍贵和时代的雄浑厚重。

2．主题表现上，侧重于对时代精神的张扬，基调是歌颂光明，歌颂英雄的人民。有论者把刘白羽誉为"时代的号手""军旅的歌手"，称他的作品是"军的战鼓""嘹亮的军号"，可以说是恰当的。刘白羽总是自觉深入时代的实际，深入群众生活的最前线，与时代同行，与人民同行，感同身受，使他有能力把握时代脉搏，抓住时代最强音，及时传出人民的心声。他的影响深远的散文《长江三日》《日出》等，正是由于很好地把握了"激流勇进"、昂扬向上的时代精神而引起了读者普遍的共鸣。刘白羽认为："时代精神不是通过抽象的说理，而是通过形象来表达的，主要的也就是通过人物形象，人的内心生活、精神状态表现出来。"他在创作实践中始终都是这样做的。

3. 艺术追求上，他重视创新和不断突破自己，挖掘新题材，寻找新形式，改变个人风格；十分重视作品的社会效果，讲求政治性，重在以共产主义的信念鼓舞人，用先进的思想武装人；创作富于理想和激情，充满了浪漫主义和英雄主义色彩；在表现手法上，他善于通过一幅幅典型的"形象"展现时代的真实画面，惯于采用粗犷豪迈、激情燃烧的手笔，大开大阖，注重用自己心中的"圣火"点燃手中的笔，用发热的文字去点燃读者；语言风格上，追求激越、刚健、豪放和诗意。

对刘白羽散文艺术风格的归纳，我认为很有见地。刘白羽不是纯粹的为艺术而艺术的散文作家。他原先是驰骋沙场效命祖国和为创立社会主义制度敢于流血的英勇无畏的战士，现在是肩负着社会主义革命和建设历史重任的作家，他不可能远离革命和建设的前沿阵地，也不可能远离现实生活的漩涡，他要用手中的笔为社会主义歌唱，为社会主义革命和建设者歌唱——这不但是刘白羽的创作心愿，其实也是整个来自战场硝烟深处的革命作家的集体心愿。

然而，问题是文学的发展有自身规律，而这个规律又不会以人们的意愿而改变。固然，把社会生活意识形态化有着很好的积极意义，但是，这样一来，就会把文学局限和束缚起来。

把社会生活意识形态化的实质，在一定的意义上具有把文学视为民族矛盾和阶级斗争的一个重要方面，强调了文学活动的政治意义而忽视了文学的审美意义；或者换句话说，把文学当作民族矛盾和阶级斗争的工具，成为打击敌人的有力武器，而在和平年代则把文学用来粉饰太平和高唱赞歌——无可厚非，在民族矛盾激烈的时刻或者阶级斗争激烈的时刻，救亡图存和夺取政权成为国家首要任务，那么，为了鼓舞全体人民和一切可以利用的力量投入消灭侵略者的伟大战争和夺取政权的斗争中去，文学自然应该配合和服务。但是，文学也有自身的发展规律，不遵守文学的发展规律，文学就会沦落为宣传工具，就会消亡——因此，应该坚持文学发展规律，很好地保持自己的艺术品性。当然，这不是否定文学和政治具有密切的关联性，只是说，文学和政治应该具有一定的距离，这是文学审美性质的基本要求——从刘白羽的赞扬联系起来，好像不这样就没有开掘出深刻的主题思想一样——或许，因为这一原因，刘白羽的散文创作在某种程度上受制于此，所以，他的散文作品尽管做了多方面的艺术努力，但是其艺术缺陷也是十分明显的：在刘白羽的笔下，很少见到散文艺术的多样性和复调色彩。

这也许是刘白羽这一代散文作家成功的奥秘，也是他们散文艺术的极大局限。他们这一代散文作家的艺术成就很难与二十世纪二三十年代那些民国初年的散文作家相比较，而且也不能被改革开放以后的新一代以知识分子为主体的散文作家群所楷模，如同陆游的《卜算子·咏梅》里的独自开放在断驿桥边的梅花，"无意苦争春"，虽然不会"零落成泥碾作尘"，但却仍然是"只有香如故"——是的，刘白羽的散文属于自己那一段无可复制的社会历史空间里的优秀之作，也尽可能地发挥了其审美作用，属于社会主义文学不容忽视的一座高山巨峰。他那闪烁着时代精神之光，歌颂光明，歌颂英雄的人民，蕴含着深刻思想的《红玛瑙集》《秋窗偶记》《冬日草》和《平明小札》《刘白羽散文选》等散文集，以其激越、刚健的品格成为我国社会主义文学宝库里面的珍贵财富，自有其巨大而不可估量的历史和审美价值。刘白羽，永远向往着太阳！

阅读的热情

　　还是在三十余年前的一个夏天，在渭北黄土高原和黄龙山脉相连接的地方，空旷院落里一间瓦房里，阅读郁达夫的小说集，印象最深刻的是其中的《迟桂花》。郁达夫刻画了一位美丽善良而又丰满动人的女性形象，犹如经过风雨的迟开的桂花，清香悠远不绝如缕。郁达夫是现代作家里借鉴外国描写人物艺术的高手，真正的现代小说是在郁达夫手里成熟起来的，几乎达到和古典小说神韵一体的对接，是具有鲜明艺术个性的作家。

　　这是浙江出版社出版的《郁达夫小说全集》，上下两卷。那时候，正在经历着二十世纪以来的第二次思想解放，过去被禁毁的优秀之作，陆续在国内各个出版社出版，人们的阅读如饥似渴，大小书店一天到晚顾客盈门，有些书籍已经确切知道出版了，但是，很难见到。若是有幸购买到一两部心仪已久的书，那真是十分高兴的事情！就说这部书，也是偶然在古城西安的一家比较偏僻的书店得到的。

　　一直没有整块的时间阅读，这次，终于有了空闲，于是，就在行装里特意放了郁达夫的这部书。这个院落真是寂静，低矮的楼房后边尽是蒿草，不过，靠近井边，有人种植了一丛丛的名称甚为优雅的萱草，萱草含而未开的花朵，采摘下来，就是关中农村人们经常食用的黄花菜——萱草花盛开之后非常美丽，尤其在清晨，摇曳在薄薄的一层紫色的雾里，真令人叹为观止，如同阆苑鲜花一般……

常常阅读累了，信步来到井边，尽情观赏盛开的萱草，松弛一下紧绷绷的神经，调节一下情绪，便又走回去，伏在桌前继续阅读。有时候，常常窗外的明月早已升起，高大的白杨树在夜风中哗啦哗啦唱起歌，才放下手里的书本，揉揉太阳穴，平静一下心情，记录下阅读的感受。如果房间还有点闷热，起身推开窗户，大自然的天籁之音一齐灌注了双耳，身心顿时感到格外愉悦。

在阅读的过程中，不时地进行思考：郁达夫这位创造社的小说天才，他的小说，究竟给我国现代文坛带来了怎样的艺术冲击力和具有怎样的艺术价值呢？郁达夫的笔下大多是自我形象，十分注重人物的心理描写，在几乎近于猥琐的描写中揭示出久被压抑性欲望而展示出人物纯洁善良的本性，这是很了不起的艺术创造——郁达夫在日本留学多年，很早就接触了二十世纪最伟大的学者弗洛伊德的学说。有了这个学说的思想指引，在进一步逼近人物幽暗的心理最为隐秘的部分也就是潜意识层，从而描写出人性的复杂性和多面性，因此，他所塑造的人物既是"病态"的，又是"正常"的。

"病态"，是说人物在偏执性格的作用下，其行为让人们不能理解，其人物形象也往往是"患者"，有些甚至是自我虐待、自我下作而伤残了身体，在这些人物身上丝毫看不见"亮色"和希望。但是，这些人物又是"正常"的，因为其个性常常被社会压抑和迫害得不到张扬而被损害和侮辱，在对现实无力抗拒的情况下，只有通过自我虐待、自我下作来表示对现实的不满和抗议，在这个角度上，他们又是"正常"的——郁达夫在小说里描写了这些知识青年或者说是社会的"零余者"，对了解当时的时代确实是一部部形象的教材，其艺术与认识价值就在这里。

除了小说创作，郁达夫的散文也写得相当出色。有的散文还一再收入中学语文课本，例如，篇幅不是很长的《故都的秋》，真是写的神韵俱到，悲凉而凄美。在现代作家里边，专事散文创作的很有几位妙手，周氏兄弟且不去说，徐志摩、梁遇春、梁实秋、林语堂、苏雪林都是大家。可是，在意境的构造和语言的精致方面，未必能达到郁达夫的地步。因为，郁达夫不仅对西方哲学典籍熟悉，同时还兼通古典文学，中西俱长，并非一日之功，这不是仅仅只凭喝过洋墨水而鄙视传统文化者所能望其项背的——民国年间的那些文化人，大多在青少年时代对经史子集下过一番功夫，后来又接触异质的外国文化，又能很好地融会贯通，所以，他们无论是从事学术研究也好，还是专事创作，出手的文章皆有规模。潘光旦翻译的霭理士的著作似乎也可以作为美文来阅读，不像当下的一些翻译作品云里雾里不知所云。

前两天，在微信上偶尔谈起郁达夫，一位学者朋友也认为郁达夫的诗具有唐人风韵，确实如此。郁达夫的诗创作以古体诗为主，既讲究诗律，又文采斐然——曾经阅读过香港一家出版社出版的《郁达夫文集》，收录了几乎他全部的诗，若是把一些诗放在唐诗选里也不怎么逊色。就古典诗而言，还是唐诗丰瞻和气象大。一个有出息的以文学为事业的人，不应只是具有一种文体的写作能力，而应是具备多种文体的写作能力。其实，文体与文体之间是相通的，只是表现的形式不一样而已——不过，在诸种文体中偏重某一文体是允许的。然而，具备精通诸种文体的写作能力，目下也确实寥若晨星。

　　渭北黄土高原和黄龙山脉交接的地方，足堪避暑。太阳稍微偏西，天气就慢慢凉了下来，就连嘶叫不已的蝉也都静静悄悄，晚归的耕地农人扛着铁犁跟在牛群后边，不时来上一段粗犷激昂的秦腔，响遏行云，似乎穿透了逶迤的山脉，飘荡得很远很远。就在萧条疏远的去处，阅读并思考，似乎不觉疲倦，听见村落里鸡鸣，便捻亮桌前的灯光，接着开始专注而执着的阅读……

村野读书

厚重的大木门后边，几间排列整齐的青瓦房和刚刚够划线的篮球场一般大的操场，这就是一所乡村学校了，而且还算非常不错的学校。院落里还有几株青桐，暮春初夏时分，却是绯红一片，犹如灿烂的朝霞，花影重重。

那还是二十世纪七十年代后期，改革开放的春风刚刚拂过柳梢，摇曳起一望无垠青绿的时候，我就在这所乡村学校，担任民办教师。民办教师如今已经成为历史遗迹不复存在了，可是，当年，却是一个使人眼热的职业。你想，离开课堂，回到乡村，手中不再是白纸黑字的课本，而是沉重粗糙的木铁结构的农业工具，整天拖着疲惫不堪的身子，顶着火辣辣的太阳或者冒着呼啸的寒风在田野里耕作，一下子来到神圣的讲台上，简直有了跳出泥窝、进了天堂的感受……

学校喧腾热闹，但是，晚饭过后，整个校园就寂静无声，甚至显得落寞而荒凉。假若一个人此时走在有点潮湿的青砖墁成的道路上，踢踏的脚步声折过白灰墙壁又传回了自己的耳膜里，显得空洞而旷远——这时候，在桌前点亮煤油罩子灯，趁着昏黄的光亮，打开书本，开始阅读。

黑格尔的三卷本《美学》此时已经阅读了许久，异常艰涩的内容使得阅读愈来愈慢，愈来愈慢，慢到甚至一天只能翻动几页就搁置下来，困难的不是书籍里大量引用的西方神话和历史传说，也不是其本身迂缓而缜密的文字叙述，而是一层一层的"剥洋葱"式的逻辑推理，一直到最后水落石出——这需要思维方式的彻底转换——转换到冷静的科学一般的由各种相关的概念交互一起论述的思辨方式，这确实有异于我国古代典籍不用借助批判精神而直接呈现出结论——另外，还有作为整个论述思想支撑的自从柏拉图、亚里士多德以来直至近代哲学家或者系统或者零星的美学理念的熟悉掌握，这并非是在短时间内查阅相关资料就能奏效的，而是需要具有相当基础的西方思想家和哲学家著作的阅读功力——可是，处于一个兵荒马乱的年代，哪里去寻找这些书籍呢？

好在学校不远有一所前身是杨虎城将军手下的一位旅长在二十世纪三十年代创建起来的中学，而今，这所由县上直管的中学里大量丰富的藏书倒确实令人羡艳不已。于是，在已经被人为封闭青石台阶上早已经苔藓斑驳的图书馆里，寻找自己需要的图书，往往有意想不到的收获。在这里，陆续搜寻到了不少介绍西方哲学的典籍，其中印象最为深刻的是康德的三大批判，还有奥德赛、卢梭、贝克莱等人残缺不全的著作——也许是过早地接触了这些著作，阅读哲学书籍的浓厚兴趣至今依然不曾减退，算是歪打正着培养了良好的阅读习惯吧——特别是当人有点烦闷的时候，埋头于古典或者现代哲学书籍之中，顿然产生天蓝地阔一片豁亮的感觉，仿佛于山巅瞭望无限平野而觉心旷神怡。

黑格尔认为美是理念的感性显现。理念是理性化的想法，是客观事实的本质反映，是事物内性的外在表征——也就是说，符合客观实际的本质通过具体的物象表现出来就是美——为了探究美的本质，他重点分析批判了柏拉图、十八世纪英国经验派和德国理性派、康德、歌德、席勒等人的美学观点，并在此基础上提出了美的定义。其意思是说，美或艺术应当是理性内容和感性形式的辩证统一体。美是理念，但这理念必须要用感性事物的具体形式表现出来，成为可以供人观照的艺术作品。他的理念，即绝对理念。具体说，就是绝对精神阶段的理念，也就是真，即最高真实和普遍真理。美是理念，美与真是一回事，美是理念或真实的一种表现。而感性显现，就是理念一定要表现或客观化为感性事物的外形，直接呈现于意识，成为能诉诸人的感官和心灵的艺术形象。

当然，黑格尔的美学理念不是三言两语就能说清楚的，甚至需要一生的专门研究才会说得比较透彻——无论是哲学还是美学，黑格尔都是集大成者，他终结了一个时代，又开辟了一个时代——现在，二十一卷本的《黑格尔全集》陆续出版，给阅读或者研究黑格尔带来了极大的便利条件，这是当年想也不敢想的阅读奢望啊！

孙犁先生一直怀念乡野读书，坐在树荫底下或者炕头读书，不属于"为人"而是属于"为己"的读书，这样的读书没有丝毫的功利追求，因而读得惬意，如散步于绿野花丛，赏心悦目，轻松愉快。在乡村学校的读书，很大意义上也属于没有丝毫的功利追求，只是想通过书籍来认识世界和了解世界，进而认识和丰富自己——可惜，如此纯粹的阅读现在很难有这样的心境了。

这是因为，工业化和后工业化社会，特别是网络赛博空间的出现，生活的快节奏驱使人们把阅读的兴趣和目光聚焦在"碎片化"的以"微"为特征的快餐化阅读物上，或者进入虚拟的世界遨游，那些卷帙浩繁的经典巨著，若非专门研究者一般少人问津，也很少有人为了自身精神的提升而去刻意阅读……

今日阳光灿烂，兰草葳蕤，忽然想起过去乡村学校的读书，于是打开电脑写了以上的话，也算是对一种读书生活的追忆吧！

病中读冯友兰

不知道怎么回事就结结实实地摔了一跤，仰八叉下去，后背紧紧贴住了大地，好在周围没有人看见，免去了尴尬的场面：毕竟有了点年岁，这个样子确实捧腹好笑。不过，我却笑不出来，左腿一阵一阵撕裂骨肉的疼，瞬间在神经里快速游走，大脑一片空白。清醒过来，硬是打点起精神，支撑着沉重的身子转过来，眼瞅着踝骨一点一点肿胀，淤血紫青，犹如老树的瘤。连滚带爬，好不容易进了办公室，猴子观山般蜷缩着左脚，虚虚地吊着，冷汗直往下淌，若是此时际照照镜子，必定是龇牙咧嘴，一脸的抽缩……

经过正面、侧面的折腾之后，医院透视室拍摄出清晰的左腿淤血紫青部位的图像，当班医生略略一眼看过，便斩钉截铁地宣布：骨折，左腿踝骨骨折。接着，顺手在处方笺上划拉出一串一串夹杂着西文犹如现代诗歌一样的医嘱，交给陪护去医院的身边人，安排治疗；回头满脸和蔼地朝我点点头，说：两种方案：手术或者石膏固定。手术最好，恢复快，七天就可以拆线；石膏固定得四至六周，请选择。尚未听完医生的话，再一次冒出涔涔冷汗……

骨折了，先得疗伤。要求平卧床上，左脚高高垫起来，这样的好处是容易使血液循环加快，促使骨折部位恢复；但左脚垫起来一会儿还将就，一个姿势时间久了，身体其他部位也不好受，需要挪动挪动，而要挪动，则不能保证左脚垫高。这是一个矛盾。是矛盾就要解决，解决的办法是：尽量保持左脚高抬，这是矛盾的主导方面；实在难受了，就适时活动活动身体，当然，这样的活动付出的代价是难以忍受的疼痛。

人天生是要行走的，不能行走，便不自然，特别是困于床上，如同受罚。平日自由自在惯了，要喝便喝，要吃便吃，不觉困难。一旦哪里受到损伤，不良于行，则处处受到牵制，要喝便喝，要吃便吃，立时成了令人十分羡慕的事情。俗语云："伤筋动骨一百天。"此话不假，没有三个多月的恢复期，骨头自然愈合不彻底，而那固定踝骨部位的筒状的石膏，开始还可忍耐，天数渐多，里面就开始痒痒。你想：肌肉是要新陈代谢的，细胞有新生的也有消亡的，那消亡的细胞由于不能洗澡，存留在石膏里，积累的多了，人就会不舒服。用手指轻轻敲打着僵硬僵硬的石膏，似乎能减轻一些痒痒，这时候，才真正明白了什么是"隔靴搔痒"，这种滋味只有亲身经历过才有如此深刻的体会。

在骨折养伤期间，时光的脚步似乎慢了下来，不似平日里紧赶慢追，总觉得如同古人形容的"白驹过隙"，日子一天天就这样匆匆过去了。既然时光的脚步慢了下来，那就该从从容容读读书——原先，只是读过冯友兰先生的单本著作，这次有了相对宽裕的时间集中阅读他的全集。冯友兰先生是我国现代研究古典哲学史和哲学的大家，仅就前者，就有《中国哲学简史》《中国哲学史》《中国哲学史新编》这样不同历史时期的著作，一部比一部资料丰富、论说精湛，也更加深邃——真有点奇怪，冯友兰先生写于二十世纪三四十年代的著作，如今读来，无论语言也好，还是内容也好，并不觉得"隔"，而是很合人意，仿佛沿着曲折幽深的林间小路，走进了唐代诗人王维"空山新雨后，天气晚来秋。明月松间照，清泉石上流"的诗境中，心神俱往，获益良多。

还在那个年代，一代宗师胡适之先生并不看好冯友兰先生，认为他有些"愚"。也就是说，做学问有点固执和不开窍——呵呵，一晃眼就过去了这么长的时间，冯友兰先生撰写的中国哲学史论著，至今仍然不能动摇其重要地位。看来，做学问，还真要有点"愚"的精神，瞅准研究目标，心无旁骛，锲而不舍，必然会有成就——但我看，冯友兰先生的著作，充满了智慧的灵气，从我国上下几千年浑然一体的文化形态中，借用西方现代哲学史的科学方法，通过归纳整理演绎推进的手段，冷静分析，撰写出独具一格的伟大著作，浇灌和启迪人们的灵魂，余香袅袅不绝。

也喜欢读冯友兰先生关于我国哲学史和哲学的研究论文，真是具有真知灼见：一些哲学史上纠缠不清的东西，在他的笔下得到明晰的诠释和阐述，然而，却丝毫没有如今自囿于外国理论概念中不能自拔，动辄铺天盖地，长篇大论，却不知所云的虚张声势，老老实实，质朴纯洁。如果没有数十年精读中西方哲学原著的扎实功底及全面而透彻的了解，那绝对不会用极其流畅的文字和洋溢着不可遏制的激情驾轻就熟进行学术书写——冯友兰先生是一位智者，一位耗尽自己心血成就了可以逾越却永远不会绕过的我国思想哲学一座绿意盎然的高峰。

冯友兰先生一生勤奋劳作，其文字洋洋大观，令人感叹，这是需要经常认真阅读的著作。喜欢收藏书本的人，即是遇见了同一部著作的相异版本，往往也禁不住怦然心动，一而再再而三地购买，不然，总觉得心里空落落的——也不知道已经四处搜罗了多少版本的冯友兰先生各式各样的著作，前些日子在书店里看见北大出版社新近出版的《中国哲学简史》，看着这大气庄重的装帧，不曾思索，断然又"字"了，相携还家。现在，明亮的阳光穿过高大的玻璃窗，在这万分柔和的光线下，捧书阅读，犹如行走在关中绿荫覆盖的乡间土路上，远处，不时飘来一阵阵浓郁的槐花香，令人心神俱清。

冯友兰先生以科学的态度，独具只眼地采用当代西方哲学的思想理论，来重新打量我国古典哲学资源，终于取得丰厚的成果，给人们提供了十分有益的治学角度。可以说，这是解析我国古典哲学和古典文化的钥匙，开启了登堂入室一览无限风光的门径。

他的这种治学门径和方法确实有助于后学者不但会"照着讲"，而且还能"接着讲"，达到更新更高的学术境界。近代大学者王国维先生认为做学问有三个境界，不过，我觉得还是宋代吉州青山惟政禅师在《上堂法语》里说得好，说得透彻："老僧三十年前，未参禅时，见山是山，见水是水；乃至后来，亲见知识，有个入出，见山不是山，见水不是水；而今得个休歇处，见山只是山，见水只是水。"——这才是人生和做学问必须经历的三重境界——我以为，冯友兰先生对于我们的学术价值就在于此，或许这就是"参禅"的"入出"，只有这样内外兼修，才有可能达到"那人正在灯火阑珊处"，或者"见山只是山，见水只是水"的学术研究和人生的至高之境！

读冯友兰先生的著作成了每日功课。做功课忘却了一切……骨伤有片刻使人绝望的剧烈疼痛，常常在读书正酣之际袭来，然而，这时分，正在紧张地吮吸精神汁液的极度快感，很是轻而易举地击败了来势凶猛的疼痛，犹如仲夏从秦岭上空漫游而来的乌云忽然裂开隙缝，闪亮出金色的万丈阳光，给人带来无限的光明和希望而心情顿时愉悦起来。

伤痛中寻求灵魂的愉悦，应该说这是一段非常安谧而舒适的时光。当疼痛远离的时候，柔和的光线照射在微微发黄的书页上，不知不觉地，从容而宁静地进入一个温和雅致闪烁着人类思想结晶的世界……

坐对韦编竹影摇

坐对韦编竹影摇，这是读书的一种境界。读书是有境界的，境界高了，书便读得愉悦，收获也多。去岁嫩冬，得几日闲，遂有以下笔记。

一

阅读孙犁的《书衣文录》（手迹），两卷。

孙犁之著作，大略收藏，计有《孙犁文集》五卷本，亦有孙犁名章的《孙犁全集》。至于劫后文集十种，及小说、散文、文论等选集，也基本搜罗在架——青少年在校读书时，非常喜欢，经常手不释卷，尽情阅读。孙犁的著作，不同版本，凡能遇见，皆如数购置。即《书衣文录》，有素白装帧薄薄一册，今得这部，较前书收录较全。据编者云，孙犁之书衣文录，并未悉数入编，因为有"少量仍不适宜公开发表"。不能"公开"发表，以己度量，无非有二：一者，涉及国家或党政或文坛事项；二者，涉及自身或家庭情感方面，两者均有忌讳的地方。如是这样，不公开发表也好。

孙犁后期，入世既深，察之入骨，言简意赅，意味悠远。其思想已臻极界，令人百读不厌。

二

阅读日本学者石田千之助的《长安的春天》。

阅读美国学者柯嘉豪的《佛教对中国物质文化的影响》。

石田千之助写的这部书，文笔真好。开卷即是与书同题的《长安的春天》，扑面而来的是大唐那万物明媚、令人积极向上的和煦之风。诗意盎然的描写，如沐春风，"渭水之上落日的铺霞，终南山麓骄阳笼罩"；"桐花现紫，郊外的田垄上麦苗青青，御沟的水面上柳絮如雪翻飞"；"熏风抚慰着浐、灞二桥桥头的柳丝，舒爽地吹过；牡丹盛开"……这些优美的句子，由衷地赞美大唐那气象万千的绚丽景象，令人无限神往。

日本学者研究中国文化，多从具体细微的物体入手，经过仔细的考古和严密周详的诠释，来进行论证和揭示，文章写得很是扎实有力。这样的文章读起来也很有滋味，要比一些看起来名头大却没有多少真正内容的篇什不知强到哪儿去了。再说，石田千之助除文笔好，材料过硬之外，他的研究思路甚是清晰，主题明确，不枝不蔓，读起来轻松愉快，又能获得许多不曾有过的知识。

对于佛教，先前并没有系统阅读过几部经典的著作，零星倒是接触过一些简单的东西。去年的冬季，趁着岁末年尾的空白时间，陆续阅读了汤用彤先生的《汉魏两晋南北朝佛教史》《印度哲学史略》；季羡林先生的《佛教十五题》；吕澂先生的《中国佛学源流略讲》《印度佛学源流略讲》以及方立天先生的《佛教哲学》《中国佛教》《中国佛教哲学要义》以及蒋维乔先生的《中国佛教史》；杜继文主编的《佛教史》等著作，还阅读了任继愈先生主编的《中国佛教史》（一——三卷）。接着，继续阅读《法华经》《楞严经》《心经》《金刚经》，特别是阅读《维摩诘经》，令人如行山阴道上，身心为之非常愉悦！当读完《法显传校注》，不禁油然而生极大的敬意——如果一个人具有全身心投入自己为之追求不移的事业的精神，那就会产生一种巨大的勇气和克服一切困难的决心，这个力量是不可战胜、一往无前的！当然，还有后来的玄奘，他们都具有这样的品行与毅力。

有一天，和一位物理老师闲聊。他说，如果能读完二十几本著作，就可以大致了解某门学问。这话说得很有道理。读完这些介绍佛教方面的著作和佛教的主要经典，至少，对佛教有了理性的认识，知道了佛教的主要思想与哲学观点，也被佛教经典华丽而饱含深刻内容的文体所深深吸引。当年，唐代大诗人王维不也深陷佛教教义之中，在困顿的人生中看出了希望的出路……

佛教传入我国，不单单是影响到思想哲学和文化方面，也影响到我国的物质文化方面。柯嘉豪的这部书，全面论述了佛教对我国物质文化的渗透与逐渐融汇，而形成了我国独特的物质文化风貌。这部书，应该是一部很好的认识我国古代物质文化内涵与外在形式的著作。

三

连日秋雨霏霏，天气阴冷。

今日立冬，阳光灿烂。

秋窗读书，光线明亮。前几天，阅读英国女学者蓝诗玲的《鸦片战争》，长达五百多页，却写得波澜起伏，引人入胜。虽然是学术著作，然而，情节生动，人物形象呼之欲出，特别是对英国侵略中国的鸦片战争首领义律的心路历程分析十分精彩。人性确实非常复杂，在一定的历史细节环境中，往往行为与理性相违背。不管怎么说，一个掩盖不了的事实是，英帝国主义为了攫取资本，利用东印度公司向中国输送鸦片以获得高额利润，这是极不道德的商业贸易。在遭到林则徐虎门销烟严峻抵抗之后，悍然大举派军舰入侵，其目的，还是继续这个极不道德的商业贸易，通过鸦片在中国搜刮大量白银。中国从此沦入更加黑暗的世界，更加民不聊生。《鸦片战争》全景式反映了英国政府以及清政府在这场战争中的各种较量，展现了侵略者的贪婪凶狠，也展现了清政府的腐败无能和上下官员自欺欺人的行径，预示了这个外表庞大而内里虚弱不堪的社会政权结构必将消亡。这部书，文字轻松，叙述有致，读起来不大费劲，收获良多。

阅读美国学者萨拉·罗斯的《茶叶大盗：改变世界史的中国茶》。这是一部记叙维多利亚时代植物大盗罗伯特·福钧偷偷摸摸进入中国内地的杭州以及福建武夷山一带，窃取绿茶和红茶树木与种子的罪恶行径。作者很是欣赏其冒险精神，把一个植物大盗福钧的偷窃过程写得曲曲折折，波澜横生。这个强盗，趁着当时中国社会失却管理和整体缺乏现代科学精神的状态下，抱着极端的个人英雄主义以及经受不住英国东印度公司的丰厚报酬引诱，铤而走险，终于由一个低微的苏格兰植物爱好者变为资本主义植物强盗。茶叶与咖啡，改变了世界。这句话的内涵是，茶叶与咖啡，带来的非常丰厚的商业利润——或者说是资本，推动了世界资本主义的发展，也推动了世界工业化与现代化的进程。因为，在自然界，除粮食和棉花之外，再也没有茶叶与咖啡与人类的日常生活密切相关的植物了。就茶叶而言，世界上最大的生产国度是中国，而十九世纪乃至十八、十七世纪甚至更远，茶叶是中国与世界经济贸易的主要商品，也是中国获得货币积聚财富的主要来源。由于福钧这个植物大盗的偷窃行为，中国的优质茶叶品种被引种于印度和印度以外的世界各地，而直接影响中国茶叶在世界经济贸易中的主要地位，等于切断了中国对外经济的主要动脉。对于福钧这个强盗，绝不能像西方世界的一些媒体与人去赞扬、去欣赏。

《鸦片战争》与《茶叶大盗：改变世界史的中国茶》这两部书，前一部主要论述了中国在十九世纪中叶遭受英国帝国主义以经济掠夺为目的的野蛮侵略，动摇了中国社会的主要走向，从此进入被世界各帝国主义屈辱与压迫的历史。后一部则是表面上记叙苏格兰人福钧偷窃中国优质茶叶品种的冒险经历，实质上是帝国主义切断中国经济贸易动脉的罪恶实施的供状。这两部书，值得我们深思！

无限太行紫翠

　　鱼丽是个才女，不但散文妙笔生花，而且几笔花卉也活色生香，而今，小说创作逐渐进入佳境。这不，眼下正读着她织锦一样表面波澜不生而内在惊心动魄的女性小说——说是女性小说，主要的缘由是鱼丽的小说主要塑造的人物形象大都为女性而言，读来让人感触良多。

　　集中阅读了鱼丽以女性为主角的中篇和短篇小说，这些刊发在不同文学期刊上的作品，就其单篇而言，只觉无论在语言还是人物的刻画上，颇见其艺术功力。

　　鱼丽笔下的人物形象，几乎全都是女性形象，其中既有不谙世事的闺阁，也有沉沦社会经历了一番风霜的少妇和身上已经百孔千疮的老年妇女形象——这些女性形象，一个总体特征，是大多各有一段掩埋心底不轻易向人道出的"故事"，在生活的激流中上下沉浮，明明暗暗都有点"心酸"。无论是《千丝情》里的理发师母亲张怀珍，女儿小黎，还是《杨云的小日子》里的杨云，甚或是《小合唱》里的安恬恬，《风景房间》里的刘洁等人物，莫不是这样——事实上，在生活的激流中，那些看起来冰清玉洁的女性，如果走进她们的世界，却也令人怵目惊心：或在生存的夹缝里苟延残喘，或在美好的季节横遭风雪，或在日常平淡里风韵不再，而现实的严酷实实地给她们的心灵留下永远难以平复的伤痕。

在现实生活里，最能感受到社会与岁月压迫的就是女人或者女性了，除过她们肩负的社会、家庭重负之外，还面临着恋爱、婚姻和孕育等不可逃避的责任，这些，都要求她们不断地"算计"自身和不断地"算计"自身而外的一切，当然，也包括"算计"能担负起家庭重担的"男人"——但是，往往有这样的情况出现，在她们反反复复精心"算计"之后，常常坠入"情感"而不能自拔的"失算"的尴尬之中，把个人的命运抛闪到"劫难"的境况——《风景房间》里的女教师刘洁就是这样的女性形象，经历了离婚，远走异乡，打工，男朋友被撬等一连串的生活打击，升起在心头的五彩幻影又不时破灭，最后，只是祈愿能有一所收留自己与女儿的"风景房间"就心满意足了……还有《珠玉记》里的老妇人，自己不忍心花费腰缠万贯的"老公"的钱去购买稍微贵重一点的"珠玉"来装饰打扮自己，却不知道，自己一直相助终于在生意场胜出的"老公"背着她，携带年轻可爱的"小三"在珠宝店大把大把消耗"银子"，尽量满足"小三"的虚荣心肆意购买"珠玉"的故事，两相对比，不只是刻画了忘恩负义者的形象，更深刻地刻画出目前社会上那些无视道德规范仗着年轻"吃青春饭"的"丑"女子形象。这些女子凭着姣好的青春资本，毫无廉耻地公然剥夺掉他人的"老公"身体乃至财富——实质上，在消费社会语境里，出现这样令人纠结的事情，不过是一场人性的交易而已。有些人把握不住人生的轨向，攫取财富和贪图消费快感，由此导致出一幕幕荒唐的丑剧，在鱼丽的笔下，得到入木三分的揭露与鞭挞。

《小合唱》是鱼丽 2013 年发表在《西南军事文学》第四期上的一篇小说。这篇小说，选取了表面看来波澜不兴的学校生活，其实在这表面波澜不兴的生活下面，却是剑拔弩张般人事的勾心斗角。主要人物安恬恬在忙活操办了学校工会组织的合唱活动之后，并没有如愿以偿达到自己设定的出色上位的目的，反而是在合唱排练过程中处处设置障碍的老谋深算的钱敏得到了上级的"表彰"。还有，安恬恬以前的心仪对象周星海在出国学习声乐归来，居然认钱少认人或者不认人的举动，把安恬恬深藏心底里的那么一丝丝的旧日情感击得粉碎，一点儿也留不下昨日的梦境——纯情与努力，这一切都折断在无情的现实面前，令人齿冷。《折叠》则是鱼丽很见功力的描写女性日常生活中"顺着生活的曲线过日子"的尴尬窘态，云珊喜欢餐巾折叠，那些"彩色棉布的，纯色亚麻布的，印花纸质的……有的质地柔软，有的质地紧密、挺括，有的带蕾丝装饰，有的是织锦绣花……"为了很好地折叠这色彩各异、质地不同的餐巾，她甚至专门"买过一本餐巾折叠的书，款式多样，用来反复练习"——由此可见，云珊并不是一个低俗的妇女，而是很讲究精致生活的具有一定品位的知识女性。可就是这个具有知识女性品质的女性，却面临着公司搬迁等事由，为了少走点上班路程，千方百计鼓动丈夫另买一套距离公司近点的楼房。然而，事与愿违，不得不努力调整好自己的心态，抑制住自己的愿望，将自己的生活"折叠"在外表华丽而内在早已缺少激情的重压之下，不得不继续过着"折叠"后的人生。问题是：云珊并没有醒悟到缺少自己主体需要的人生实际上被纠正被淹没，而这种被纠正被淹没的人生便是自己主体屈从的结果。

鱼丽的小说，关注着现实女性世界，关注着不同层次、不同身份、不同文化教养和不同年龄段的女性，企图通过自己的笔墨来展现这些女性在当下生活里的情绪反应、心理变化以及人生转向，从而引起人们对这些女性在琐碎的日常中逐渐不知不觉取消了自己主体的动量，而满足或者习以为常地牺牲换取日常生活的苟安的重视。依据这个认识，在我看来，女性无论是精神或者物质都深刻地与社会的经济地位和财富分配相联系，这就决定了女性在一定的社会始终被"奴役"，而这种被"奴役"的心理与精神早就潜伏在她们的无意识之中。所以，在《反杜林论》中，恩格斯提出了妇女解放的程度是衡量普遍解放的天然尺度——这里的"普遍解放"，既是指妇女解放必须伴随全体被剥削被压迫人民的社会解放而得到实现，更重要的是女性意识的觉醒与社会身份以及生活地位的解放——事实上，这是一个漫长的历史过程，而当下，女性在现代化进程中不但争取到了政治、权利等方面的解放，也逐渐具有了独立的社会意识与精神意识。从某种角度来看，鱼丽的小说取材于女性，取材于女性的日常生活，取材于女性生活的林林总总，就是企图刻画出现代社会的进步尺度。

在阅读鱼丽这些女性小说过程中，还有一个明显的感觉，这就是她选取了不同的女性角色，选取了不同职业的女性，通过她们细碎、情感发展层次以及身体的真切感受，渗透出深切关注女性命运，力图在具体而微的生活状态里揭示出现代女性在心理、精神以及身份和社会追求方面的努力，这也许就是鱼丽女性小说带给我们的思想与艺术启示吧！

　　阅读鱼丽的女性小说，觉得她的小说语言别具特色，很是讲究语言的色彩、密度与意象、意境的塑造，就如同一汪凝碧寒烟的水，浓得化不开——密实的比喻和连珠贯玉一般的话语，在眼前锦锦绣绣铺展开来，构成了鱼丽的小说语言特征。而这种小说语言特征，在阅读我国古典名著《红楼梦》里感受过，在现代女作家张爱玲的小说里感受过，不过，鱼丽的小说语言不是对《红楼梦》以及张爱玲语言的复制，而是把属于自己的一些感性的直觉的言说糅合在这些密集着意象的语言里——具体而言，小说，说到底要通过出神入化的语言描写来塑造人物形象与营造人物所处的特殊的艺术环境。一个小说作家，如果缺少对语言的独特体悟和独具匠心的运用，那么，就是故事再生动，也不会有很好的震撼人心的艺术效果——语言在某种意义上来说，是决定小说美学特征的决定性因素之一。鱼丽的小说，可以说其语言如珠如玉，带着饱满的极具内在的艺术感染力，不断冲击人的欣赏视角，特别是鱼丽善于运用"通感"的表现手法。所谓通感，就是在描述客观事物时，用形象的语言使感觉转移，将人的听觉、视觉、嗅觉、味觉、触觉等不同感觉互相沟通、交错，彼此挪移转换，将本来表示此感觉的词语移用来表示彼感觉，使意象更为活泼、新奇的一种写作手法。这样的好处是，能把一些比较难以形象的感觉转化为可视可触摸的具象。鱼丽深得语言通感之妙，把小说的语言由听觉转化为具象的视觉来铺陈在读者眼前。在《雨雪霏霏》里，鱼丽形容"表姐"的"洛水话"有这样一段甚是巧妙的描写：

从她那嘴巴里，剥落出的每一句话，都又大又光滑，如鸡子一般，滴溜溜地，落地都不打含糊儿。

写"母亲"的"洛水话"：

年轻时，她的洛水话，有种抑扬顿挫的节奏感，语速又轻又快，像圆粒紧实的小花苞，密密麻麻，排列在黝黑疏朗的花枝上。年纪大了，口音明显冲起来，毫无遮拦，喜欢七荤八素地打趣，有说有笑地嬉闹，特别是人多的地方，她说话的信息量也会疯狂地增长，像千树万树梨花开一般。

以上的这段描写，生动传神而又准确地把让人难以把握的抽象的话语视觉化了，让人可以感觉，可以触摸。同样，鱼丽的小说语言，善于将抽象心理状态或者情绪流动甚至议论，通过具体的能够视觉化地描写到位。在《折叠》里，有这样一段对"婚姻"的议论：

婚姻，搁哪都一样，时间一长，就有了不同的质地，有的是纯棉，有的属亚麻布，有的有丝绸感，还有的，简直就是的确良。云姗与伟光的，虽已经楔入了婚姻的深层，但她喜欢的婚姻的纹理，还是纯棉质地的，绵软，厚实，有种过日子的踏实、专心。

你看，鱼丽的小说语言几乎都是把视觉与听觉、抽象与具象转化腾挪，伸延变异，形成了具有自己小说表达特征的语言。当然，尽管鱼丽的小说语言连续的比喻、暗喻和明喻，但却离不开女性生活场——她的比喻对象多与女性日常生活中关注的花儿、布匹以及食材相联系，而且这些都可以在鱼丽的小说中充当艺术描写通感的事物，多多少少，色色彩彩，密密实实，稠稠厚厚地交织在一起，鲜艳绚丽，光彩夺目。

鱼丽的女性小说从结构上一般来看，善于截取女性生活的某一断面，绝少无谓的背景铺陈，其开端往往"抓住"人物敷衍开来。她的《云胡不喜》《千丝情》《杨云的小日子》篇什，都是这样一上来就紧紧地缠绕着人物与人物、人物与事件之间的"矛盾"或者"冲突"展开故事——中短篇小说，由于篇幅的限制，只能在人物"矛盾"或者"冲突"最为激烈之处着笔，不然，巡视迂回决然不能吸引读者，失去继续阅读的兴趣。当年，阅读美国作家海明威的中短篇小说，觉得他之所以能取得这样的艺术成就，重要的是海明威能迅速把读者带入故事，带入作者设定的艺术场景里面去，然后随着人物一路向前，乃至于终篇——这就是海明威驾驭小说艺术的高超能力，也是海明威善于剪裁生活的艺术高超能力。鱼丽在结构小说上，显然是经过了长时间的艺术尝试，才有了如此这般的结构手段，应该给予肯定——鱼丽的女性小说，风景透迤秀丽，既有古典小说的文化底蕴，也不缺少现代小说的前锋亮色，借用范成大的话形容也很恰当——"无限太行紫翠"，鱼丽的女性小说就是流金溢彩的当代女性情感与人生的"紫翠"秀锦！

独特的散文艺术之美

　　《树荣》这部散文集，放在手边，陆陆续续翻阅了几乎大半年的光景，因为，在这部散文集里，仿佛能听到这个时代主流向前涌动的潮汐的声音，能看见这个时代整个社会发生的变异的色彩斑驳优美的图画。不仅仅因为这部散文集的作者是我的富有文学才华的老同学张立先生，更重要的是他的这部散文集以其深厚的思想穿透力和饱满的艺术意境而牢牢地吸引了我，使我常常在紧张的西方与中国哲学阅读与思考之中，有了一块可以放松身心、舒展灵魂的青山绿水。久违了，如此这般用了朴实的文笔却又闪烁着灵动之气的文字，已经成为在我国散文创作园地里难以目睹的一缕夏日清晨灿烂的霞光，扑面而来的是清新的芳菲……

　　散文，走过了漫长的几千年历史，有过辉煌，也有过衰败；有过洛阳纸贵的殊荣，也有过令人不屑一顾的尴尬。春秋战国时期，王纲解纽，思想解放，诸子百家，精彩呈现，其文章莫不如江河之水滔滔而来，气势宏伟，卷起千层浪；两汉，散文敏锐的思辨力量转而沉淀入史学之中，徐缓而沉稳，显示出深远的厚重之光；魏晋之时，则散文艺术发展到了自觉觉醒的时代，文与质兼胜，奠定了我国散文发展的美学格局；唐宋散文，承接了春秋战国散文的思辨遗绪，却又掺入禅的因子以及道家色彩，除过韩愈依然恪守正统的儒家政治观念而外，几乎其余大家，逐渐走向空灵虚幻，散文逐渐退出了气吞万里、方略天下的主战场，沦落到抒发个人情怀与注重山水的闲情逸致的艺术地步，丧失了散文旺健的思想表达与力挽天下狂澜的艺术勇气。

明清散文更是走入穷途末路，气量愈加狭小，思想愈见贫弱，犹如案头清供，自娱自乐或者二三同人间观赏揣摩而已。给散文注入新生命的是新文化运动，由于接受了外国先进思想的强烈冲击与异质的散文艺术经验，散文终于焕发出前所未有的艺术活力，大家辈出，成就显著。而近四十年来，更是群芳争艳，一派生机勃勃——不过，应该看到，散文在得到长足进步的同时，也暴露出一些问题，散文慢慢丧失了原有的美学品格，在变异，在扩容，散文的这些艺术现象与艺术实践，值得认真研究——然而，要说的是，张立先生的散文创作，在我看来，在一定意义上，接连起来古典散文的艺术风度，不去追求那些空灵虚幻地偏重于抒发个人情怀的东西，而是把艺术的笔触深入当代社会生活的各个层面，进行艺术的扫描和客观真实的描写，当然，在叙述的过程中自然而然地渗透了自己对社会对生活以及对人生和一些社会现象的认识和思考。

这些认识和思考，体现在他的散文创作中，收录在《树荣》这部散文集里的《谛听辽阔》《守望西部》《汹涌的春色》《正学街》《这就是书市》等艺术篇什，紧紧抓住社会关注和引人瞩目的问题，客观真实而又富有诗意地表述出来，呈现出当代社会的主流发展方向与走向我国现代化道路上丰富多彩的社会现象——张立先生的思想敏锐性很好，善于在各种复杂的社会矛盾里，找准律动着时代强音和代表着社会本质的规律，从生活的表象入手，经过朴实的语言文字，抽绎出一条可以贯穿整个篇章的文脉，然后，进行散文的艺术创作，该轻描淡写的就轻描淡写，该浓墨重彩的就浓墨重彩，使得整篇文章波澜起伏，跌宕有致，又回环紧扣主题，犹如秦岭一样美丽如画，韵味无穷。

张立先生从事新闻工作，使他有机会走更多的地方，见识更多的山水与名胜古迹，这些都体现在他的散文视野里。例如，《藏路心影》《聆听大明寺》《白鹿原下觅风情》《读不完的王顺山》等，记叙了他进入神秘的青藏高原的心路历程。当驻足那亘古不变的群山之中，仰望着那原始的高原、漂浮着白云的蓝天的时候，估计以往那浮躁的心灵与不安分的灵魂，都会在这一时刻安宁下来，倾听内心的声音，呼唤旷古的真善美，并重新提升自己的精神。在大明寺，面对人类至高的智者释迦牟尼佛，听着动听入耳的佛音的时候，不由自主地凝练了心神，顿生普度之心。而白鹿原，这是著名作家陈忠实先生魂牵梦绕并以巨笔写出这块地方一百余年来惊心动魄的历史而扬名四海，在当下的社会状况下，又是一番怎样的情景呢？张立先生的这篇散文及时回答了这个人们急切得知的问题，在他的笔下，白鹿原依然风光无限，一片春色正好。王顺山，地处蓝田县域内，属于秦岭的主峰之一，雄伟壮丽。张立先生从小就生活在这里，沐浴着带着野花香的山风，饮着带着山的清凉的山泉。在他的散文里，王顺山显得更加美丽如画，也是他对故土的文化还乡式的热情回报吧！记得，2014 年在编辑《陕西文学六十年》（散文卷）的时候，当我看过张立先生不少的散文作品之后，认为很能代表其散文特色的应该是描写西域的篇什，例如《在那遥远的地方》，这是连续发表在报刊上并引起很大反响的好作品，确实不错，值得一再研读。

在长期的记者生涯中，张立先生接触了不少当代作家和艺术家，有些人和事，他都及时用笔记载下来，也许，当时并不能掂量出这些散文的价值，可是，当历史的车轮行进到一定的时候，蓦然回首，这些作家和艺术家便栩栩如生地再现出当年的风韵来。他的《肖云儒的那根香肠》《赵振川的山水精神和他的影子》《漫画许自强》等散文作品，便具有了史料与艺术的价值。还有，他与陈忠实、贾平凹等作家的访谈，也视角独到，语言风趣。例如，《访平凹·话〈白夜〉》《文学艺术的春天更加绚丽多彩——陈忠实先生答记者问》等，都写得文质兼美，引人入胜。

当然，作为一家大报文体部的主持者张立先生，不可避免地要及时对一些文艺思潮、文艺现象和文艺活动作出回应，因此也写出不少具有真知灼见的文艺随笔或者评论。我始终认为，散文不能只是风花雪月，而要具有一定的思想与精神含量，这是衡量散文艺术的一个非常重要的标准。在《树荣》这部散文集里，张立先生的这部分作品，应该是最具分量的部分。例如，《戏剧的种子》《文学批评的德行》《时代呼唤真正的文学批评》，这些文章，理论功底扎实，思想锋利，对于端正文风与促进文艺健康发展自有一定的积极作用。

总而言之，张立先生的散文创作，在当下平庸的散文之风愈刮愈厉害的时候，横空出世，呈现出刚劲有力具有古典散文艺术张力和敏锐的认识及思想含量，具有独特散文艺术之美。

珊瑚碧树交枝柯

著名文艺评论家邢小利先生在一篇文章中说过，陕西的文学有两个传统：一是源远流长的秦地古代文学传统，二是红色延安的革命文学传统——这话很有见地，基本上比较准确地概括了陕西文学发展历史承继的真实情况。先说第一个传统对陕西文学特别是散文创作的影响，这就是追求反映客观真实的散文艺术，追求具有内在品质的史诗性作品；第二个传统的影响，更多地是自觉地投身于火热的现实生活，力图反映出这个时代特质和时代精神。

就散文创作来说，从二十世纪的五十年代一直到当下，陕西可以说是我国当代散文发展的重镇，无论是前十七年还是改革开放前新时期和后新时期，都出现了散文艺术大家以及创作个性鲜明的群体作家。

红色延安哺育起来的散文

全国解放以后，大批在延安成长起来，接受马克思主义，特别是毛泽东文艺思想的作家、艺术家，离开了陕北深厚的黄土高原，走进城市，成为新文艺的主力军。这一时期，陕西文艺得到了很快的发展。

以李若冰为代表的陕西散文创作，在全国引起了强烈的反响。他少年时代，就投奔延安参加革命。新中国成立后，从中央文学研究所毕业后，便积极投入社会主义建设的火热生活，"把自己的手紧紧地扣在生活的主动脉上"，"用自己的胸脯贴着生活发展的脉搏，感受生活、感受时代"。李若冰西出阳关，穿越河西走廊，登上祁连山，在柴达木、塔里木盆地和塔克拉玛干大沙漠以及高山、雪湖和草原上留下了一步步跋涉的足迹，在二十世纪五十年代相继出版了《柴达木手记》《酒泉盆地巡礼》《勘探者的足迹》等散文集，被誉为我国"石油文学"的奠基人。

新的历史时期，李若冰再次深入西部的柴达木盆地，在戈壁滩、胡杨林，在石油工人中，进行清醒的生活与艺术的思考。只有在这"长河落日圆，大漠孤烟直"的大西北，李若冰好像才彻底地摆脱了性灵的束缚，不可遏止的创作激情像泉水一样喷发。这时候，李若冰的散文达到了自己最高的艺术美学境界。在前十七年的散文创作中，李若冰不是十分讲究散文的艺术布局，往往抑制不住新生活中那些动人的人与事，来不及进行必要的艺术沉淀，泼墨一样把这些活色生香的审美对象凝固在自己的篇章里。经过了十年"文革"的折磨，在赋闲时间读了大量古代和现代的散文作品，李若冰对自己的散文创作开始了反思，也对中国社会和未来走向进行了反思。新时期开始后，李若冰很快找到属于自己的写作题材，在继续关注西部柴达木石油战线之外，他把扶植年轻一代作家当作自己最重要的艺术任务，写下相当多的评论、序跋，通过这些文字，可以看到老一辈作家无私而崇高的艺术情怀！李若冰新时期的散文具备了大家的气象，而且在创作的数量上也是他们那一代作家里边比较多的，接连出版了《神泉日出》《李若冰散文选》《塔里木书简》《高原语丝》《满目绿树鲜花》《李若冰散文》以及《李若冰文集》等作品。

魏钢焰是以创作报告文学见长的作家，但是，他的散文仍然是神形兼备，极富文采。其创作的散文《船夫曲》无论结构还是文笔都属于当时散文领域的翘楚之作。在这篇散文中，魏钢焰采取了打破时空的艺术手法，把历史与现实交织着一起进行描写，凸显出人物形象的饱满和性格特征，热切地反映了新生活。魏钢焰善于运用白描的散文描写手法，寥寥几笔，就刻画出令人难以忘怀的人物和典型环境。

从红色延安走来的，力图把现代诗歌和民间歌谣完美结合的，素有"狂飙"诗人之称的现代大诗人柯仲平，他全力以赴创作反映西北革命的历史长诗，但是，由于当时极"左"路线对文艺创作的损害，最终未能完成，而他遗留的"检讨"却成了其时损害文艺现象的"控诉书"，读来让人几多唏嘘。始终以阐释和宣传毛泽东文艺思想为己任的文艺理论家胡采，他的文艺理论绝少教条主义的枯燥无味，而是充满了政治和艺术的激情，有些篇章几乎可以作为抒情散文来阅读。还有以反映伟大而壮烈的延安保卫战而闻名天下的小说家杜鹏程，以描写中国农村、农民从贫困走向富裕和光明前程的作家柳青，以刻画渭河沿岸的庄稼汉在新生活的潮流中发生剧烈而又细微的思想和心理变化见长的短篇小说家王汶石，他们除了各自的长篇小说、中短篇小说和诗歌的创作之外，还积极参与散文的创作，给广大读者奉献了许多优秀的散文作品。二十世纪五十年代开始，由作家出版社连续出版的《散文特写选》，陕西作家的散文精品相继收入。

令人遗憾的是，当这些年富力强并在文学创作中取得巨大成就的作家，在六十年代中后期，基本上停止了艺术创作。那一场蔓延十年之久的"文革"灾祸，几乎断送了他们的艺术青春。柳青、杜鹏程、王汶石此后再也没有具有艺术震撼力的作品出现，他们的文学创作成就，永远定格在前十七年心血煎熬出来的伟大作品上了。"文革"结束后，陕西这一代曾经创造了文学辉煌的作家，也焕发了艺术生命，然而，由于身体和各个方面的原因，他们不约而同地把精力投入到散文创作中去。柳青的散文，和他的小说相比较，更多突出了现实生活和艺术实用的功能。例如，柳青谈文学艺术的"三个学校"，给人的启示不在于散文艺术美，而在于思想和美学意义上。柳青最大的文学遗产，我以为是精神和人格方面的，是一个文学殉道者的伟大形象！这个层次，不是一般的作家所能达到的。1979年，中国青年出版社率先推出了装帧精美的《柳青小说散文集》。柳青那质朴优美的艺术语言，那对西方语言和民族语言在文学艺术上的完美追求，那对终南山下风物的精到描写和对人物心理活动的确切把握，以及隐藏在文字中的对社会人生的透彻认识和涌动着的不可遏制的艺术激情，再次打动了广大读者的心灵。

杜鹏程的长篇小说《保卫延安》描写了彭德怀元帅的光辉形象，随着彭德怀元帅在庐山会议上被批判和罢官，遭受到错误的、无情的政治清算之后，这部优秀的长篇小说也被打入冷宫，杜鹏程也受到了始料未及的严酷的政治迫害，但是，八十年代初期，在拨乱反正、正本清源的时代背景下，党终于为敢于为民请命的坚强的共产党人彭德怀元帅平反昭雪，杜鹏程也获得了新的政治和艺术生命，他的长篇小说《保卫延安》再次受到肯定，并得到重新出版。同时，收录了杜鹏程长达三十余年的散文作品的《杜鹏程散文特写选》《杜鹏程散文选》《我与文学》等集子也陆续出版。

　　红色延安哺育起来的这一代散文作家的散文主题，大都是以反映现实生活为主，以正面描写现实生活中的社会主义新人形象为主，积极拥抱生活，其作品的审美特征清新向上，语言质朴，流动着火一样纯洁透明的诗情画意。他们的作品绝少无病呻吟、矫揉造作的艺术现象，跳动着激烈的时代前进的脉搏。他们注重从生活到艺术的文艺观点，强调作家深入生活、体验生活、研究生活，再更集中更典型更艺术地反映生活。李若冰的生活根据地是西部柴达木盆地里的石油开发区；柳青在秦岭北麓汤河流域的村庄，过着和当地农民一样的生活，剃着光头，穿着老粗布黑棉袄，简直就是一个地道的关中农民老汉形象；杜鹏程深入宝成铁路工地，和铁路工人战斗在一起，在钢铁和混凝土里，和这些共和国的建设者结成了牢靠的友谊，不仅获得了文学上的珍贵素材，也获得了思想感情的高度升华；王汶石来到盛产小麦和棉花富庶的渭河沿岸农村，其短篇小说基本的故事情节甚至语言，都直接来源于真实的农村生活——正因为自觉地沿着从生活到艺术的创作道路，他们的散文作品，直接报告着共和国前进的沸腾的生活，创造的文学人物形象与文学意境都是生活的真实描摹，因而，创作的文学作品蒸腾着火热的生活气息，体现着当代社会主流价值观。

他们政治信念坚定，竭尽全力地描写自己为之奋斗、为之流血牺牲的共和国的社会主义生活，竭尽全力地塑造一代社会主义新人形象，并在他们身上寄托了全部的政治理想和生活理想以及美学追求。同时，不可否认，这一代作家由于不曾脱离革命斗争的社会巨大漩涡，对他们来说，散文以及文学创作首先是政治斗争，是战斗，因此，缺少文学自觉的艺术特征，多是遵命文学，影响了他们的散文艺术格局。

改革开放新时期的散文

由于中国历史揭开了新的篇章，解放思想、改革开放成为主旋律。首先是农村发生了历史性巨变，党及时终结了人民公社社会结构模式，实行土地家庭责任承包制，极大地调动了广大农民的生产积极性，同时，国有企业和政治改革也开始破冰，社会出现了前所未有的生机勃勃的政治经济局面，社会主义文化事业也得到极大的发展。在这个时期，地处内陆的陕西始终积极推进改革开放，社会发生了根本性的改变，不仅在经济上得到了前所未有的发展，而且在观念上也发生了前所未有的更新，多元化经济推进了社会走向繁荣昌盛。这些都有利于文学艺术健康发展。陕西的第二代作家，欣逢时代上升的历史阶段，在第一代作家关爱培养下，既努力传承优秀的现实主义文学传统，热切地关注当下的社会生活，又积极学习当代西方文学，汲取有益的艺术营养，不断提高自身的理论认识和文学艺术素养，创作力得到了极大提高，出现了在全国文坛乃至全社会都受到普遍关注的优秀文学作品，陕西出现了新的文学高峰——中短篇小说、报告文学和诗歌在全国不断获奖……涌现出了以路遥、陈忠实、贾平凹、高建群、刘成章等为主的实力强劲的作家队伍，他们和第一代作家相比，系统地接受了专业的文学教育，无论是在知识储备上还是艺术眼界上，都远比在战争年代成长起来的作家丰富和广阔得多。而最能体现他们艺术的优势是在散文创作上。因为散文创作需要作者除了深厚的生活积累，还要有丰富的知识积累和较高的艺术识见，不然，散文就写不好。话题稍微扯远一点：散文是我国古典文学主要的文学体裁，《尚书》《周易》和"百家争鸣"时代，也就是按照雅斯贝尔斯所说的"轴心时代"的诸子学说，都是通过散文来表现其思想内容的，庄子、韩非、荀子、墨子、孟子不但是伟大的散文作家，也是伟大的思想家。在具体的散文艺术创作上，每个作家都有自己独特的审美方式，都有自己的艺术倾向。

陕西这个时期的散文创作呈现出千姿百态的艺术风格。

路遥的主要创作精力是在长篇小说和中篇小说上，没有时间去专门创作散文，但是，在完成了长篇小说《平凡的世界》之后，他拖着极端透支的虚弱身体夜以继日地写出了长篇散文佳作《早晨从中午开始》。这是一部反映他自己怎样写作《平凡的世界》的回顾性作品，有着浓厚的传统主流文化气场。西安是十三朝古都，也是儒家学说真正得到发扬的地方，且不说董仲舒在汉代主张"罢黜百家，独尊儒术"，就是在宋代，关中产生了伟大哲学家张载，并以他的学说为主形成了影响极大的关学学派。关学学派的内核认为世界是物质的，是气的化成，这就给儒家思想找到了一个安身立命的坚实基础，并在这个基础上发扬光大了儒家思想。张载不是空谈理论的书生，他除了设帐授徒之外，还身体力行，在家乡眉县横渠镇附近推行自己的土地主张。到了明代，关学继续得到承续，冯从吾等创办关中书院，就以弘扬关学为目的。关学实质是儒家思想在新的历史时期的发展，也是朱熹为首形成的新儒学的主体部分之一。所以，不管是关中的城镇，或者边远的乡村，其主流思想是儒家思想，而主要载体不但是雅文化而且是世俗文化，至今仍然还在左右着关中乡村的礼俗人情。陈忠实对关中乡村阅世极深，在其作品里或隐或明地体现这种思想价值是无疑的，这也是陈忠实散文厚实深邃的主要因素。

贾平凹是散文大家。他创作了数以百万计文字的散文，出版了几十种散文集，影响比较大的有《月迹》《爱的踪迹》《心迹》《贾平凹散文自选集》《坐佛》《朋友》等作品。贾平凹散文的艺术风格迥然不同于路遥，也不同于陈忠实，他的散文近于明代性灵派和公安派散文风格。其散文语言的艺术追求，十分崇尚晚明小品，达到了神似的地步。贾平凹的散文很少社会重大题材，而注重于日常生活的理趣的挖掘和铺排，尽力把人间的幽默情趣展示出来，反映人性之美；他的写景散文妙在模山范水不留痕迹，又能把自己的审美情趣轻松自然地投射注入，天地与人性和谐一体，如诗如画，流动飘逸。——显然的事实，贾平凹的散文得力处在于出乎佛与道两家。中国主流文化是儒，而道家学派亦是源远流长，虽说不及儒家那样显赫，却也在唐代被奉为至上，儒道并行不悖，互为表里，交融发展。佛教是外来文明。公元六十四年，东汉汉明帝时期，佛学进入东土，逐渐发扬光大，大盛于北魏，其后起伏消长，也慢慢和儒道共同构建了博大精深的传统文化。佛教经过本土化派生出一个新流派，谓之禅，最为著名的便是六祖慧能。禅入文学，中晚唐渐现，以至于成为诗歌作者很崇尚的艺术，宋代几乎全部诗歌具有禅色，以后历久不衰。贾平凹前期散文清新自然，中期为之一变，意境大开，混沌玉润，究其原因，在于他引禅入文，且深得三昧，所以，散文独具一格。贾平凹生于丹江之畔，青山绿水养成性格，且处在长江流域和黄河流域之交，很大程度上潜移默化于楚风，他又喜欢沈从文，对自然天地常怀赤子之心，人又聪慧，善于吸取传统文化和古典散文营养，散文自然别有洞天。

刘成章是致力于散文创作的作家，其散文作品数量不是很多，但是很有艺术个性。陕北那蓝天白云映照在他的散文里，陕北那深情悠长的信天游回荡在他的散文里，陕北那黄土高原背洼洼山崖上的山丹丹是他散文的魂，陕北那闹红不怕天不怕地大无畏精神支撑起他散文的骨骼。陕北有悠久的文化传统，而这个文化传统有别于关中以儒家文化为核心的区域文化，带有草原文化的特色，张扬着人性中的英雄因素，很少思想束缚；另外，由于陕北地理环境的影响，留给作家艺术想象的空间非常广阔。刘成章的散文其文化底色就依赖于此，因而，在陕西的散文创作里格外显得清新、刚健和震撼。王蓬是新时期陕西散文作家里颇具实力且能持续创作的作家之一，近年来专注于巴蜀古国人文地理研究，收集了不少罕见的历史资料和口头传说，用优美的文字写成受众面比较广的散文，独具一格，满纸的沧桑烟云，折射出时代精神的嬗变与生活的演进过程。据说，目前已经出版了好几部这种题材的散文集。

高建群是继路遥之后，陕北黄土高原走出来的又一个杰出作家。

他的长篇小说《最后一个匈奴》全景式描写陕北的历史与现状，刻画了一组性格鲜明、形象丰满的艺术人物，给中国当代文学丰富了内容。高建群不停地把历史与现实结合起来进行艺术思考，并把自己思考的结晶融化在散文作品中，使他的散文具有境界高远、气象辽阔的美学特征。

赵熙是小说家也是散文家。赵熙受古典散文熏陶较深，其作品讲究谋篇布局，中规中矩，题材多以渭北古城蒲城一带历史和现实为主，饱含着对家乡的深厚感情和眷念。出版的散文集有《赵熙散文》《秋夜的眼》等。赵熙才情敏捷，只要有所感便能敷衍成文而且出手不凡。赵熙善于吸取传统文化散文技巧，善于借鉴外国散文营造艺术气氛的手法，这两者在他作品中得到了很好的结合。

和谷是陕西新时期优秀的散文作家，出版有《无忧树》《远行人独语》《巴黎望乡》《还乡札记》等散文集。报告文学《市长张铁民》获1985—1986年全国第四届优秀报告文学奖。和谷在散文创作上极其用心，苦心孤诣追求散文艺术。他的散文大都缘情而发，感情真挚，语言质朴浑如黄土高原一般。和谷的散文散发着土地的清香，平稳深沉。

长篇纪实散文《隋炀大帝》的出版，萧重声作为散文家声名大振。之前，萧重声也出版过散文集子，且一直从事散文创作。不过，他的文笔粗放，详尽处挥洒不开。杨玉坤多年埋头创作长篇巨著纪实小说《陕西楞娃》，同时，也进行散文创作，出版有《洛水三千》《月是故乡明》等散文集。他的散文很是讲究语言美，柔软精炼，疏阔处高山大水，细密处竹篱挡风，情感绵长细腻，余味悠长。

还有一位曾经获过全国中青年诗歌创作奖的毛锜先生，精通文史，含英咀华，他的《听雪记》，二十世纪八十年代刚出版，就受到读者的广泛喜爱，独出当时的散文界。其《黄河揽胜》《毛锜散文选》也获一时之誉。他还是陕西的杂文家名家，出版有《北窗散笔》《种金坪闲话》《草野琐言》等。一代英雄曹操诗云："老骥伏枥，志在千里；烈士暮年，壮心不已。"愿读到毛锜先生更多更美的散文精品！孙见喜出版有《鬼才贾平凹》《中国文坛大地震》《荒地两章》等。其散文角度奇，用语亦奇，或有奇句。这一时期，散文作家辈出，蒉国政、银笙、匡燮、史小溪，都为陕西散文振兴做出了非凡的努力！

"疏影横斜水清浅，暗香浮动月黄昏。"——陕西女散文家在新时期也取得了不俗的成绩。李天芳是陕西优秀的女散文作家，散文作品有《种一片太阳花》《延安散记》《山连着山》《南飞燕》等集子。她的散文思想健康，积极向上，语言合乎语法规范，清新典雅。李天芳的散文直接继承了我国二十世纪五六十年代初期的散文审美取向，特别是著名散文家曹靖华、杨朔对其影响比较深，刻意追求"卒章显志"的艺术效果。有散文作品选入中小学语文教材。李佩芝是稍具抑郁诗人气质的女散文家，富有才华，以女性敏锐的心去感知外界事物，所得往往凝聚于文，情深义重，读来荡气回肠，令人感动。她不幸英年早逝，却留下了《今晚如梦》《别说滋味》《家的感觉》等散文集。李佩芝十分勤奋，且慧心秀笔，若是天假以年，其散文当会另具一番气象！

改革开放后新时期的散文

用"几树繁红一径深，春风裁剪锦成屏"来形容后新时期陕西第三代散文作家队伍比较恰当。他们绝大多数先后走进大学校门，除了接受严格系统的专业知识训练，尤其是扎扎实实地读了大量的古今中外图书，特别是如饥似渴地阅读新近介绍过来的国外先进的社会科学理论，包括西方古典和现代美学、心理学、精神分析学、历史主义、女性主义、结构主义、解构主义、现代主义、后现代主义、西方马克思主义等著作，康德、叔本华、尼采、卢卡奇、海德格尔、胡塞尔、萨特、伊格尔顿、詹姆士等人也一并收纳；同时，他们注意回到国学，收拾起精神，把《诗》《书》《礼》《易》《乐》《春秋》《道德经》《庄子》《论语》《孟子》……把新文化运动以来束之高阁的传统文化典籍，努力钻研，借以丰富自己思想资源和精神世界。在鼓荡着青春理想与激情的二十世纪八十年代，他们成熟了。当他们离开校园，进入社会，正值全社会解放思想、改革开放的历史大潮席卷天下，他们经历了整个社会在改革中的阵阵剧痛与战栗，有过希望，也有过迷惘，经过洗礼与淬火，他们变得更为清醒，更为坚强。和陕西的第一代、第二代作家相比较，他们的胸怀更为广阔，眼界更为远大，思想也更为活跃——在他们身上体现出多元文学审美选择以及价值追求，他们轻易不被偶像吓倒，也不向困难屈服，善于独立思考和理性认识生活，使他们始终保持着批判意识和强烈的进取意识。这些都是他们这一代作家千载难逢的极其宝贵的精神财富与社会阅历。

邢小利是很有代表性的一位。他的散文很有书卷气。散文写作三个类型：一曰以生活见长，采撷在生活中受到心灵感动的人和事，传达出生活前进的步伐；二曰以才气见长，花也写得，月也写得，情也写得，恨也写得，文笔活泛，不乏情趣；三曰书卷气浓厚，腹中横叠着经史子集，所写散文自然意境深邃，见地深刻，且文辞优美，给读者提供的思想含量较高。邢小利属于"三曰"，其散文仅从书目便可窥其大概：《回家的路有多远》《种豆南山》《义无再辱》《长路风语》等，其中哲理、性情、思想境界活活端出。《种子》，我觉得甚是能代表他的散文艺术风格。他叙写了明代一代学问大家兼文坛领袖方孝孺其人其事。邢小利删繁就简，着力于方孝孺的骨气与内在精神，把一个义薄云天的读书人写得栩栩如生，特别是最后的议论，鞭辟入里，升华了主题："精神的种子没有了，这个世界就只会留下一种声音。金蟾蜍没有了，就只剩下黑蟾蜍的叫声。""有了种子，即使这个世界暂时是一片荒凉，但它总有一天会绿起来的。种子不绝，非洲西部的黑犀牛总有一天还会从水中跃起。""种子是昨天，也是明天；是孤独，也是旗帜；是号召，也是希望。"这话，发人深思，回味无穷。著名文艺评论家李建军先生有一篇《隐士与猛士之间》，其中有这样一段话："小利的文学才华，颇为不俗，甚至可以说是不多见的。他嗜书如命，读书也多，学者化程度很高，这一点在陕西作家中，显得极为突出。他哪种文体都来得，早年写过诗，后来写过小说，写过评论，写过大量的散文。他具有诗人的精微的感受力，有着小说家的观察力和叙事能力，有着批评家的鉴赏力和判断力。我一直对他有很高的期待，期待他摆脱陕西作家身上惯见的封闭性，摆脱内陆省份文化上的自大与保守性，期待他一改'出世'倾向而积极'入世'，期待他破掉'隐士梦'，而做一个笃定而勇敢的'猛士'，进而在批判和启蒙的意义上，写出能够代表陕西文学最新高度的作品。"我以为这是对邢小利先生确当的评价。

朱鸿的散文，借用学衡派陕西乡党吴宓的诗句"九州人士共知闻"来形容是比较合适的。朱鸿心无旁骛，全心全意经营散文创作，至今出版有《西楼红叶》《夹缝中的历史》《长安是中国的心脏》等散文集。其散文特色：有思想重量；善于铺排抒发情感；在历史文明碎片幽光里观照现实。朱鸿部分作品其实是散文化了的政论文或者论说文，善于把某种历史事件或者带有海蓝色的生活复原或者放大，推向极致，然后"早发白帝"，携风带雨，激情磅礴而下，酣畅淋漓。朱鸿是学者，关注的是社会，努力探寻人性深处的善恶，亦有深情，却往往情极而生怨。

方英文是才子。金圣叹没有肯定哪个人是才子，只是定了《史记》《水浒传》等几部书是才子书。金圣叹自视很高，所以品评人物轻易不把才子这称号送出去，私下给自己留着，没事偷着乐，直到断送老头皮，还才子气了一回。方英文是才子，内涵和金圣叹不同：英文是"柳絮"之才，写散文断不会形容雪花"差似盐"。所以，英文的散文就像商洛山里的俊俏女子，嫣然一笑，便引人无限想象。其实，英文散文嬉笑怒骂皆成佳构，内里却是实实在在的火热心肠，怪诞里真情一片！

穆涛散文文气盛，文字也优美。他的《俯仰由他》《先前的风气》等散文集，或者是编稿感想，或者是读书感悟，皆能既节制文字，也在幽默轻松的叙述里表达自己的思想。能把文字操弄到这般雅致、这般熟练、这般随意、这般表情达意，是一个作家成熟的标志，也是散文臻于高境界的标志。

李汉荣得陕南山水钟灵造化，散文匠心独运，轻灵似清湛的汉江，优美如雨前的新茶，一花一叶一鱼一草，汉荣便能触电般地引发艺术灵感，并能一路委婉逶迤写来，文章有了露珠一样的晶莹闪烁。汉荣先前写诗，善于把诗的酿造化入散文，淡淡酒香，读《与天地精神往来》就使人沉醉。炜评聪慧睿智，深刻广博，一路紧张思索后的木槿花，艳丽夺目。

仵埂的散文具有典型的学者风度。风度在如今已成凤毛麟角了。仵埂散文的风度，自然来之于书卷，来之于几十年不废灯火的苦读，如是这般修炼下来，道行大增，翩翩然风度之态出之。仵埂的散文多是谈读书，或品评，或观感，或心得，或生发，无不"新取菜蔬沾野露"，扑面而来的是思想的芳香。有《大悟骊山》《灵树婆娑》《平民世家》等几部厚重的散文集，庞进可以暂时先放下散文耕耘，专心去写龙凤研究专著了。庞进的散文讲究的是骨气，是思想，是一种经过深思熟虑之后的表达。散文是讲究思想的，关键是思想要隐蔽在语言的背后，庞进当然知道这个艺术道理，只不过真正写起来，庞进似乎质胜于文。

齐雅丽以女性的细腻与敏感，把文艺评论文体生生弄成了美文，《红了樱桃绿了芭蕉》词意葱郁，一片慧心织锦出人品与文品的高贵典雅，淡然里"风开帘幕催香篆，坐听莺声春昼长"。张艳茜是陕西第三代成就比较突出的女性散文作家，她的散文直抒胸臆，有如行云流水般自然自如，题材多选自家庭、亲友及个人感遇，既有"杨柳岸，晓风残月"，也有"千古凭高对此，漫嗟荣辱"，人生酸甜苦辣逐一尝遍，遣送笔端，却也回眸那一转：《远去的时光》把掩藏在心灵深处的生命的无奈与潇洒在秋意朦胧时节里写尽了……陈若星的散文，大多吟唱个体生命以及生命存在中的迷茫与坚定，她的《怀念昨夜迷蒙的街灯》便深深地流露出这些思绪，令人震颤于她纤巧而美丽的心灵之美。杨莹以女性敏感而多情的笔触，去刻画和描写引起她情感起伏的自然景物与人事，写得曲折而精致。周瑄璞的读书笔记，从个人阅读的角度去解读文学名著，文笔老到而深刻。

散文写作，需要才气，也需要学识和思想。若是仅仅凭着才气写作，往往容易流于轻浮。初读还觉新鲜，多了也就觉得浅薄。若是没有才气，行文只知"獭祭"，却也不会写出好文章。两者必须巧妙结合在一起，方能写出既才华横溢又见解深刻的散文。从这个角度上来看，散文属于容易入门却十分不易写出精彩的文体。若是要登大雅之堂，必须在才气与学识和思想诸方面下功夫，这是需要相当漫长的时日磨炼，绝非一日之寒。陕西当代散文，还有一支以大学人文学科教师为主体的写作力量，例如，老学者侯雁北先生，鲁迅研究和外国文学专家张华先生，著名学者费秉勋先生，现代文学研究专家赵俊贤，新锐学者杨乐生，还有以研究唐代文学名扬域内的李浩先生，他们也在自己的专治之外进行散文写作。特别是李浩先生，出版有《怅望古今》《课比天大》等散文集，他的散文平缓而闲散的叙事里容纳了睿智的社会认识与不经意处透露出深厚的学养，这是比较高的艺术境界。当然，人文研究学者一旦涉笔散文，必然不会轻易放下抒发性灵的笔，希望读到他们更多更好的散文作品。

张立、安黎、耿翔、孔明等人在从事新闻媒体和出版工作而外，也积极涉足散文创作。张立的《树荣》散文集，得到著名作家陈忠实的高度评价，认为别具一格，具有新生的散文艺术冲击力。孔明散文的轻灵与自然，耿翔的诗文结合的新写法等，都丰富了陕西的散文且具有鲜明的艺术个性特征——回顾陕西后新时期的散文作家，他们的主要身份都不是专业的作家，大部分在高校、研究单位或者供职于媒体、出版社，在专业领域各有建树。纯粹作家生涯的人不多了。这才是正常的作家生态分布，有如新文学运动时期那样，鲁迅、胡适、周作人、朱自清、徐志摩、梁实秋、林语堂甚至沈从文也在西南联大上课——区别在于：陕西后新时期作家没有前两代作家丰富的生活体验和文学的感性积累，这是这一代作家的缺陷。所以，大多从事散文或者文艺理论写作，在书斋里用功。

江山代有才人出。目前陕西散文比较活跃的青年作家有常晓军、王飞、史飞翔、邢小俊、杨广虎等，他们犹如初升的朝阳，其写作散文的才气、学识与思想日益积累成熟，如果他们能坚持创作，当会有辉煌的创作前途！

值得注意的是，还有一批陕西籍居住京城的散文（作者）队伍，以周明、阎纲、白烨、白描以及著名青年文艺评论家李建军等为代表。他们有的长期担任国家级文艺报刊的编辑，有的长期从事文艺理论研究，且都名震遐迩。他们的散文创作，非常显著的特征就是都有深深的故土情结。无论是周明的《雪落黄河》等散文集还是阎纲的《我吻女儿的前额》等系列散文集，在抒发个人时代际遇的同时，无不在字里行间深深渗透了无以替代的故土深情，令人感动。白烨、李建军是著名的文艺评论家，在关注我国文学艺术走向的同时，无意间写出来的作品，除过深刻的思想性之外，述缠绕着美丽的诗情画意。李建军近期写作的《文学批评的震天霹雳——纪念别林斯基诞生165周年》，以浓郁的散文笔触，阐述了伟大的思想家和文艺批评家别林斯基波澜壮阔的一生与震动世界的文艺理论，精彩无比，令人赞叹不已。

希望与建议

后新时期陕西散文虽然取得了前所未有的繁荣，达到了前所未有的艺术高度，但是，也存在着一些问题：一是散文作者队伍还应继续加强政治素质、文化素质和艺术素质。这不是老生常谈，而是面对着如此激烈的社会转型与既丰富多彩又错综复杂、充满矛盾的现实生活，要有坚定的社会主义信念。没有坚定的信念，就会迷失文艺的方向，就会走上背离人民迫切需要的健康文化意愿的道路，孤芳自赏，丧失了散文的时代精神引导作用，这样的话，散文也就丧失了思想价值观，成为表现自我狭小心灵的、没有着落的情绪宣泄或者扭曲心态的低回伤悲，这是不为读者认可的。所以，散文作者必须在改革开放的大潮中，始终把自己的命运紧紧扣住时代的脉动，黄钟大吕，小桥流水，秋水长天，孤鹜落霞，只是散文的审美取舍而已，只要体现社会主导价值体系，皆可以"万紫千红"。另外，新时期陕西散文作家的文化素质参差不齐，有良有莠，应该继续加强文化艺术素质，注重从传统文化和外国先进文化里吸取艺术营养，提高思想认识品位。二是要成为散文大家，不要满足于小情趣，乐于杯水之波。陕西文化传统深厚，又有第一代和第二代诸多文学艺术前辈的创作实绩，为我们树立了艺术的标杆，所以，振奋精神，从各个方面获取散文艺术借鉴，不断进取，是一定会出现散文艺术大家的。在我的艺术意识里，应该要有汉代司马迁的伟大历史著作《史记》、美国曼彻斯特全景式散文巨著《光荣与梦想》这样的写作雄心，要有先秦诸子争鸣时代讲究文辞的美学追求精神，还要有像德国近代哲学家康德那样顽强的持之以恒的对事业的热爱，站在时代精神的巅峰来从事散文创作，给世人留下沉甸甸的蕴含着丰富的思想资源和艺术探索课题的散文著作，才算是无愧于时代、无愧于人生！三是"文章合为时而著"。文学作品是社会生活的反映，也是这一时期社会意识形态的反映，不可能也不会超越时空（科幻作品也是依据一定的社会科技发展而产生的）的文学作品，所以，要立足当下现实生活，把艺术的目光投入到解放思想、进一步改革开放所带来的社会生活各个层面的变化和人的精神结构、心理特征、审美追求、生活方式发生的深层转变，敏锐地抓住在这些转变过程中产生的新的观念及思想和具有社会主义高尚品质的新人形象，并能准确而有力地描写出来，创作出符合历史前进规律又能提升当代社会精神、净化人的心灵的时代长卷，这样的散文作品必定具有悠久的艺术生命力。四是重视信息社会生活，及时学会和运用由此而产生的影响社会生活趋向的新科技。五是要善于从优秀古典文明和当代西方文明剧烈碰撞中找到平衡的支点，永远保持民族特色并善于发展新的文化——新时期陕西散文作家，具备这样条件的人还不是很多，有点甚至耳目闭塞，把常识当成原创，或者辨别不来真与假、美与丑、善与恶，一方面丧失了《诗经》时代的纯真和明净，另一方面也丧失了新的工业化社会的适应能力，处在尴尬的历史夹缝中。这也是新时期陕西散文出现不了大家的症候所在。

六十年弹指一挥间。陕西的第一代、第二代和第三代作家用自己的心血打造了辉煌的文学景观，对整个东亚、中亚、南亚和欧洲、南北美洲及其他地区都有影响，有的作家和作品被一些文学研究者进行专题研究，成为现代汉学的一个重要组成部分。苏东坡说韩愈"文起八代之衰"，恢复了秦汉散文的优良传统。但是，苏东坡没有指出的是：韩愈之所以能倡导文艺复兴，是因为唐代强大的政治经济和基于这个现实的整体社会文明的进步及对文学创新的时代渴求，假如没有成熟到如此的社会条件，韩愈以一人之力是不能拯救文学的！陕西的三代作家，特别是新时期和后新时期的第二代、第三代作家，欣逢盛世，肩负着深重的历史责任和强烈的时代使命，以其高尚的人格和文学圣徒般的坚定信念，执着地从事文学事业，使陕西文学出现了大繁荣大发展，就像秦岭北麓那茂密的郁郁葱葱的林地上和关中田野那一望无垠怒放的鲜花，珊瑚碧树交枝柯，放射出无量的光华。

性情蒲城

一方水土养一方人，一方水土也成就了一方人的性格。

崇山峻岭、高原横断地域多养成人朴实忠厚、勇敢强悍的性格，而水国泽乡、丘陵连绵地域多养成人灵秀活络、精明机巧的性格。反映在气质精神上则呈现出不同的风貌：前者浑厚深远、整饬肃穆，后者纤巧逶迤、秀丽剔透。地处黄土高原边缘、背倚群山、地势开阔的蒲城人又该具有怎样的品行呢？有人简单地概括为四个字，曰："生、铮、冷、倔"——这是非常传神的，把蒲城人的性格活灵活现又如骨刻一般地概括出来。

生，东汉文字学家许慎在《说文解字》里的解释是："进也。像草木生出土上。"这是生字的本义。后来，又引发出许多甚至和本义不相符合的词义，有时候从动词变为形容词，例如，形容人态度不好，谓之生硬。蒲城人的"生"，便是属于这层意思，就是说，见了人不会曲意逢迎，态度板正，刚直。不过，蒲城人的"生"还有另外一层特质：有主见，胆子大，敢说敢干，甚或有明知不可为而偏偏为之的强硬精神。比如，近代、现代史上光耀千秋的两个蒲城人：清代力主禁烟，在强势的反对派势力面前不惜"尸谏"的大学士王鼎；还有在民族危亡的关键时刻，联合东北军首领张学良在古城西安发动"兵谏"，一举扭转乾坤的千古功臣杨虎城将军。这两个人很好地诠释了蒲城人"生"的真实含义，也说明了蒲城人自古以来就有崇尚英雄主义的情结，这种情结左右着那些渴望建功立业的人，迟早弄出些令世人瞩目的壮举。

铮，形容金属撞击声，铮铮有声是也；也比喻人的才能突出，铁中铮铮是也；还比喻刚正不阿，铁骨铮铮是也。蒲城人的"铮"，形容人性格坚强勇敢、不畏困难、勇往直前、宁折不弯的坚强精神。比如，清末发生的震惊中外的"蒲案"：1907 年，蒲城县进步人士积极成立教育分会，宣传民主思想，揭露帝国主义侵略和清政府的卖国罪行，痛斥贪官污吏的丑恶行径。这些革命活动，引起了知县李体仁的惊恐和镇压。他会同劣绅逮捕了会长常铭卿以及四十余名学生，严刑拷打。常铭卿被打得皮开肉绽，手见白骨；有的学生甚至被杖千余次，大堂上血肉横飞，鲜血淋漓。但是，这些师生正气铮铮，无一招供。这一血案引起国内外广泛瞩目，各地革命党和各界进步人士纷纷向陕西当局提出抗议和质问，清廷迫于形势，将李体仁撤职查办。"蒲案"胜利后，人们称赞道："常铭卿，是英雄，打了五百没吭声！"——这就是蒲城人的"铮"，完全体现了蒲城人疾恶如仇，敢把血液写春秋的铮铮铁骨本色！

冷，是说蒲城人面冷，外表淡漠、内心很热的性格特点。体现在父与子的关系上最为明显：儿子有了出息，回家想与父亲显摆显摆，父亲不动声色，蹲在条凳上，凝如一塔，半晌，从牙缝里蹦出三个字："张狂的！"言罢，又陷入无穷无尽的沉默。但是，儿子却能从父亲这几个冷冷的字里，听出父亲内心的喜悦和人生的告诫。这就是蒲城人的冷，冷在表面，冷在语言上，却热在心里头。

倔，顽强，固执。蒲城人淳朴、厚道，一般想事情比较达观，超脱，可是，事关重大，便极其认真，认死理。例如，清初著名学者和诗人屈复，视其一生，其倔有三：一倔者，藐视清廷功名，不应科举考试，而游学天下，以求真学问真知识；二倔者，敢于逆势而上，在以"神韵说""格调说""肌理说"为主流的文化氛围之中，他旗帜鲜明地提出诗应以寄托为主，给衰退的清初诗坛吹来一阵刚正清新之风；三倔者，坚不与清廷合作，绝不受其官职。清宗室怡贤亲王曾让巢可托推荐博学端人，作为顾问。巢可托三次推荐屈复，且以年资千金为酬，而屈复均婉言谢绝，并以诗明志，其《贞女吟》云："女萝虽小草，不愿附松柏。平原赠千斤，仲连笑一掷。"这和号称"关中三李"之一的李因笃相比，其志向精神，两者相较，判然分明，屈复倔，倔出了凛然的民族大义和高尚的情操！

由此观之，蒲城不只山高水深，盘龙卧虎，其生、铮、冷、倔贯穿了蒲城人谋名敢谋万世名、计利当计天下利的大担当精神以及敢做大事，勇于承担的广阔胸怀、坚强意志和高远情操，才构成了蒲城波澜壮阔、丰富多彩的历史。远的不说，特别是辛亥革命以来，就上演了一幕幕扣人心弦的大剧，走来了一队队地动山摇般的人物：井勿幕、杨虎城、郭坚、李仪祉等这些彪炳千秋的英雄。

性情蒲城，蒲城性情……

心　气

　　鞭炮骤然响起，土埝和刚刚下过白雨的荒地里霎时开满了紫色的打碗碗花，面对新起的黄土坟墓，娘一把拉住九娃，颤声说：

　　"回，九娃，咱回！"

　　在村里人忧愁的目光里，这孤儿寡母蹒跚离去……

　　九娃刚有锄头把高，父亲就被清廷抓捕押解到省府里去了。当听到丈夫被清廷杀害的噩耗，母亲没有流泪，眼角噙着火，说：

　　"九娃，借车，"她咬着牙，盯着眼前身子还单薄的儿子，"把你大的尸骨推回来！"

　　弹掉挂在眼角大颗大颗泪珠的九娃，独自一人上路了，推着一辆独轮手推车，一步步踏着泥泞的土路，往返几百里地，硬是将父亲的遗体从西安推回甘北村。

　　九娃经人说合，要去离家十数里之遥的孙镇街里一个卖饭食的铺子当相公娃了，临行前，母亲流着泪，问九娃：

　　"记下娘的话么？"

　　"记下了！"

"啥话？"

"有心气！"

"就是这话，"娘强调，"有了心气，事事能成。"

望着九娃这个独子坚定的脸色，年轻的寡母放心了。

向来英雄起自草莽。当儿子背上一杆枪，深夜回到家里，向母亲辞行，深明大义的母亲，只交待了一句话：

"路不平，须人铲！"换了一口气，"要替穷人出头！"

九娃跪在娘前，磕过三个头："记住了，娘！"

"娘信你！"

除恶霸、聚义丰山，此时的九娃已经聚齐一支略具规模的队伍。他参加护法战争，积极拥护孙中山，出任陕西靖国军左翼支队司令。历史的天空，在他面前顿时广阔起来，他横槊赋诗，云：

> 西北山高水又长，
>
> 男儿岂能老故乡？
>
> 黄河后浪推前浪，
>
> 跳上浪头干一场！

九娃消失在遥远的历史天幕之中，代之而起的将是敢于"跳上浪头干一场"的杨虎城将军……

历史总会选择适当的关口，造就一个英雄。

北伐战争开始了，北洋军阀为了巩固北方，阻止革命军北进，吴佩孚联合张作霖集中力量向北方国民军发动进攻。河南军阀刘镇华趁机东山再起，恢复了"镇嵩军"的旗号，纠集起旧部、土匪等十万之众，企图占据西安，号令西北。"山雨欲来风满楼"——是保卫，还是弃城而走？

时任陕西军务督办的李虎臣向杨将军求援——论实力，两支部队加起来也不过两万来人，数量上处于劣势。但是，我方是正义之师，顺应历史前进潮流，更重要的是杨将军认为，保卫西安，抗击"镇嵩军"对声援北伐，牵制敌人，具有重要战略意义，因此，决定顺应全国革命趋势，拯救陕西，毅然出兵。

战争异常残酷，几见危局。

远在三原郊外唐李靖花园暂时躲避战火的老太太寝食难安，不断差人打探消息，得知城内军民绝粮已久，儿子非常心爱的战马也被杀了救急，老人听后沉默不语，扶着拐杖，久久远望南天……

她心急，她祈祷，但却毫无惧色，她知道自己的儿子！

……八个月之后，当风尘仆仆、一身褴褛的杨将军大获全胜，班师出城，休养生息，前来向母亲叩安，她双手捧着儿子黑瘦的脸，盯着儿子布满血丝的双眼，哆嗦着嘴唇，悲愤道：

"我娃受罪了！"

"娘！"

"尸骨，"杨将军的母亲咽下泪水，问儿子，"那些尸骨，咋办？"

"起大坟！"杨将军扶起老太太，加重语气，凝噎着说，"建公墓！"

"败了，你要割头？"

"是，是！"杨将军拧了一下脖子，低沉地说，"是要割头，在钟楼上割头以谢国人！"

"有心气！"

"娘！"

杨将军深情地呼唤娘，他贴在娘身前，这个刚强的西北汉子，这个从不流泪的汉子，现在，终于长长呼出一口气，好像把八个多月的烽火连天的殊死拼杀以及隐忍心底的委屈和不平，一下子倾泻而出。只有在娘的面前，这个威风凛凛、双目炯炯的男儿，才解除了一切，泪水汹涌，冲刷掉身上的征尘和积存心底的污垢……

时序推移，春夏秋冬。

历史是严正无私的，会及时推出属于自己的英雄人物。

深获众望，杨将军主政陕西。是啊，风云变幻，政局诡谲。陕西这块土地上，不知道演绎出多少历史的正剧和悲剧，各路英雄豪杰在这里伸展拳脚，现在，这位起身于草莽历练于战火中，不断追求光明与进步的九娃，不，杨将军，要在这八百里秦川腾蛟起凤了。

这天，杨主席刚从蒲城视察洛惠渠工程回来，来不及掸一掸身上灰土，急忙忙先去母亲房间，老太太还未休歇，看见儿子，欣喜道：

"娃啊——"

"娘，"杨主席趋前几步，扶住身板硬硬朗朗的老太太，"娘的牙还疼吗？"

"不疼了，不疼了，"老太太端详着儿子的脸庞，"瘦了，瘦了，我娃瘦了。"

"不瘦，不瘦，娘，"杨主席兴奋地告诉老太太，"洛惠渠的渡槽马上修好，哈哈，修好了通水，能浇灌几百亩田地呢！"

"知道，知道，"老太太继续说，"李家娃娃能成，能成！"

"呵呵，是能成，"杨主席肯定道，"到底喝过洋墨水嘛！"

——老太太和杨将军所说的"李家娃娃"何许人也？其人绝非等闲之辈！他就是我国著名的水利专家李仪祉，蒲城人。曾留学德国，回国后创办了我国第一所水利工程高等学府——南京河海工程专门学校，主持修建了泾惠渠等灌溉工程，使关中百万亩农田旱涝保收，老百姓不再望天吃饭。可惜英年早逝，不能规划治理黄河，但其遗留的治黄导淮、整治运河的著作，至今仍然至为珍贵。真乃一代水圣也！

看见儿子站立时间久了，老太太心疼地催促儿子：

"快歇着去，不早了。"

"甘北村里的培民小学快盖成了，娘，村里的娃娃就能念书了。"杨主席兴趣盎然，换了个话题。

"快，真快，"老太太停了停，继续说，"给学堂里多栽些树，嗯，对，再栽些竹子，绿绿的，凉快。"

"还是娘说得对，学校嘛，树荫多了好！"

"有了学堂，"老太太还是依据老习惯，说学校是学堂，"娃娃们都能念书了，念书好，念书好。书念多了就有了心气！"

心气是什么？心气就是担当精神，就是正气和硬气！

"九一八"事变之后，东北失守，日寇步步紧逼，中华民族确实到了危亡的关键时刻！可是，国民党当局却一再执行其"攘外必先安内"的政策，这不，蒋介石驾临西安，死命张、杨对陕北"剿共"——"兄弟阋于墙，外御其务（侮）"——国家命运岌岌可危，正是放下一切政治恩怨齐心协力"外御其务（侮）"的时刻，还要打内战，此事断断不可为之！两位将军几经思虑之后，觉得以国家和民族命运为重，不能再这样了！几经劝谏，遭到断然拒绝，于是，他们准备换一种方式继续劝谏。

起事的前夜，老太太虽然一向不参与儿子的军国大事，可是，这几天却一反常态，常常用眼睛盯着儿子，盯着来到家里的张将军，盯着出入止园的每一个人的眼睛，企图在他们的眼睛里读出点什么，或者得到些什么。渐渐地，老太太终于明白了，儿子确实要干一件敢于把天戳个大窟窿的事情……

送走张学良将军，喧嚣的止园顿时清冷了下来，杨虎城将军扬起眼睛，瞅了瞅母亲的房间，灯火还亮着，静了静，转身进门，只见老太太端正正坐在太师椅上，双手扶着拐杖，支棱着头，似乎是等着他——

"能缠下不？"

"缠不下也得缠！"

"咋缠？"

杨将军抬起手猛地一挥："扣他！"

"有心气！"

"明日送老人家回老家，"杨将军回首看了看老太太，"老家安全。"

"不，不，等你！"

"娘！"

"罢了，该歇息了。"

次日，杨将军一身戎装，腰佩短剑，准备出门。只见老太太穿戴整齐，扶着拐杖，站在房厅里，朗声对杨将军说：

"今晚，就今晚，娘去易俗社看戏！"

"看戏？"

"看戏，"老太太加重语气，说，"来的人马不少嘛，"母亲抬起眼睛，再看了看儿子，"看戏！"

杨将军霎时明白了，他转过身，紧紧拉住母亲，大声叫道："娘！"

双十二这天，震惊中外的"西安事变"爆发了！当晚，在易俗社看戏的蒋介石的随员全部就擒，敛手列队进入彀中。半夜，骊山华清池终于传来蒋介石落网的大好消息——"兵谏"，这是中国军人在特定历史时刻的正义之举！

面对国内外错综复杂的政治和军事局面，怎么办？

共产党高瞻远瞩，力挽狂澜，中流砥柱，及时拨正了历史的航向——与蒋达成停止内战、共同抗日的六项协议——中国从此进入一个崭新的历史阶段……

不久，杨虎城将军被南京国民党政府撤职留任，后被迫出国"考察"，先后去过美、英、法、德等国，所到之处，无论是演讲还是座谈会，或者是参观访问，他都大声疾呼抗日，表现了一位中国军人崇高的爱国主义精神和庄严的守土使命感。

行前，杨将军向母亲辞别。老太太还是端坐在太师椅上，面对即将漂洋万里的儿子，心里千言万语一时凝噎，颤抖着嘴唇，指指天，指指地，又指指心窝子，目光端直看着儿子。杨将军立时会意了母亲沉重的嘱托，跪下，两眼溢出泪花，一字千钧，说：

"娘，儿心气在！"

从杨将军十四岁起，这位蒲城乡村的一个大字不识却深明大义，给了儿子无限恩爱又时刻以最淳朴的乡村伦理道德不断教育儿子，并且年纪轻轻就开始寡居生活的老太太，守着这一根独苗，相依为命；尽管将军戎马倥偬，战事连连，可是，她总能听到儿子爽朗的笑声和高声大气的说话，每次回家都忘不了给娘请安问好；儿在娘心里，娘在儿心里，心相通，命相连，可是，眼下，儿子却被逼着要离开娘了：关山万里何处是归宿？天啊，这不就是要娘的命！

老太太拄着拐杖，站立在止园大门口，眼看着儿子坐上汽车，顶着料峭的寒风，沿着洋灰马路缓缓远去，眼泪一颗一颗砸在地上，一颗一个坑……

杨将军就这样走了，走了再也没有回来，再也没有见到娘！

卢沟桥抗战爆发，杨将军多次发电，要求回国抗日，遭到拒绝。国家遭受敌人的铁蹄蹂躏，军人的天职就是保家卫国！杨将军不顾个人安危，毅然回国，国民党当局却诱将军至南昌囚禁，先后关押于湘、黔、川等地。在重庆歌乐山下阴森森的白公馆的囚室里，杨将军被折磨得憔悴不堪，白发散乱。

"葆真，葆真，"杨将军怀里抱着夫人谢葆真的骨灰盒，一连串地呼唤，"葆真，我又梦见娘了，梦见娘了！"

"……"

"葆真，娘真精神，还说要给我扯面呢，"杨将军沉浸在梦境里，"葆真，你喜欢米饭，白生生的米饭，呵呵，四川人嘛！扯面，扯面香呀，娘扯的才叫香呢！”

“……”

“葆真，你咋不说话？”杨将军拍着夫人的骨灰盒，灵醒了，灵醒了的杨将军又一次老泪纵横，“葆真——”回应将军的是无尽的黑暗和无尽的寂寞……

漫漫长夜，在阴暗潮湿的囚室，杨将军被囚禁了十二年，但是，他心气在，不屈服，始终站立着……

杨老夫人由于过度思念儿子，忧思成疾，终于病倒了。她的耳朵老是谛听着门外的声音，仿佛那熟悉的脚步声向她走来。对，对，是儿子，是儿子回来了——老太太时常陷入这样的幻觉，往往从病床上跃身而起，吩咐道：“快，快，九娃回来了，九娃回来了！”周围的人看见凄惨的老太太，不忍打断她，只好拿来将军放大的照片，老太太一把抱着，脸紧紧地贴在照片上，“九娃，九娃……”轻轻地念叨着，“九娃，九娃，你咋不叫声娘呀？咋不叫声娘呀！”

“娘，娘，看这天冷的，”张蕙兰轻轻地唤着老太太，“娘，喝口热水吧，娘！”

老太太这才灵醒过来，蕙兰小心地用热毛巾擦掉老太太眼角浑浊的泪水，背过身子，又偷偷揉了揉眼睛。将军一去不复返，说是人回到国内了，却生死不明，怎能不让人牵肠挂肚、摧心裂肺呢！

“蕙兰，”老太太鼓了鼓劲，清晰地对着一直侍候在侧的，她非常喜欢，从小就订了亲的杨将军张夫人说，“我娃有心气，怕他吃亏……”

“娘，娘，别，别说了。”张蕙兰强忍泪水，哽咽着，轻轻握住老

106

太太的手，"他，他回来，要回来的，还要见娘呢，娘！"

"九娃，九娃……"老太太又昏迷过去了。

张蕙兰捂着脸，手指缝里尽是泪水。

带着对儿子永远的惦念与期盼，五年后，老太太病逝。

母亲不幸病逝的消息，身在重囚室的杨虎城将军并不知道。在他心里，母亲永远是那样硬朗，那样有心气，仿佛会永远倚在大门口，等待他归来……当解放军的隆隆炮声震撼重庆的当口，国民党当局却残杀了杨将军。

为国捐躯，虽死犹荣！

甘北村外的田野里，有一处柏树郁郁葱葱的去处，这里安歇着杨将军的母亲。老太太一辈子喜欢听戏，百听不厌东乡一带令人如痴如醉的石羊道情。清明节，不知道谁早早起来上了坟，老远传来悲凉而辛酸的道情……此时际，这柏树林里总能升腾起缕缕紫色的云，有人说，这就是心气，蒸蒸日上的心气！

地　脉

　　洛河莽莽撞撞穿行在陕北黄土高原的沟沟壑壑，一路逶迤进入关中平原，到了东山脚下，性情早就磨柔软了，犹如徐志摩笔下的"不胜娇羞"的女人，低眉顺眼，秋波荡漾，河面开阔，水静得像一块碧色的玉翠，时而有鸟扑棱着麻灰的翅膀掠过，箭一样消失在岸边的杂树林子。

　　地处沟壑之上的村里缺水，不是没有水，而是水在地下，在地下七八十米深处的岩层里。祖祖辈辈吃井水，不容易，用铁和带了弯弧桑树枝做成的轱辘，老麻拧成了绳索，生生地把清凉透彻的水从地心里一桶一桶绞上来，不过，水却甜冽异样。村里地面广，平平整整连个埝楞也看不见，若是遇上几场透雨，大地一片墨绿，青纱连天。

　　村里人想把洛河里那块玉翠剪裁下来一片，铺展在村里村外的土地上，让人活得更壮实，让庄稼长得更欢畅——哎呀，这是个美好的梦想！这梦想不知道多少辈了，多少辈想了也是白想，白想也就不想了。偏偏表哥还在想，从跟着大姑使出吃奶的劲儿搬轱辘绞水时就想，想呀想，一想就想了十几年，若是曲了手指计算日子，呵呵，得半碗豆子……

林子里的鸟长大了，口角便退掉一圈软黄。男人嘛，也在长，长得胡茬子硬了，揭下来能刷洗闺女媳妇们一针一线纳的粗布鞋——表哥呢，还未等胡茬子长硬实，高小就毕了业。毕了业的高小生，卷起铺盖回了家——大姑独撑着家，表哥是老大，老大就是家里的顶梁柱。大姑原本想让表哥继续读书，表哥说什么也不答应。有心气的表哥，放下墨水笔就操起了铁镢头，他呀，一片锦绣要施展在土地里。风也刮，雨也淋，土里钻，土里长，表哥就成了闷头走路不言不语心里拿得住事的村里当家人。当家人不是闷葫芦，当家人心事重啊！

刚一入夏，天干得冒烟，整个村里闹起了水荒，仅有的几眼老井快干枯了，刮底子绞上来尽是稠黄泥——哎呀，村里几百户人家要吃水，地里的庄稼盼下雨，水！水！水就是人和庄稼的生命汁液呀！

这水呀，熬煎人！聚在老槐树下拧着眉头的庄稼汉们，圪蹴的，站立的，半弯腰的，斜膀子的，抽旱烟袋的，卷纸烟的，还有那些苗实的婆娘，羞涩的姑娘，都把眼光齐刷刷盯着表哥。表哥呢，手里的谷草捻成粉，簌簌落在脚面上。

接连几天，表哥直在东山上转，转呀转，眼神就落在粼光闪烁的洛河湾。洛河湾，恰在东山脚下，水深浪平，是理想的抽水站选址。若是真能建好抽水站，哎呀，村里人祖辈的梦想就成了真——表哥犹如大战前夕的大将军，仿佛看见了胜利的旌旗在飘扬，窝屈了好久，终于长吐一口气，噢呵呵一声吼叫，潇洒扭身就回了村。

天刚麻麻亮，挂在老槐树上的铁钟晄晄响了，震得地皮颤颤的。表哥站在青石碾盘上，面对乡亲，撂了一句话："不信龙王不给水，拿起家伙，借水！"——说完，跺了一下脚，跺得老槐树嗡嗡地响。

村里沸腾了。沸腾的村里家里家外，一个心眼修水站！

修水站，不是一句话，需要硬扎扎的票子呀——路在何处？思谋好了的表哥换一身浆洗过的褂子，扯开大步大路走。县长在喇叭里说要大力修水利，那就端直找县长。有了政府支持，没有踩不出的路，何况，县长曾经藏在村里的地窖里，躲过了造反派的大搜捕，不能死活不管吧？

主意拿定了，表哥便趁早去了县城。

城门前的尘埃尚未落定，表哥就已经站在县长办公室门前。县长哈哈一笑，答应了表哥的要求，二话不说，便请水利专家携了测量仪器，跟随表哥进了村。水利专家背着仪器在东山上沟沟壑壑里转了好些日子，胡子就像张翼德。临了，扔下一句话："行。事太硬！"表哥听了，稳稳站起来，道："硬就硬，咱就硬着干！"

"欲与天公试比高，破山开渠建江南"——表哥把这两句豪迈语凿在进山口的崖头上，太阳闪着金黄色的光，金黄色的光里走动着一群群义无反顾、勇往直前雕像一般的人……

铁与火，响霹雳，

风兼雨，贯长虹！

表哥和村里的一帮老少爷们安营扎寨，硬是要在亘古未开垦的山崖上开凿一个好梦想……

村里不缺是劳力，急缺的是资金！

吉普溅着泥浆早把工地碾出无数道深深的辙，县长双手合围，面向热火朝天的地方喊："地方，顶住，我去化缘。"——县长高叫着他赠表哥的绰号，话音未落，吉普拉着县长消失在郁郁葱葱庄稼地里的土路上……

表哥靠着老槐树一声不吭，心里却计算——天爷呀，这咋就得这么多的钱！

大姑扭着半大的小脚，摇晃晃提一篮子鸡蛋，轻轻放在老槐树底下的青石碾盘上，二表姐独轮车推着新木板吱吱扭扭跟在身后也来了，村东的，村西的，村南的，村北的，走着的，拐着的，昂首挺胸的，弯腰背手的……表哥还没回过神，老槐树底下热闹成农贸市场了……村里几百户人家，砸锅卖铁豁上了！

表哥眼睛噙不住泪珠一串一串砸在滚烫的热土里，立刻溅出一串一串的烟……

宁叫打死牛，不叫搁住车。

工地照样热火朝天……

转眼间，就到了七月。刚才还是蓝蓝的天上白云飘，忽然，一声焦雷响，箭杆子白雨大珠小珠落玉盘，霎时，迷茫一片看不见。这时候，县长的吉普陷进了洛河滩。说话间，却见几头犍牛撒开蹄子冲过来，断喝一声天地动，吉普就像大萝卜拔出泥，直乐得县长打躬作揖就差没磕头，返身一把拽住个牛尾巴就奔了工地……

说也怪，这雨来得急也走得快。乌云散去，太阳便又火辣辣。

表哥正抹汗水撅屁股搅拌水泥，水泥金贵呢，这石头磨碎的东西那么一点，就能顶好大一堆闪着金亮粒粒饱满的麦。县长人瘦骨轻刹不住闸，一头撞在表哥泛着釉光掉着黑渣的身上，嘴里的话一下子就吐出来："地方，弄下了，弄下了！"表哥扶正了县长，县长喘匀了气，才一字一板字正腔圆道："工程的钱到位了！"

表哥听此话，忽然撒起欢来，一把抱紧县长就往天上抛，县长就像乘了船儿，祥云冉冉飘呀飘，祥云下边是同样泛着釉光掉着黑渣千百个表哥一样的人，千百双粗壮的胳膊托着他。县长激动了，三天不吃饭还嚷嚷一点也不饿，连身泡在工地上，裹在身上的砂浆敲下来活脱脱一个泥塑的他……

东山最凶险的是死人沟，且不说黑洞洞一眼看不见底，夜晚磷光点点如同"鬼火"闪，大白天也觉冷森森不敢靠近绕道走——引水工程必须穿越此沟才能一线横过，直奔山顶，彩虹落平川——怎么办？看看村里这些平日大大咧咧的汉子们一个一个耷拉着头向后缩，表哥点将不成，扯过一盘粗绳索，三两下紧缠腰间，顺手捞了把铁镢头，奋身下深沟——此时刻，忽然沟底几声炸雷卷上来，大家三魂六魄错了位，却见大嫂扬手再向沟底扔进裹红纸皮威力无比的"平地雷"，呵，这招灵，几道道绳索追表哥……

春去秋来，秋去春来，

一条巨龙扬眉吐气出深山。

那天，表哥掰下几穗青绿苞谷，上县城看县长。县长早就不要吉普侍候了，教了一辈子书的中学教师老伴，午后薄凉，推着轮椅，扶县长坐端正，沿着黄叶飘落的社区小道，慢慢地走，呵呵地笑……

四爷早年间曾在村里教过几天私塾，因穿不惯硬领子，便自动辞职，不再操弄"传道授业解惑"的营生，却没有忘记每日诵读圣贤，也惯常把《诗经》《离骚》一并诵读。这不，眼看见这千万年流过东山脚下的洛河水，浩浩荡荡流进了村里，流进了村前村后乃至周边的

112

村落土地，心花怒放，不由得吟道："洛河兮滔滔水，扬清波兮降甘霖，灌良田兮惠嘉禾，地脉旺兮户户小康，葵藿仰兮旭日万丈！"表哥把这几句话刻在石头上，栽立在老槐树旁边，又请人恭笔写了裱糊好，携带大嫂，敬赠了县长。县长笑着接过来端详，不小心把眼睛里的泪水正正地滴在"地脉"上，纸面顿时一朵缤纷的花盛开……

那一片绿云

　　渭河北岸广阔的关中平原很少有山，山都排列在这块平原的北部和南部，而且还是巍峨耸立、延绵不断的大山，南部是秦岭，北部是北部群山，唐代帝王的陵墓就一字儿依着这山势建选。可是呢，中部平原却坦荡如砥，一望无际，渭河就像一条玉带贯穿了这整个平原。既然平原上没有山，且关中的庄稼人很少离开自己的家门，不曾见识过真正的崇山峻岭，便将类似于陕北高原那沟壑之地——例如，村子东边不过七八里地的渭河最大的支流洛河西岸边上的一块独立于四周边地的高原深沟的地方命名为东山。

　　东山远远望去，神似了龟背，简直就是一座荒了几百万年的山。山上长满了雪一样的茅草，也长满了酸枣刺和当地人名之曰"老虎膝盖"的蔓菁一般的植物。"老虎膝盖"很经烧，如是挖了回家，甚得家庭主妇的喜爱。你想想，在宽大的案板上揉好面，只待锅里水滚，把揉扯好的面片扔入煮熟，浇泼了颜色鲜红的辣椒，便是一顿上好的佳肴——这时际，锅灶下添几根"老虎膝盖"，那是多么带劲的事情呵！于是，平常日子，村里的青年便三五成群，不时去东山挖"老虎膝盖"，一是节俭了煤，二是能得到母亲或者小媳妇的几句夸赞，还能借机去洛河里淘洗淘洗，一身清爽回来。

不得不说的是，东山也不是一般人就能随便上得的，且不说荒野得离奇，就是那横隔着山的一条深沟就端的了得——阴黑的看不到底，一遇到阴天，沟底便闪烁着星星点点的鬼火，十分瘆人。多少年了，村里动议如何开发这块"处女山"，但是一提到这山势，这风水，便搁置了这念头。

偏有不信邪的人。这年，早在解放前就是地下党老党员的六爷决心要动动这块宝山，他毅然决然辞去了村支书的职务，带领几个毛头后生就上了山。山上，荆棘遍地，却没有一棵能当材料的树。到了晚上，四周寂静得仿佛身处另外一个世界，只听得山风呼啸，如同怒涛一般；绿幽幽的火光，不是狼的眼睛，就是鬼火——当时，就有人打退堂鼓，哭着闹着要回家。六爷不急不躁，平心静气地说："不怕，要干的，留下；不干的，不留。"说完，就不再言语了，只把老眼幽深莫测地看着远处。

六爷的话就是定心丹。哭闹的不哭闹了，大家拧成一股绳，抱成一个团，要干就干他个天翻地覆，干他个天青山绿。就这样，硬是在东山上扎了根。太阳出来了，月亮出来了，草绿了，草黄了……就这样，日月开始了，日月过去了……

六爷咬定青山不放松，一个心眼：植树，在东山上植树！

在东山上植树不是说一句话，首先要解决水的问题，没有水，树就活不了。虽说洛河近在咫尺，偏偏在沟底下，要把河水抽上来，没有那条件。怎么办？六爷有六爷的办法：挖窖蓄水。关中平原虽然一

115

马平川，渭河贯穿，但是，渭河北岸还是缺水，要吃水，就得打井。那井呀，不是在河滩上，随便挖几下，就会汪出一个泉来，这井得打十几丈深。有时候，费了九牛二虎之力，井筒子打好了，却连一滴水也没有，你说气人不气人？尽管这样，井还是要打，而且要打出有好水的井——在村里居住了多少年代的人，打井积累了相当丰富的经验，看地势便能推测地下有没有水，一旦打了井，必能见水。六爷就有这一手绝活。现在，打水窖，先要平出一个能收水的场子。六爷勘探了整个东山，踢烂了两双大女儿给他经心经意手做的鞋，才选好了场子，背风，向阳，对面就是六爷他们居住的窑洞——于是，东山上第一次升起了炊烟。

解决了水的问题，一切就都好解决了——依着山势开窑洞，这是天然的空调房，冬暖夏凉；在蓄水场子的边角，开一块地，种上蔬菜、韭菜、大葱、大蒜、辣椒、豆角，倒也齐整，一年四季都有青菜。六爷隔上十几天下次山，取来在村里的大队部积压了好久的报纸，再去学校借上几本书，供销社灌上几斤煤油回来，山里的生活就这样有滋有味展开了——六爷立志要让这座荒野了几百万年的东山绿起来，给后人留下一方清凉的地界！

春天，六爷下山买了蚕种，用老棉袄裹紧了带上山，整夜不敢闭眼，一直到蚕纸上爬满了如蚁群一样的幼蚕，然后，请来几个手脚灵便、责任心强的人专心养蚕，等将来收获了蚕茧，再一并结清，给他们付酬。我大姑，就是六爷养蚕事业的主力之一，她一直养了好多年蚕，记忆最深的是，大姑曾经用蚕屎给我做了一个枕头。枕着蚕屎枕头睡觉，第二天清晨起来，神清目明，记忆力大为好转。

夏天，六爷他们从水窖里把水用轳辘绞上来，挑水给种植的树秧子浇水，他们的脚印，踏遍了这一面坡，那一面坡，这一面一面的坡，就呼呼地长满了树，树就拉起了绿荫，绿荫慢慢遮盖了这面坡，那面坡……

秋天，六爷他们开始修剪树，剪下来的树枝，积成了山，用来烧锅，足够全村人烧上好些年；秋深了，树叶黄了，趁着还没有下霜，六爷他们赶紧挖坑栽树，坑要挖成鱼鳞状，树要栽直，土要填到树腰上，踩实，再用镢把砸，然后浇水。呵呵，你就等着吧，明年春季到了，这些小树苗呀，先试探着吐出半粒芽，绒绒的，黄黄的，过几天，这半粒半粒的芽呀，忽然就伸出一小片一小片嫩嫩的叶；再然后呢，小树开始伸腰了，伸腰的小树绿了碗大的一块地，绿了盆大的一块地，绿了碾盘大的一块地，绿了……

冬天，这是六爷他们最为惬意的季节。他们给小树缠上金黄色的谷草，把小树打扮得就像过大年的小娃娃，那么喜气，那么逗人。太阳出来，山坡坡上都开满了葵花。葵花手拉手满山遍野地跑，六爷他们也跟着跑，一直跑到六爷跑不动了，歇歇脚，抽口旱烟，等攒足了劲，起身了，再跟着葵花跑呀跑……下雪了，飘舞的雪花真好看，飘过了山这边，飘过了山那边，飘得整个山坡成了琼瑶世界。六爷他们烧热了窑洞里的大炕，围着煤油灯，看书的看书，读报的读报。六爷不看书，也不读报，靠墙壁坐，眼睛半闭，旱烟袋也不抽，端在手里，凝成一尊神。他的心里呀，正翻江倒海呢，思谋着明年的事：这里，地阴，栽松；那里，地阳，栽老槐；对，再挖上几口窖，多蓄点水，树娃子都长大了……

慢慢地，东山上的树长大了，长大了的树六爷都能叫上它们的名字，六爷和它们亲着呢。你看，六爷来了，这些树娃子牵胳膊抱腿的，把六爷欢喜的直乐呵，拍拍这个的头，扶扶那个的腰，直嚷嚷：好好长，好好长！树娃子挺起精神一齐答应六爷，满山里都吼叫起绿茵茵的风。

　　时光如梭。东山上的树越来越多，越来越旺，六爷的腰却越来越弯，越来越弯。六爷终于走不动了，儿子来了，女儿来了，孙子来了，孙女来了，村里男女老少都来了，劝六爷下山，六爷是个明白人，想了想，便答应了——六爷下山的那天，山崖上忽然开满了打碗碗花，直开得满山一片姹紫嫣红；山上的树娃子齐刷刷站起来了，齐刷刷拉住不让六爷走。六爷笑呵呵地向它们挥一挥手，霎时间，一片绿云便落满了沟，落满了山，那绿云遮蔽了整整半个天。

田野上的霞光

　　表哥几次发短信，说是黄河滩上的荷花开得正好，何不回来观赏呢？这不，在微信上他还发来几幅照片，确实，荷叶田田，荷花鲜艳……

　　表哥是个种庄稼好手，再薄的土地，只要到了他手里，不出三年，保管种出好庄稼。在他的地里，庄稼黑油油的，见不到半根杂草，村里人称"草见愁"。眼下，村里的青年甚至壮年人都出去打工了，而他却还守着几亩地。看见邻家的田地长满了荒草，有点可惜，便上门和人家沟通，捎带也耕种了。另外几家看样子，主动上门，豁亮大气地说："二哥，一亩是种，五亩也是种，十亩呢，也不嫌多。你呢，干脆把这地全都种了。不要个啥，有了，一年到头给几颗粮食，没有呢，也就算了，啥都不要了！为啥呢？不能荒废了地，就这话，得成？"表哥面情软，架不住几句好言好语，只好应诺下来。

　　表嫂呢，妇随夫转，两人白天黑夜在地里忙碌，照看庄稼。庄稼也争气，麦下来种玉米，玉米行间点绿豆，没有失闲的时候。有时候，为了倒茬，表哥还种点芝麻、豇豆什么的，务过的香瓜，真甜！

其实，表哥的日子不愁。儿子大学毕业应聘去修高速公路，做管理人员，收入还好。几年工夫，在城里交了首付，买了单元房，刚刚成了家。女儿呢，和女婿在电厂附近的公路上开了一家小门面，电焊修理汽车，活路不少。按说，表哥该享几天清福了，家里就他和表嫂两个人，吃穿不愁。

表哥也就种地的命，几天不去庄稼地里转转，浑身上下就不舒服，难受的很。原先在生产队，表哥曾经当过农技员。后来，土地承包，他大显身手，地里四季都有收获，人家说，表哥有这样的能耐：走到地头嗅嗅，就知道能成啥庄稼。

表哥的手，真是庄稼汉的手，铁耙一般，粗短有力，却非常灵巧。农闲时节，用柳条子编的小笼、小篮子，有的精致，有的古拙，惹人喜爱。编好了就挂在墙上，一溜溜，一排排的，煞是好看。曾经带回几个，点缀在书房里，另有一番情趣呢。

近一二十年来，乡村逐渐普及了农业机械化，现在耕种庄稼，倒不大出力气，到了该犁地的时候，提前预约好，就有专营拖拉机的前来犁呀、耙呀的；该下种了，约了播种机，几十亩地也就一半天种毕了；收割呢，当然也有收割机，只管用小四轮拉回来已经脱粒好的麦子，晒过，就可以卖掉或者收藏起来——但是，在我的记忆里，别的不说，就是每年的麦收，那简直是拼命。六月的天气，日头火辣辣的，钻进麦田里用镰刀割麦，满身的汗水，长长的密集的麦芒就像针刺一样，扎得人生疼；接着，又要捆起来，用架子车拉到场里去：碾打，扬场，晾晒，哎呀，这全部都是力气活，而且为了不误农时，夜里还要加班去浇灌玉米等秋庄稼，一个麦收下来，活脱脱掉了几层皮，人都瘦焦了。

表哥经营着自己和别人的几十亩庄稼地，日子虽然平淡，但也充满了喜悦和欣慰，不管是夏粮还是秋粮，这几年的价格一直向上走，除去机耕、下种、灌溉、收割和肥料以及治虫等开支，毕竟收入大于支出，生活也慢慢好起来了。表哥原本黝黑，而今脸上也泛起了光彩，说话也利落起来，人更精神了。

令人疑惑的是，一向舍不得离开土地耕种庄稼的表哥，怎么一下子去了百十里路之遥的黄河滩，并且又有了这摇曳着碧绿的荷叶、盛开着荷花的荷塘呢？看着他连续发来的短信和微信上的荷花照片，决定回去一探究竟。

沿着高速路，一路驰骋，几百里路程也就半天时间。经过洛河北岸南原根下地带的时候，便远远看见了家乡的村落，隐身在一片青树林里，村外的玉米和豇豆地郁郁葱葱，土路边上，有护秋和临时供人休歇的草庵子，更给田野带来了无穷的诗意。东晋诗人陶渊明著名的《归园田居》诗，真是写绝了乡村，你看："榆柳荫后檐，桃李罗堂前。暧暧远人村，依依墟里烟。"多么美！是美！但是，关中一带的村落，相比江南、江西的村落更显得大气，显得粗犷和野趣：四周是一望无际的庄稼地，村落里青槐居多，几乎家家户户都有种植，再杂以榆、柳、杨和皂角以及苦楝树，还有开满一嘟嘟一串串紫色或者玉色的香气四溢的泡桐树，把整个村落重重密密地合围起来，特别是夏日，枝柯交错，满街阴凉，废弃闲置村边路旁的石碾、石槽横卧青草丛里，村落里透出悠然无尽的古意……

收回目光，还是直奔关中东部边缘地带的黄河滩地吧。黄河一路从秦晋大峡谷劈开石门，浪打禹门，一泻千里，进入辽阔的平原，便老老实实低眉内敛缓缓涌涌地流去，在华山脚下，一个硬拐，无语东去……

就在隔河与山西境内的鹳雀楼遥遥相望的黄河滩地上，开辟出万千亩大小的池塘种植莲藕。现在，正是荷花盛开的季节，与左右相邻的其他荷塘连成沿黄河西岸独有的景观，但见：白云长天，云树曳绿；烟笼长堤，怒涛卷雪；池光点点，小荷才露；莲叶如碧，十里花香……表哥真是桃花源中人呵！

问及表哥为何离开庄稼地，却来种植莲藕的事情。表哥的眼睛闪着亮，笑着说：

"打工，"他抚弄着手里的手机，再次强调，"打工！"

"打工？"

"对，打工，"表哥解释道，"地都流转出去了，没有地种了，就来打工了。"

"地流转出去了？"我继续发问。

"是啊，"表哥说，"村里的地，全部流转出去，给一家大型公司，搞现代设施农业。"

"哦，"我似乎明白了点，"那，没有土地了？"

"不是，土地还属于自己的，"表哥开导我，"公司按照年平均亩产量，折合成钱付给你，然后，若是愿意，也可以去人家公司打工，另外开一份工资。"

"那你愿意？没有了土地，你舒坦？"

"不舒坦，"表哥坦率地说，"咋能舒坦呢？好好地种着，突然交给别人了，心里能舒坦？"

静默了半天，表哥思谋着。

"咱就是靠土地为生呢，"他真实地表露自己的想法，"土地是咱的命根子，你想，打生产责任制到现在，刚刚把土地捂暖了，现在，冷不丁要流转了，开始，还想不通。"

"后来？"

"想通了！"表哥朗声说，"想通了！你看，一家一户的，不方便。眼下，净是机器耕作，种呀，浇呀，打农药呀，收割呀，不方便嘛！"

说到这，表哥大声咳嗽了一下，这是他的习惯，有点激动了，就咳嗽，"流转了，咱不操心了，人家都是使唤机器，建起大棚，一亩地顶几亩地呢！"

确实是这样，我曾经参观过现代设施农业园区。还是寒冬腊月，外边冰天雪地，而大棚里面却春意盎然：里边的蔬菜有鲜嫩的黄瓜，有西红柿，有辣椒，还有圣女果；技术员介绍说，再过两个多月，这里的香瓜就上市了……

"二哥，"表哥在姑母家的孩子里排行为二，"现代设施农业真好！"

"唔，是这！"表哥继续说，"你嫂子在公司打工，人家给开工资。"

"那你？"我问他。

"我没有去公司，"表哥爽快地回答，"公司规矩多。"

我彻底明白了，表哥嫌在公司受约束，自由自在惯了，乐得清闲，便来这黄河滩地种莲藕了。这里有山有水有清风，有树荫有花香，再说，距离家里又不远，交通又方便，有事抬脚就到。再说，有手机，能及时联系。表哥又对着我说：

"哈，现在我都会玩微信了，"他高兴了，"这好，能说话也能发照片。"

"这里有网络？"

"有，屋里有电脑，能上网。"

言罢，表哥带领我去转悠。行走在这十里荷塘，似乎幻觉在江南宋词里……是啊，过去在周敦颐的《爱莲说》，在柳永的笔下，甚至在朱自清的《荷塘月色》里领略过荷及荷花的美，而现在，却感受到了这整张整张大幅大幅的荷塘荷花的真实风光，真令人心旷神怡，如痴如醉呵！

返程的路上，我想了很多很多。农业、农村和农民走向现代化是关键，而土地流转就是走向现代化的一条很好的途径。把农民从土地里解放出来，既解决了进城打工的后顾之忧，也从经济形态上有了根本的转变，这是我国田野上闪现的现代化远景的灿烂霞光。

老　师

　　这些天，不断梦到儿时和青春时代。那是欢乐多于忧愁的时代，是一个充满了阳光和朝气的时代。有在田野嬉戏的片段，也有在教室端端正正地坐着听讲的片段——而给我们上课的是王崇信老师。

　　王老师是我初中时期的语文老师。

　　时至今日，还确切地牢记着王老师讲解当时语文教材里选自样板戏《红灯记》里"痛说革命家史"的这节课。他站在讲台上，高高的个子，清癯的身材，娓娓而深情地讲析着，特别是讲到李铁梅那段著名的唱词时，那一声"奶奶呀"，王老师就整整阐释了半节课。他讲道：这三个字，听起来寻常，可是并不简单，李铁梅对李奶奶的无限深情和对革命前辈无限敬佩以及自己忠贞不渝的坚强意志，全部都包含在这一声具有多层含义及万斛深情的呼唤里……王老师的课，听得大家如痴如醉又热血澎湃——是啊，那是一个崇尚革命、崇尚理想的年代，也是一个容易狂热的年代。

　　那时候还年轻，正处于求知欲极其旺盛的年代。王崇信老师的语文课，是我们非常喜欢上的课。在他的课堂上，才知道原来语文包含了许许多多前所未闻的知识、语法、修辞和逻辑，还有美丽的古典文学，这在以前的小学语文学习中尚未接触到，而对我们来说，还很陌生而又有极强的诱惑力……

在王老师非常简陋的住宿与办公兼而有之的房间，一个木制的书架上，竟然保存着二十世纪五六十年代出版的《语文学习》杂志，并且按照年份装订起来，还有一些平时很少能看到的文学著作，其中有鲁迅先生的《彷徨》《且介亭杂文》等。不容易呵，在"文化大革命"横扫之后，能够存留下来的书籍已经绝无仅有了，而能有这样套装的专业语文杂志和书籍，确实是不多见的。就在王老师这里，我开始了最初然而也是基础的文学阅读。

其时的《语文学习》杂志，曾经开展过汉乐府《陌上桑》的讨论。比如，大家对罗敷到底是贫家女呢还是富家女，进行了有理有据的研究，这些文章写得非常漂亮，深深地吸引了我，也使我学到了语文课本甚至语文课堂没有学到的东西。由此，渐渐地开始了自觉地文学阅读。应该说，这时候的文学阅读，没有明确的目的，属于自由状态的阅读，寻找到什么书，就读什么书。结果，王老师书架上的那些包裹有古色古香书封的书，竟然让我慢慢地一本一本读完了。书，在我眼前展开了一个崭新的世界。

这种阅读书籍的浓厚兴趣，一直保持到如今。今年暑期，省广播电视台的"三秦文化"栏目前来采访，专门谈到读书问题。读书是终生须臾不能放下的事情，这是人的第二个世界，和人的第一个世界（现实生活）相比较，同样波澜壮阔，精彩无比，也是人获得精神动力的主要源地。这种阅读习惯，也许就是从那时候培养起来的，令人难以忘怀。

最是喜欢上作文课，王老师时常把写得比较好的学生作文在全班进行朗读，激发了大家写作文的积极性。我的作文，王老师也三番五次朗读过。记得有一次，没有遵循常规的写法写作文，而是放开想象写开去了，没有想到，王老师竟然十分赞赏，令人深受鼓舞。时常在想，学生的作文是不能框得过死，而是要鼓励让学生放手去写，写自己最得意的事情和最真切的感受，这样，才容易培养学生写作文的自信心，增强学生写作文的兴趣。而王老师早在几十年前就这样引导学生，实属不易。

任何真确的理论，大都是从实践中来的，或者说，离不开实践过程。只不过在平日已经惯熟的操作无暇进行有效的理性思考，或许因此而没有得到理论升华的机会。当然，这些原生态的经验也是值得珍重的。现在想来，王老师在二十世纪七十年代之初，在上语文课分析课文运用的方法，也是很有见地的，能多角度多层次地解读课文，企图把课文里的话语所蕴含的字面与深层意义全部揭示出来，引领学生进行语文学习，真是难能可贵呵！法国著名哲学家利科在《诠释学是任务》里提出了对文本的诠释，应该经从语义的层面进入，经过反思层面，抵达存在的层面，这确实对语文的阅读教学开辟了一条新的通路。然而，要说的是，王老师早就无意间在使用这个方法了，这确实不简单。可见，王老师语文教学用功之深之精了。

约略在我们毕业十几年之后，王老师不再带语文课而转行成了体育教师。哦，忘记了交代，王老师看起来文质彬彬，斯斯文文的，可是，他一直喜欢体育运动，常年上身是洗得发白的运动服，看起来人很是精干，又很儒雅。据说，他所教的体育专长的学生，有不少考上了体育学院，有的还成为很有出息的教练员或者运动员。这些学生和他的感情很深，时常前去看望他。

十几年前，轻易不大出门已经退休赋闲的王老师，居然应一位老朋友之邀，来到濒临渭河的这座城市小住。恰好，市上举办秦腔大赛，便请王老师和他的朋友一块去观看。这是分别后的第一次见面。已上了岁数的王老师不见老态，眼睛依然像先前一样明亮有神。

有年的秋天，专程回到故乡看望总在心里惦念不已的王老师，他刚从村外转回来，捡了不少的枯黄柿叶，告诉我，别小看这柿叶，用以泡茶，可以降低血脂。我不知道，柿子叶居然还有这样的功能。可惜的是，从窗前远远望去，那秦岭北麓绵长的原地，尽是鲜红似火的晚秋柿叶，而竟未动身捡拾过。

梦境里仿佛重新经历着青春年少的时代，而大半是校园里的光景，有呼喊，有跳跃，有安静地听课……有梦真好，这或者就是人的第三个世界了，但这第三个世界又和第一第二个世界紧紧相联系，不曾忽略一个。又是一晃，时间不知去了哪，不见王老师又是好久好久了……

伟大的起点

这里就是美丽的长安——

早在第四纪冰川时期就完成了这里的地貌构造而呈现出如今的轮廓：黄河在秦晋大峡谷里左冲右撞咆哮不已终于冲破龙门，把饱含千万吨黄土泥沙的涛涛巨流倾泻在地势平坦一望无垠的土地上，忽而扭头，一路向东，汹涌澎湃地进入豫西大地，进而直奔东海；从甘肃渭源鸟鼠山发源的渭河流入秦地的时候，也已经不再是清汤寡水的模样，而在接纳了来自北岸千河、石川河、泾河、洛河以及南岸的黑河、沣河、灞河的水系后陡然浩浩荡荡起来，横贯关中平原，汇入黄河……

平原的南部是巍峨连绵的秦岭，这是一道天然的地理分界线，分开了我国的南北，更重要的是秦岭还孕育了我国历史悠久的文化，其身影不断出现在经史子集之中；北部也是群山横列：桥山、黄龙山、尧山……这些山脉环伺关中平原，犹如铜墙铁壁，而大散关、金锁关、武关和函谷关，一夫当关，万夫莫开。西汉初年，何处定都，成为朝廷内外争议的焦点，张良认为："关中左崤函，右陇蜀，沃野千里，南有巴蜀之饶，北有胡苑之利，阻三面而守，独以一面东制诸侯。诸侯安定，河渭湾维天下，酉给京师；诸侯有变，顺流而下，足以委输。此所谓金城千里，天府之国也。"——确实，秦汉之际，关中平原为天下最为安稳、最为富庶之地。

古之长安，亦是当时世界最大的都城之一。终南山列屏如翠，更有渭、泾、沣、涝、潏、滈、浐、灞等河流，在长安城四周流过，史称"八水润长安"——司马相如以盖世才华在《上林赋》如此描绘：

> 终始灞浐、出入泾渭。沣镐涝潏，纡馀委蛇，经营乎其内。荡荡乎八川，分流相背而异态。东西南北，驰骛往来。

且不说此赋气势充沛，就其语言也美到极致，其内容也真实并无夸张。经过秦末陈胜、吴广起义以及汉楚之战，烽火连天，路断人稀，汉初实行"休养生息"政策，这确实符合世道民心，这个便是一派"风吹草低见牛羊"景象，设若遇到干旱灾荒，这些游牧民族则武装南下掠夺中原，成为汉代边境之大患——汉武帝时期，汉朝综合国力已经强盛起来，于是，厉兵秣马，派遣卫青、霍去病等大将围剿匈奴武装力量，均告大捷。

具有雄才大略且踌躇满志的汉武帝，并不仅仅满足被动抗击匈奴的武装力量，而是寻找一劳永逸彻底解决匈奴问题的安国之大计策。他的目光越过大漠，越过草原，越过阴山，远远瞭望着西部大地之外的天地。

这是一个什么样的天地呢？据说，曾经和匈奴交战的大月氏人现生活在那里，而且生活得不错。他们曾被匈奴几乎摧残得缓不过气来，而今似乎兵强马壮，元气恢复了——怀抱着千万里之想的汉武帝，决定招聘人才，前往西域寻找大月氏，以求联合牵制匈奴，企图从根子上解决匈奴民族不断南下抢掠的武装力量，以求边陲的安宁平顺。

插上招兵旗，自有吃粮人。汉中城固人张骞踊跃应招，得到了汉武帝的信任，并派遣他前去西域联系大月氏。同时，也打探西域以及西域之外的那个遥远而陌生且又充满了神秘色彩的世界……

张骞了不起，他领衔出征西域。在沣河桥边喝过告别酒，张骞眼含热泪，面向长安巍峨的宫殿，跪下，拜了再拜，又向西南方向的故乡拜了再拜，起身，弹去眼边的滚滚泪珠，从心里深处一声长啸，翻身上马，瞬间消失在阡陌黄尘之中。

这一去啊，就是十三个春秋！

张骞沿途经过匈奴领地的时候，被扣留囚禁起来，但他毫不动摇，志向坚定！匈奴为了留住他，留住他的心，替他成了家。他的这位匈奴族妻子，虽然皮肤黑里透红，身手矫健，却也深明大义，向往高度文明的大汉文化，支持张骞的重大使命。后来，张骞借机摆脱了匈奴的管制，终于到达大月氏。可是，大月氏已经安居乐业，安于现状，不想再与匈奴交战。张骞不辱使命，得到汉武帝的赞扬，并赐封为博望侯。

张骞前后两次前往西域，意义非凡，不但打通了中原与西域的交通，更重要的是从此开辟了"丝绸之路"——伟大的史学家司马迁在《史记·大宛列传》里说："然张骞凿空"——这是很高的评价，说他干成了前人未曾干过的事情，就像生地里插铧，种出了满眼的好庄稼，不简单啊！

此后，沿着这条"丝绸之路"，西域的葡萄、核桃、苜蓿、石榴、胡萝卜和良马、地毯等传入内地；汉族的铸铁、开渠、凿井等技术和丝织品、金属工具等，传到西域。同时，也沟通了我国同中亚、西亚和欧洲的通商关系，我国的丝和丝织品，从长安往西，经河西走廊，今新疆境内，运到安息（今伊朗高原和两河流域），再从安息转运到西亚和欧洲的大秦（罗马）……

时间过去了八百多年，唐代伟大诗人杜甫在安史之乱稍微平静下来的时候，出大散关，一路崎岖坎坷，来到地势平坦、物产丰富、自然风光优美的秦州。黄泥小屋，古柏苍然，遥望银汉，忽然想起"凿空"西域的张骞来，不禁思绪万千，情不自禁吟诵道：

闻道寻源使，从天此路回。
牵牛去几许？宛马至今来。

诗中所歌颂的"寻源使"，就是张骞。在中国历史上，张骞通西域的故事，早已家喻户晓，并带上了某些神话色彩。汉初时，汉武帝首创察举制，张骞就是当时被推举出来的孝廉。民间传说，张骞奉汉武帝之命，开通西域，曾到了"西天"的黄河源头，会见牛郎和织女，带回了天马。时逢战乱，社稷动荡，人民流离，忧国忧民的诗人站在中西古道上，不禁想起这位"凿空"西域、远播国威、造福后世的名臣，以及安宁稳固处于上升境况的大汉天下。

时常在想：假如没有张骞，今天就可能没有葡萄，没有核桃，也没有石榴和胡萝卜，也没有苜蓿、地毯等这些来自西域甚至更远的西部世界之物品，这是英雄造就了时势，还是时势造就了英雄呢？答案自然是后者。张骞是英雄，而他又是凭借了大汉威赫的国力时势完成了这样的人生壮举！人，除过自身特备的天赋和努力，离不开生存的环境；环境又是人建功立业不可缺少的外部重要条件——张骞具备了这两个主要因素，建造了"凿空"的伟业，硬是在大漠、黄沙和逶迤群山之中走出了一条震撼千古的"丝绸之路"。

"丝绸之路"不仅仅是商旅之路，也是文化交流之路，也是中西交融之路，还是我国与中亚、西亚和非洲、欧洲沿途各国各地区互利互赢之路，更重要的是世界和平之路，世界各国各地区团结之路、和谐之路和经济飞跃之路。是啊，你看，渭水之滨，沣河岸边，芳草连天，碧绿似锦，一队队骏马、骆驼和负载着大汉富饶物产的车流，沿着这条千里古道走向西部，走向葱岭，走向中亚、西亚……"丝绸之路"是一条双向流动的彩色之路，送去了我国人民的深情厚谊，也迎来了中亚、西亚和沿途各国人民的热切期望，这也是一条闪耀着人性的善良之路……

长安是"丝绸之路"的起点。长安，长安，也就是长治久安，永远期盼世界和平、世界安宁、世界进步、世界善良、世界美丽的伟大起点！

此景最堪忆

"远看黄河白茫茫，曲曲折折到这里。"——这是当地过去一位甚是诙谐传奇人物随口念出的一首诗的前两句。诗呢？平铺直叙，直白如话，但是，若是用了乡音去读，却回环舒展，音韵铿锵。关键是，比较准确地描绘出黄河此时此刻流经这里的形状。你看，远远望去，早不见了崩涛雪浪一往无前的模样，犹如从天际闪着白色的光亮漫漫而来……

漫漫而来的黄河，到了这里便慵懒得不想走了，携带着巨量泥沙的水波，制造了这一湾绿洲。而这湾绿洲确实不能小觑：这里芦苇茂盛，清泉处处，十里荷花，就差"三秋桂子"，不然，便活活地演示了柳永的词境——不过，且慢，《诗经》的"关关雎鸠，在河之洲"却是吟咏着这一带美丽的逶迤风光，从远古一直到现在，万种风情，千媚百态，不知沉醉了多少如织游人呵！

黄河史就是一部伟大的文化发展史，黄河的生态状况就是一个社会文明的高度——而这里，就是黄河替自己寻找到的一个美丽的后花园，一个可以使自己休养生息、自我修复的好地方。黄河滋润了半个天下，也确实该在这里栖息困倦的身躯，上演一段抒情慢板了。

这些天，一直在读美国生态学家马克·乔克的《莱茵河：一部生态传记》（1815—2000），从中大致了解到工业化以来莱茵河的生态情况，由此而极端渴望回到黄河身边去，想看看在我国如火如荼的城镇化历史进程中黄河的生态情况，特别是这一湾得天独厚的美丽绿洲。

眼前的景象是：碧天绿海的芦苇，铺天盖地了整个黄河岸边，齐刷刷地，有风吹过，不时翻卷起一个接连一个的漩涡，搅起了飘飞的绿云，一直鼓荡到无边无际的尽头，又折转过来，溅起如珠的细雨，愈发见得绿的汪洋。有水鸟箭般掠过随风起伏不已的芦苇，婉转几声，隐入绿墙深处……若是秋季，特别是深秋，"蒹葭苍苍，白露为霜"，却又是另一番景象：原本郁郁葱葱的芦苇荡，此时，芦花飘雪，异常壮美，远远望去，恰似飘落起无穷无尽的白云，笼罩四野，顿觉天地茫茫。

非常欣赏元代诗人奥敦周卿的这几句话："西湖烟水茫茫，百顷风潭，十里荷香。"不错，西湖缺少了碧叶田田、浮香暗动的夏日清荷，则断然没有了生命的灵动和韵律，而这湾绿洲亦如是。与西湖"十里荷香"不同的是，小暑尚未到，这里便是"接天莲叶无穷碧，映日荷花别样红"令人震撼的壮观了——黄河沿岸的成千上万亩荷塘，仿佛听到了号令似的，一夜之间，那硕大如盖的荷叶，亭亭玉立的荷箭，鲜艳盛开的荷花就哗啦啦展现在人们面前，是那样的娇娆，那样的明媚，那样的清新，那样的美，展演出一幅幅回环往复的荷之长卷，淋漓尽致地把荷的风韵，荷的精神浓墨重彩地表现了出来，乃天地之一绝呵！

鸟是大自然的精灵，而这里更是鸟儿的世界。且不说，草滩浅水里的丹顶鹤、大天鹅、鹳鸟、麻灰的野鸭子，就是来回穿梭于芦苇间的翠色小水鸟，也引人怜爱。清脆悠扬的啼叫声，显得这一片芦苇、荷花与丛丛马蔺花组成的天地愈加清幽。也不知这小水鸟用了怎样的建筑技巧，把用羽毛、小树枝等材料黏合起来的巢，就搭建在芦苇上，这别出心裁的精巧之举，真令人赞叹不已——或者是小水鸟的生存遗传技能吧，这样就可以躲避灾害与侵袭，才使小水鸟适应了大自然严酷的选择而得以繁衍下来。芦苇荡里的光线慢慢暗了，远处传来汩汩的水流声，小水鸟归巢了，箭般地穿越随风高低起伏的芦苇，跳跃在巢边的枝梢上，然后，悄无声息地归宁了。这时分，一轮明月在天空冉冉升起……

此处的泉，犹如黄河怀抱里的一颗颗明珠，星罗棋布，泉水清澈晶亮，碧波荡漾。芦苇深处，有一泉，这泉端的别样：泉底，细沙腾浪，奔涌而出；其水温润内蕴，柔滑如丝，而水骨挺立，浮人不沉；整个泉面，水汽氤氲，如梦如幻——其广如数亩，四周芦苇如碧，近听水语如珠，遥闻黄河涛声，全然方外妙地，沐浴其中，天人合一，灵魂复归自然，仿佛进入老子境界，得大解脱。

马克·乔克考察了莱茵河将近二百年的生态历史，利用多种数据和田野调研结论，论述了工业化进程对莱茵河带来的致命破坏，忧心忡忡地提出了河流恢复的建议，这部书确实给人不少有益的启示——站在黄河岸边高高的黄土断崖上，山风鼓胀起衣角，极目远望，只见黄河浩浩汤汤东流而去，不由想到：河流有着伟大的自我修复能力，但更重要的是做好河流的生态保护，这实际上是在保护人类的生命。

黄河的这湾绿洲，就是确凿的证明！

　　唐代伟大诗人白居易的记忆深处，不能忘怀的是江南，特别是苏杭一带的山光水色总是激滟在他的心灵之间，就是离别经年，也念念不忘，"江南好，风景旧曾谙。日出江花红胜火，春来江水绿如蓝。能不忆江南？"是啊，东南江山，形胜秀美，然而，假如他有幸身临黄河这湾绿洲，看见这般景致，也许流连忘返，情愫若寄……是啊，长堤垂柳，碧叶红荷，鸟语花香，风光明媚，此景最堪忆。

那一刻恰巧白云飞过

整个山地忽闪一下豁亮了，就连远处时常模糊一片的树林，也历历在目。缠绕在树身上的野藤条正怒放着艳丽的花，蓝幽幽的岩石清新如洗，后坡上的山岚袅袅而起。

来时，带了一大包书，住在这间草棚里，关闭了手机，准备好好清净几天。吃的也带来不少，尽是快餐食品，不用煮呀炸呀的，有点热水就成。这间草棚距离泉水很近，转过一个山脚便是。泉水绿汪汪的，清澈见底。若是汲了来，点一杯茶，醇香无比。古代人很讲究煮茶的水，依照水质划分等级，有天下第一泉第几泉之说，甚至连长江里哪一段的水都能辨别出来，可知名不虚传。这泉也好，甘洌无比。

整日奔走闹市之中，身上之垢易于清洗，而心灵之垢却不会轻易洗掉，污垢愈来愈厚，心灵的天地便愈来愈窄，以至于束缚了心灵，遏制了心灵的活力，使心灵慢慢窒息，乃至死掉，而自己尚不自觉。

污垢是欲的外壳，而欲则是内核。佛说："人怀爱欲，不见道者，譬如澄水，致手搅之，众人共临，无有睹其影者。"——这话说得明白，欲，是一切孽障之根源，若破孽障，先破欲。破欲先静心，

138

静心先安身。于是，有了这次山行。

这脉山地里，据说，隐士非常多，至少也有数千之众。美国作家比尔·波特的《空谷幽兰》，就是专题描写这一题材的。读过之后，陷入沉思。历代都有逃避世俗，寻找一条出世的道路人，他们或者隐居于山地或者隐居于闹市，过着很少为人所知的生活，简单而实在，闭关修行不止，以期达到超凡出世的精神境界——从心底里很是敬佩这些隐士，抵御了千丈万丈的纷纷红尘，独自奋力走上精神求索的路途，该要有多大的自我克制力和具有多么崇高的追求啊！

在山水自然里寻找精神的解脱，也是历代命运乖蹇文人排解郁闷的方式之一。楚国伟大文学家屈原先生被谗言诬陷，行走于水乡泽国，形容憔悴，愁肠百结，吟出了千古绝唱《离骚》。至今读来，犹能感到一腔沸腾的爱国热血……

东晋陶渊明隐居庐山之麓，过着平静淡泊的生活，读书、种秫、锄草，听鸡鸣，赏东篱菊花，他想象的美好生活虽说属于"乌托邦"，但至今仍然令人向往不已，也就是在寂静的田园之中，开一代诗风。

唐代大诗人兼画家王维，正在盛期，便毅然退离政治漩涡中心，隐居辋川，把一切全部寄意在山水自然里。他的诗有着无穷无尽的禅意，"行到水穷处，坐看云起时"；"空山不见人，但闻人语响。返景入深林，复照青苔上。"真可谓羚羊挂角，无迹可寻，而妙趣横生，余韵无尽。由于远离尘嚣，于人于事，看得就愈加分明，跳出了名缰利锁，不再理会患得患失，得天地之蕴，便可脱胎换骨，成就人生另外一种风景。

也明白了为什么李白"一生好人名山游"。其实是希望在山水自然之中放置自己这颗孤寂的灵魂，这颗伤痕累累的灵魂，因为在这里不再有明枪暗箭，不再有摧眉折腰事权贵的屈辱，也不再有令人齿冷的龌龊之事。灵魂自由了，自然会营构出美妙的诗情画意，所以，李白才登上了我国古典诗歌的巅峰而千古流传。

自然，隐居山地的人，也许成不了屈原、陶渊明、王维和李白，这是稀世的智者，也许压根就没有想到这么多，他们只抱定修行的目的，来修行自己的灵魂、精神、身体，努力达到一个设定的境界。能不能达到这个设定的境界，至少经历过这样一番艰苦的修行，而修行或者就未曾有一丝丝目的，修行本身就是目的。

山地里的午间十分短暂，好像晨雾还未散净，光线便慢慢暗淡下来。远处的鸟鸣，此时更加婉转动听。静静地独自坐在草棚前的石块上，闭目，缓缓地调整呼吸，觉得一股清爽的气从头顶逐渐贯通而下，又慢慢弥漫于全身，天地合于一体，顿觉神清气爽——这是一种更新，自我的更新。

张载、朱熹、王阳明都曾经认真研读过佛，企图在佛里寻找人生的出路。后来，他们都离开了佛，转而向儒学。令人困惑的是，难道博大精深的佛居然没有安身立命的地方，还是追求佛修行精神太过深远不可企及？他们语焉不详。后来，终于想明白了：前者是个体修行与精神追求达成之后再普救众生，后者则是志于天下，是为了"齐家治国平天下"——出世与入世之间产生了矛盾，于是，及时掉头，重新选择。人生当如鸿鹄，寻找属于自己的蓝天，无可厚非。问题是，当自身的精神世界产生了倾斜，失衡了，错层了，又该怎么办，又该如何拯救呢？这是儒学解决不了的问题。

在佛里或许能找到一条路径。

苏东坡一生沉浮不定，其心灵并不是长存乐观，也必然有执破解不开，这时候，不免逃入佛学。他经常和佛印和尚探讨禅，以求心灵的安慰与超越。不仅仅是苏东坡，就是一代名相王安石也在晚年走向佛，甚至捐出建筑钟山山麓的家园半山堂为寺院，以求大解脱。

只有佛才能规整和提升灵魂。

这或者同样是山地隐士的动因，所以，离开之前的生活种种境遇，逆境，顺境，成功了，失败了，钟鼎簪缨，举家赊粥，都一齐删去了，放下了，归隐山林，山林就是精神复活或者新生之地。

是啊，此次上山，就一个心愿：过几天清净的日子，把整日浸泡在污泥浊水将快丧失活力的心灵打捞出来，放到绿草茵茵的山地里，吹吹湿润的带有花香的清风，让沙石打磨掉裹缠心灵的厚厚污垢，接通地脉，恢复天然的心性——就这样，收拾行装，来到秦岭的这一段山脉。上山到现在，山地一直蒙昽着积云，一片雾霭，然而，独自面对完全陌生的世界，便觉心灵无端的自由。煮着山泉的水喝，嚼着带来的简单快餐，偶尔采摘几颗野树上尚未掉落的果子，甚是快乐。

山里读书真好，静静的，听得见树叶在风中慢吟细唱。无论是什么书，硬装的，平装的，线装的，只要一卷在手，便兴趣盎然地读将下去……

今天是5号还是6号，日子还真是给记糊涂了。糊涂就糊涂吧，山里的日子来得缓慢，草儿绿了是春天，草儿黄了便是秋天，日子就这样一天一天过着。不过，山里的风景真好，那莽莽苍苍的群山，一会儿群马奔腾，一会儿波涛汹涌，一会儿又如画轴徐徐展开，真是奇妙无穷。打坐起身，无思无虑，神清气爽，整个山谷突然就豁亮了。抬头，呵呵，那一刻恰巧白云飞过……

秋夜，那一轮明月

　　一年中最期望秋天而又最怕秋天。年怕中秋月怕半，这句俗语说的是光阴如梭，时光不再。确实如此，时间具有一维性，一旦逝去便不会折回头来——实际上，时间也是人为设置的刻度而已，这个刻度主要显示在钟的表盘上，而真实的情况是宇宙不存在时间，无始无终，没有边界，也没有尽头……人要理性地认识这个世界，就要给这个世界标记上许许多多的符号，于是符号成为人们认识世界的理性的东西——时间也是如此。

　　秋天也是表示时间的一个刻度，一个符号，当然，这个刻度，这个符号，又被赋予了丰富的文化色彩，甚至是神话色彩。例如，在我国传统文化和神话里，秋夜，西边的幽深的天幕上升起一轮明月，坐在河边的青石上，透过岸上粗大的树枝，仿佛看见了月宫里砍伐桂花树的吴刚，也可以看见月宫里翩跹起舞的嫦娥——嫦娥原来是后羿的妻子，偷食了神仙送给后羿的一种能飞升上天的药，她自己便一路摇曳着长长的裙带飞到月宫里去了。月宫里十分寂寞，不是凡间人们想象的那样美好，嫦娥身临其境，又有点后悔了，常常思念自己的丈夫后羿。她坐在月宫门前的青石台阶上，托着腮，痴痴地望着下界，盼望能看见后羿的身影。山中只一日，世上已千年。嫦娥仍然美丽年轻，而后羿早就灰飞烟灭，杳无踪影了——这也是时间在作弄人，一边的时间停止，一边的时间还在继续前进，停止的凝固了原来状态，前进的早就更新换代不知多少轮次了——也许这就是时间的辩证法吧。

人到中年，具体以我来说，怕已经进入了后中年时期，或者说已是到了人生暮色四合乱云飞渡的时光，山巅之上的落日也快闪亮一下便悄无声息进入下一个轮回了——此时，心头了无杂念，仿佛这个世界远离自己而去——固然，这还是时间在摆布着人生，只能顺应着时间的摆布，不能反抗，就是反抗，也没有任何意义——自然规律也好，宇宙法则也好，你能违抗？不能嘛！张若虚早就看破了这个理，于是，他在《春江花月夜》里，就借春天的原野上横空而来的长江之上的明月抒发自己对时间的认识。月还是那个月，而这个月曾经照过古人，也正在照着今人，今人能看见古时的月，古时的人却看不见今时的月。之所以出现这个现象，仍然是时间，这就是产生古今差异的根本。

既然人无法战胜时间，只能顺应时间，那么，就要设法在人生有限的时间里做点无限的事情。秦始皇先做了，在扫荡了函谷关以东的六国之后，集中一切修筑了万里长城，也修筑了自己庞大的陵墓，让这两个举世无双的时间遗迹证明了自己曾经存在过；李白也在做，除了每日喝得酩酊大醉，还时刻不忘挥洒手里的笔，仗着自己横溢不羁的才华，一鼓作气写了一辈子的诗，而且写的好得不得了，一代一代的人都在传诵，让带着个人生命特征的诗篇如花一样永远漂流在时间的河流之上；还有韩愈、苏东坡、董其昌、徐悲鸿等这些伟大的天才一般的人，都要向时间里顺手扔去几朵浸着心血的艺术精品——这些都是让时间凝固了生命并以自身的生命抗衡着变动不居的时间，在时间面前，他们胜利了！

又是一年的秋天。今晚的月亮肯定还是同过去无数个秋天一样明亮，只是缺少对明月的神奇向往，因为，处在工业化社会，人类早就登上了月球，知道了月球上死寂一片，既没有月宫，也没有桂花树；既没有吴刚，也没有嫦娥，一道环形的山脉还多少有点雄伟——但是，科学遮掩不住诗意，我宁肯相信从远古走来的月亮，仍然依旧，仍然在月宫门前的青石台阶上坐着一位凝思的女子……

是啊，趁着暮色还透露出金色的光亮，趁着火红的太阳依然还高悬在西天的薄云上，趁着还没有彻底消解蒙罩在月亮上那郁郁葱葱优美异常的神话和传说，喝口月久年深收藏得掉土渣儿的柳林春，打开案前的灯光，仔细阅读辛苦搜罗到手的书册，或者经史子集，或者康德"尼采"德里达……惬意地读着，惬意地思考着，或者惬意地书写着……这也是对抗时间，企图挤进凝固的时间之中，哪怕就是一枚图钉。

秋夜，极高极远的天际上逐渐又升起了一轮明月……

别了，我的关中村庄

关中平原一望无垠，铆足劲儿跑上半天也不见个沟沟坎坎。要是在明净的日子，站立在自家门前的青石台阶上，就能一眼看见巍峨的、呈现出莲花盛开模样的西岳华山，如同欣赏一幅清新淡雅的宋代山水长卷，心旷神怡……可是，村庄里的庄稼人是没有多少闲情逸致去观赏这可望而不可即的景致的——与其有这闲工夫，不如赶紧去地里抓挠抓挠。

"抓挠抓挠"是关中中东部渭河北岸乡村的方言，意思就是劳作——是啊，这里的土地确实是天心地胆，太肥沃，太平展了，只要舍得力气，便能从黄土里抓挠出想要的东西来。然而，村庄眼见得人烟稀少了，稀少到整个村子只有几家的烟囱还飘散着袅袅的炊烟……

早先整洁平整的官道如今坑坑洼洼的，几只鸡偏着头斜盯着地上来往不息的蚂蚁发呆，村子南边的那棵皂角枝叶茂盛，挂满了黝黑闪亮的皂角，却无人理睬。在这个曾红火繁华的大村庄里，热热闹闹的日杂商店冷清了下来，沿街叫卖的货郎担不见了踪影，只有那两只威武的石狮子，还精神地蹲踞在空旷的小学校门前——大部分学生都跟

146

随父母去城里读书了，留下来的学生一天比一天少。

村庄宛如空壳，面目全非，除了偶有能刻画出村庄一点诗意的"鸡鸣桑树巅"之景，豆棚瓜架雨如丝的田园风光再也难以见到了。农舍、小路，还有夕阳下的老黄牛，那曾经留下许多儿时回忆的小河，那曾经回荡过青春之歌的山谷，那曾经躺在身下的芦苇炕席花纹，那曾经挂过高粱秆皮蝈蝈笼的屋檐，那曾经一池碧水秋波荡漾辉映白云蓝天的涝池，也许都只能在梦中相会了。我不禁淡淡的忧伤起来。

在土地上抓挠的人也越来越少了，少到上阵的尽是些"廉颇黄盖们"，再不就是"佘太君们"，那些小伙子、姑娘们早就加入了打工行列，成了"农籍城市人"；而他们还年富力强的父母们也都披挂整齐奔赴前线，趁着太阳还没有落山过几天令人眼馋的城里人的日子。

他们告别了酸菜坛、盐罐、陶盆，告别了长满青苔的低矮土墙，告别了老井里浸泡的碧绿的西瓜，告别了挂满黝黑皂角的老树，告别了郁郁葱葱的小树林——人们一旦选择离开祖祖辈辈挥洒过无数汗水的故土，便意气风发地迎着鲜艳的太阳，走向一个全新的天地。

谁还贪图老屋那些破铜烂铁呢，牛曳驴拽过的铁犁铧锈得哗哗啵啵丢渣，引以为自豪的红缨长鞭失去了神采，如软蛇一样挂在墙头。那笨拙壮硕、在齐腰深的麦场里破浪前进的碌碡，那能压碎田间土坷垃的顺溜沉稳的青石碾，那被麦秸摩擦得木纹尽露而又油光闪亮的木叉，那需要用尽力气摇呀摇才转动起来的风车，那石槽，那石磨……一切的一切，似乎还散发着昨日劳作的余温，却终将成为一去不复返的历史。千万重麦浪里游弋的是发出低沉轰鸣的收割机，过去长满了酸枣刺的沟坡地果树飘香，丰收在望。

在走向工业化的道路上，轰轰烈烈的城市化进程不可避免，经历了数千年农业社会而形成的社会生活自然单元——村庄，终将离我们远去，这大概是历史的必然。

我离开这个位于关中平原渭河北岸的村庄，是在一个霞光灿烂的早上。我知道，我心中村庄的历史就这样完结了。但愿迎接它的，是一个充满梦想与希望的别样的未来。

斯地有奇山秀水

斯地有奇山，山曰华山。

华山清癯，神态超凡，另有一番天趣。

明代著名地理学家徐霞客深爱此山。天启三年（1623），他在考察了中岳嵩山之后，取道榆关，进入秦地，游历华山。

华山属于秦岭山系，其险峻甲天下，仿佛生硬地从巨大的青石上刀劈斧砍而成。山色如雪，孤峰拔地而起，远远望去，犹如灿然盛开之莲。此山端的突兀：一条小道穿岩过岭，蜿蜒而上，消失在一片苍翠之中。有瀑布从天际而来，飞玉溅珠，银河倾泻。山坳峪深，密林幽幽，枯木野藤，山岚锁谷，紫气缭绕。大宋年间，在书斋里局促得实在烦恼的道学大师陈抟，踵武老子，西来漫游。一入潼关，便觉周身气爽，如驾祥云，遥遥西望，但见白云散处，数峰秀出，花色如锦，异香扑面，不觉怦然心动。掐指一算，乃知为学道修身洞天福地。于是，拂晓时分，相揖作别，独自进山，杳然不知所去……

陈抟自幼熟习道藏经典，更是痴迷于《易》。如何精粹两者，演绎天地，还需排除一切杂念，静心思虑，方知其解。吉人自有天相，冥冥之中安居华山，仿佛尽是天意。深山水流洁净，梳洗已毕，一阵困意袭来，顺便躺倒在一块平整的岩石上，支颐酣睡，回归天然。一觉醒来，长期萦绕心胸的以《易》释道，进而天地贯通的大问题竟然迎刃而解。他徐徐而起，捡起落枝，于巉岩空阔处，左勾右描，一丝不苟地将睡梦中所得之图，绘制于地。笔起笔落，电闪雷鸣，鬼泣神惊，终成大端："太极图"诞生了！

陈抟刷新了我国哲学象数之学并为之做出的最大的贡献——和他同时代的哲学家邵雍，也醉心《易》的象数研究，反复推演，以致留下了蕴含着极其奥妙的象数推理结果至今仍然难以彻解的数目不少的诗。可若是与陈抟相较，甚是不及"太极图"来得简明直观，推演方便。而这一图，竟将天地阴阳乃至修身养性的变易运动提升回归的行进轨迹昭然若揭，其白云野鹤不染世事专心向学的态度，继承了春秋战国以来历经秦汉唐宋主导着主流学术进步的那么一种舍身求是的自虐式治学精神，这种精神至今还时常回闪在秦地真正的学者和作家身上……

正因为华山是陈抟哲学取得圆满之山，华山便具有了深厚的文化内涵，这是区别于天下其他名山大川的质的地方，也是我国道家学派走向中兴的地域标志。道、儒和佛是传统文化的三大主流学派，有分有合，融合交汇，共同构成了我国迥异于世界文化独特的以圆润融合为特征的东方文化，并扩展至南亚和西亚以及更远的地方。

不过，我一直觉得：陈抟选定华山成就自己的哲学，是早早就已经谋划好的事情，并非临时起意。你想，隋末李渊父子，太原起兵之后，顺应天下大势，迅速占据了号称"天府之国"的秦川大地，沿袭前朝，以长安为都，建立了三百年大唐帝国。而帝国的长治久安必定要有统一的思想和价值观，李氏王朝崇奉道家，因此，道家学说借机发展，关中平原山水形胜，原是建立道观寺院的好去处。华山是京畿之地，且属五岳之一，加上帝王不断朝觐，自然成为道家名山。宋代是我国古代文化的巅峰时代，无论哲学、历史、文学、绘画，亦或是科技、印刷诸方面，足堪领先世界。以哲学而言，周敦颐、张载、二程特别是朱熹均为主流学派大家和集大成者，学生遍布天下。环视林立的学派大家，如欲寻得到一块属于自己的天地谈何容易？陈抟属于绝顶聪明之人，离开自从大唐帝国销声匿迹之后文化中心逐渐东移并立足东南而且繁荣昌盛起来的地方，独自来到曾经舞榭歌台而今却古阙残阳秋草萋萋的西部，先求得耳根清净，然后，徐图再起。早就有着道家色彩的华山必然是陈抟首选之地，在某种意义上，华山从根本上成全了陈抟和他的哲学事业！

如此说来，华山奇也不奇？

山水相连，有奇山必有秀水。

植物吐穗开花谓之秀——这秀字的本来字义真好。汉字有转喻的特性，既然植物开花吐穗谓之秀，那么，河流开花吐穗能不能也谓之秀呢？且慢，你见过河流开花吐穗么？见过，确凿地说。斯地就可以让你见识河流的开花吐穗——不知道渭河形成于什么时候，也不知道洛河形成于什么时候，但是，至少知道，在二百六十万年以前的第四纪冰川期出现之前，黄河就已经形成了今天的这般模样，浩浩汤汤从天而来。

就在关中平原最为开阔的东部地带，河流开花吐穗了。你看：经过秦晋大峡谷，一路憋屈着万丈狂澜的黄河，此时一头撞出龙门，自北而南奔涌而来，势不可挡，一泻千里。然而，世间的事就这么妙，刚刚摆脱了束缚的黄河进入辽阔的中下游，形势突变，横亘于我国腹地分割南北的秦岭，特别是硬骨铮铮的华山，轻轻地这么一站，黄河就乖乖地来了个大转身，扭头向东呼啸而去……

当黄河扭头东去稍一回望，洛河高调地扑向渭河，而渭河裹挟着洛河之水，卷起阵阵泥稠如浆的浊浪，一声呐喊，重重地撞向黄河的后腰——此时，在关中东部的平野上，三条河流闪耀着明亮的光彩，水急浪涌，万顷波涛，相拥相抱，交汇在一起——这等壮观的水之"秀"景观，估计举世无双，绝无仅有吧！

三河交汇这等壮观的水之"秀"景观，犹如古人形容写文章，开首如凤头，中间似猪肚，最最关键的是结尾，就要像豹尾一样刚健有力，才能打动人心，余味悠长。在陕北黄土高原深沟大壑之中穿行不歇的洛河，流经甘肃进入秦地，一改峻急性格，变成端庄大方平平稳稳的渭河，这时际，早就摆弄好了凤头，鼓荡起腰圆膀粗的猪肚，只等用尽平生气力写好最后一笔的豹尾了，怎能不把这入河仪式操持得轰轰烈烈，铺天盖地"秀"出花朵、吐出穗呢？

再说，三河交汇不仅仅是壮观的自然景观，也是我国历史文化的源头。《周易·系辞上》说："河出图，洛出书，圣人则之。"——这句话是什么意思呢？黄河出现了图，洛水出现了书，圣人照着它的样子描画下来。因此，这图这书就繁衍出了博大精深的中国文化。说来真有意思，这"河出图"，竟然和我的先祖柏皇氏有着极大的关系：相传上古时期东方部族的一个首领叫作柏皇氏，因为他们以柏树作为图腾对象，所以又称柏皇氏为柏芝。柏芝曾担任过伏羲的助手。一天，他们来到黄河岸边，突然发现有一条龙首蛇身的怪物，见到伏羲后便精神抖擞，背上龙鳞闪闪发光，构成一组图案。伏羲见状，只顾顶礼膜拜，而柏皇氏却用烧过的木炭将图案画在大石上，献给了伏羲。伏羲借此发明了八卦图；至于"洛出书"则是相传有神龟出于洛水，其甲壳上有图象，结构是戴九履一，左三右七，二四为肩，六八为足，以五居中，五方白圈皆阳数，四隅黑点为阴数，称为洛书——然而，这里的"洛水"是指此地的洛河，还是指洛阳的洛河呢？有不少人以为是指后者，而否认了前者。然而，在我看来，事实未必如此。

稍做一点考证：我国古称"华夏"。《尚书·武成》："华夏蛮貊，罔不率俾。"《传》："冕服采草曰华，大国曰夏。"《疏》："华夏为中国也。"《左传·定公十年》："中国有礼仪之大故称夏，有服章之美故称华。"近代著名学者章太炎先生认为，我国民族依华山而居，故名其国土曰"华"——既然华山是我国先民的居住之地，而华夏古称又来自这里，因而初始文化也必定产生于此——三河交汇处与华山遥遥相望，况且这一带土地肥沃，平整如砥，自然是上古人类居住生产的首选区域——物质条件好了，必定就有了精神文化的渴求，其"河图""洛书"出现于这个地方似乎也顺理成章。

徐霞客盘桓华山数天后，写出了明媚秀丽的《游太华山记》。不过，他未曾来得及仔细考察华山所蕴含的异常深厚的哲学和历史文化，而是把注意力全部放在模山范水的描述上："由峪山谷口入，两崖壁立，一溪中出……循溪随峪行十里，为莎萝宫，路始峻。"——

逼真如画，宛若目前。

斯地有奇山秀水，奇山秀水又哺育了历史悠久灿烂辉煌的古代
文明……

土地的声音

  踏着荒草凄迷的小径，在这黄土沟壑里，看见了经过山洪的剧烈冲刷而形成的黄土孤崖，犹如石林一样，锥形或者断层一般，零零落落地散布在这里，有风刮过，卷起一股股尘埃，弥散在半空里。其实，之所以摸索到此处，是为了完成一个久已藏在内心的愿望——倾听土地的声音。

  来到这儿，是为了寻找土地的声音。对，土地的声音。多少年了，反复阅读屠格涅夫的《猎人笔记》，很是沉迷他笔下的俄罗斯黑土地上那弥漫着诗情画意一般的声音，如一曲曲独立的乐章，奏响在这广袤深沉的土地上：夜气未散的森林清晨，星空穹隆的沉默草原，空气中饱合苦艾的新鲜苦味和荞麦甘香，桦树笔直金黄，白色尖顶教堂，小屋里闪着燃烧柴火的红光，门后传出带着睡意的人声……难为屠格涅夫了，倾耳仔细谛听从黑土地深处发出的大自然的声音，并把这声音凝固成美丽的音符，转换为赏心悦目令人陶醉的文字，经久不衰地保持着永远神秘的艺术魅力……那么，在这块历史同样漫长的黄土地上，土地的声音又该是怎样的悠扬动听呢？

在波涛万顷的麦田里寻找，在一望无际密密森林一般的玉米田里寻找，在漫过天涯的闪亮着金色光泽的谷子山坡上寻找。呵，经过整个严寒的冬季，当太阳逐渐升高的时候，原先被大雪覆盖的麦地，苏醒了。小麦揉了揉还有点迷糊的眼睛，迎合着春雨淅淅沥沥的低吟，伸展腰身了。你听，你听，那清脆的拔节声，咯崩——咯崩——咯崩，多么美妙的声音。这是生命的声音，是坚挺向上的声音呵！赤日炎炎，当渠水欢畅流向庄稼地里的时候，你听呀，咕咚——咕咚——咕咚，这是玉米喝水的声音，喝过了水的玉米摇曳起阵阵透凉的绿风；秋风渐起，枫叶泛红的季节，谷子成熟了，成熟了的谷子在翻过沟沟壑壑并不歇脚的清亮清亮的风声里，低头弯腰，向大地窃窃私语，倾诉着满腹衷肠……

这时分的关中平原，庄稼地里，满世界都是高亢热烈的板胡与喜庆欢快的唢呐合奏，这就是土地的声音，是土地向人类不断无私奉献的声音——这声音来自土地的灵魂，来自土地的腹腔，这是土地最美最美的凝结着无限深情厚谊的心语，这是土地最优美的抒情歌谣，这是土地热情奔放的吟诵，这是土地最美最美的声音！

土地为什么能有这样美妙的声音，土地究竟有着怎样的胸怀？仔细端详黄土高崖的横断面，哦，从内蒙古高原吹落的黄土尘埃，构成了黄土的世界。在这个世界，竟然呈现出如此让人惊心动魄的图画：黄土的颗粒紧紧地团抱在一起，似乎根本分不清这些黄土颗粒的个体存在，浑然一体，而那竖的、横的条纹，密密细细结结实实地交织在一起，似乎积淀了亿万年，从里到外透出一种伟大的静穆之气，一种寂静到原始时空的深厚，一种坚不可摧的力量。然而，又是如此的温厚，如此的亲情。

更重要的是能听见土地内在的声音。

倾听土地声音，需要——"来到一个寂静荒凉的地方，一望无际；天上根本没有云，树木和植物在空气中纹丝不动；没有动物，没有人，没有流水，有的只是最为幽邃的寂静。这样的环境正在召唤人进入严肃的静观。"这是著名哲学家叔本华在《作为意志与表象的世界》中所描绘的领悟壮美需要具备的心境与环境——确实，也只有在这个特殊的心境与环境里，无思无虑，无欲无望，祛除掉虚妄与浮躁，让心沉静下来，才能感受到土地的伟大与坚实，才能感觉到土地深处的安宁与悸动。

"地势坤，君子以厚德载物。"土地赐予人们一切，不仅仅奉献出由全部的心力生长出的庄稼与植物，还贡献出自己伟岸的身躯与滚烫的热血——这就是崇山峻岭与驱动机械的燃料，也是人与人类永远赖以生存的物质——土地的伟大与价值就在这里，这就是我们膜拜土地的缘由。

面对土地，面对莽莽苍苍的黄土地，顿觉人之渺小与低微。告别黄土沟壑里这些由土地形成的黄土孤崖形成的锥形或者断层一般的景致，心里不知怎么的，在苍凉的悲壮后边陡然升腾起一种前所未有的心情，一种洞悉了土地隐秘情结的壮烈胸怀，紧贴着大地的胸膛，登高远望：关中平原的土地上，绿树成荫，庄稼茂盛，呵，仿佛遥遥地听见了土地那一声声深情而又蕴含着巨大力量的心音……

消暑太行山

去哪儿呢？

近些时候，一直在读经济学方面的著作。这个领域从未涉足，然而，读完亚当·斯密的《国富论》之后，意欲未尽，接着读凯恩斯的《就业、利息和货币通论》，又回过头读马克思的《资本论》，下来开始读哈耶克。前者的阅读，自然收获不少，但是产生阅读震撼的还是阅读后者，这是一次强烈的阅读能力挑战。应该说，具有理性主义气质的人，在阅读过程中一般不会产生迷茫，总能寻找出解围的办法。可是，偏偏就是在阅读这些经济学著作的时候，竟然陷入思维的泥淖里了。不仅仅是经济学语言叙述的艰涩，也不仅仅是里面充满了大量的理论推理与论断，而是接触到始料未及的新鲜思想和新鲜的哲学思想表述。一边阅读，一边思虑，为什么没有早早地学习经济学呢？

经济学使人真正明白了这个世界是沿着怎样的道路前进，前进的动因到底是什么，而人在这个世界里又是怎样面对不可预知和可以预知的未来，尴尬且无奈，却又永远朦胧着希望和幸福——为此，竟然陷入无以名状的精神困境，得不到解脱……心想，若是寻觅到一处人迹罕见的原始山林，畅畅快快，无思无想，来彻底走出这令人困惑的精神之域，该有多好呀，也许就能获得思想的再生。

在地图上端详好半天，红笔终于圈定了，决定去太行山大峡谷。

若是平常年间，暑期，不外乎手持芭蕉扇，靠在老槐树下，听上了年纪的人讲讲前朝故经，特别是"文革"轶事，常常令人乐不可支。开怀之后，总觉丝丝冰冷不由惊悸。待夜深人静，人声渐消，提了竹凳，回屋点灯，案前翻阅书籍，最是享受。清《四库全书》总编撰纪晓岚的《阅微草堂笔记》，很是适宜消暑，连他自己也做如此看法。可是，今年暑期不知为何，总想外出游走。

说走就走，自个儿驾车就上了路。平时难得出游，更无潇洒到专意消暑之说。这次例外，一是得之于漫长的暑假，二是关中一带确实奇热无比，三是很早就想到太行山一带旅游。太行山特别是壶关这里的大峡谷，真乃天下绝景之一，尚未登临，岂不遗憾？于是，横下一条心，收拾准备停当，驾车东游，直奔而去。

此去太行山大峡谷，还有一个隐埋在心底的念头，企图远离关中东部这宽阔的大平原土地，远离故居的书斋，期盼在一个完全陌生，完全不同于十分熟悉的环境，好好地休歇一下，休歇一下整日不得平静而显得逼仄无奈的灵魂——多少年了，多少年一直在紧张地读书、读书。眼见得读过的书愈来愈多，这读过的愈来愈多的书，就像一块一块的巨石愈来愈沉重地压迫在心头，压得人苦苦挣扎，喘不过气来，没有空暇梳理，没有时间很好地反刍。这些历史的，哲学的，艺术的，教育的，古典的，现代的，外国的，中国的，这等等书籍，都需要一番彻底地沉淀过程，都需要认真思考。不然，读是读过了，却没有很好地转化为认识时代、认识生活、认识未来的理论智慧。读书的关键是进行知识的有益转化。而要进行知识的转化，就得选择一个合适的时机，离开惯常的场景，离开到处积满了书籍这"普叠如市，彼损雅趣"的地方，寻找一个"山路幽深，十里长松引路"可以安放倍受熬煎的心灵的青山绿水——这就是我鼓足气力，独自驾车东游的精神动因。

横渡黄河大桥之后，就进入山西境内。山西多山，高速公路穿行于山间沟壑，路面上车辆不多。有首歌曲《人说山西好风光》，真是名不虚传。山西境内有名的大山就有中条山、吕梁山、太行山等。当然，比较雄伟壮丽的还是太行山。山西省就是位于太行山西部而得名。虽然山多沟深，植被却保持得很好，漫山遍野的绿，绿得朝气蓬勃。

好在太行山早就畅通无阻，大路朝阳，绝不是往事越千年的魏武那"北上太行山，艰哉何巍巍！羊肠坂诘屈，车轮为之摧"的悲催时代了。到达壶关县城，尚未到正午。壶关是一个小县城。城不大，显得有点冷清，却是名震遐迩的太行山大峡谷所在地。地形真是险峻，刀劈斧砍一般，陡峭的山崖夹一条沥青公路，不过，路面还算齐整，只是弯道太多，需要万般小心才行。两边陡峭的山崖上，一片碧绿，绿的醉人。山路崎岖，直到太阳落山，总算抵达此行的目的地——桥上桥。桥上桥是地处太行山大峡谷深处的一个乡镇。说是乡镇，也就零零落落不多的几十户人家，却也有湖有山，青砖灰瓦，错落有致。

太行山大峡谷，多为东西走向。进得山来，哦，感受最深的就是

160

绿。太行山的绿，是一片深绿。进了山，如同进了绿的世界，满眼都是绿，树绿、草绿、庄稼绿，就连庄户人家的墙壁上也爬满了翠绿的藤蔓，一地的花影。绿是生命的象征，也是希望的象征，代表着青春和活力——爱娃·海勒在《色彩的性格》中指出，绿色具有镇静的作用等功能，并把绿色分成好几个专题进行研究，全方位解读了绿色的意义与性格——其实，在我看来，绿色属于大自然春天的色彩，蕴含着生机，是人们最喜欢的色彩之一，比如，"风摇碧浪层层，雨过绿云绕绕"，自是一种境界。明代学者陈继儒的《小窗幽记》确实是一部关于生活美学的著作，他推崇的这种境界，确实是绿的极美的境界——而行走在太行山大峡谷，就真切地感受了这种境界。简直就是一个绿的世界，就连远山出岫的岚也浮着绿气，天绿，地绿，山绿，水绿。不过，那水的绿是闪着蓝光的绿。就说黑龙潭吧，这潭不知有多深，幽静的水面波澜不生，静静地积着绿，翡翠一般的绿，绿得深沉，绿得安稳，绿得让人心静。

翠竹碧松，涧边幽草，如画般逼真，在太行山大峡谷简直太寻常了，寻常得抬眼就是，漫山遍野，山里山外，往往孤峰老松高悬着一轮明月，竹林送来隐隐龙吟凤萧，却又十分地和谐在这千里太行山大峡谷之中，成为千古不变的风景——还是陈继儒在《小窗幽记》里形容得好："高峰入云，清涧见底，两岸石壁，五色交辉。"移来描绘太行山大峡谷，却也正好正相适宜。至于"长松怪石，去墟落不下一二十里。鸟径缘崖，涉水于草莽之间"则令人陡生美不胜收之感，况且"树影筛风，浓荫蔽日""浅翠娇青，笼烟惹湿"，端得好去处。弃车徒步，如同游览宋人一幅幅写意长卷，流连忘返。

山里暑气顿消，早晚间竟然似乎到了清秋季节，特别是夜深人静，窗外的湖面不时传来泼刺的鱼跃之声，更显得天地间一片虚静。明月高悬，此时，远处的群山肃然无语，一阵阵晚来清风，徐徐而起，夹杂了山间淡淡的花树芬芳，沁人心脾。下榻的这间旅社，四围皆山，临湖而建，尽得天然意趣，古雅有致。此间情形，再引陈继儒小赋，最是恰当："山曲小房，入园窈窕幽径，绿玉万竿。中汇涧水为曲池，环池竹树云石。其后平岗逶迤，古松鳞鬣。松下皆灌丛杂木，鸟萝骈织，亭榭翼然。"——此时静坐默观，方不负如是良辰美景，也不负太行山大峡谷这景这风这月了。

太行山大峡谷的绿，醉人的绿，真让人神清气爽。说真的，这太行山没有秦岭雄伟，也没有秦岭陡峭，山势犹如弧线组合而成，显得敦实厚朴，山洼洼里竟然有庄稼生长，令人忽然觉得一时间来到了陕北黄土高原，忘却这里原本是苍苍莽莽的大山深处。只有壶关一带的大峡谷才显示出了太行山壮伟的本色——哦，曲曲弯弯驱车而来，不就是希望看见这大峡谷么？是的，就是要看见这太行山深处的大峡谷，就是要在大峡谷里让这里的山风清醒昏昏沉沉的头脑，就是要在大峡谷里让这里清清凉凉的山泉浇灌干渴的心田，就是要在大峡谷里让这里氤氲天地的花香振奋起久已委顿的精神，就是要在大峡谷里让这里淳朴的山野乡情温暖冰冷冷的胸腔，就是要在大峡谷里让这里的遮天蔽日的高山峻岭激励起继续奋斗的壮志。

天空飘着蒙蒙的细雨，大峡谷的群山隐隐约约，湖边的垂柳轻轻曳起疏淡的山风，村落烟横，翠花扑窗。不一会，山衔红日，万道金光，一扫山霭雾气，大峡谷顿时清清亮亮，树绿花红，陷入一片幽静之中。呵，身临其境，思虑全消，何所求也，何所求也？这不就是"三径竹间，日华澹澹，固野客之良辰；一偏窗下，风雨潇潇，亦幽人之好景"的读书人追求的自然绝美境界么？是的，是的，不辞劳苦千里迢迢来到这千里大峡谷，不就是想在绝美的自然境界里彻底放下一切，放下万卷图书，放下淤积在心头的不畅与龃龉，不就是想做一回"野客"，做一回"幽人"么！

山林也能昭示灵魂，带来精神的飞跃。不是吗？当年，德国著名哲学家海德格尔离开学术中心居住在远离城市的森林，松涛万顷，明月在窗，也许在这样的环境中，才能努力追求本真状态下的理性思考，而这样的思考对解决人类在今后生存过程中必须直面的深层次精神问题有着至今仍然不能估量的探索价值，所以，在阅读《林中路》这部著作的时候，往往在他那些令人入迷的语言论述里感受到树木清新的气息，体会出"山随平野阔，江入大荒流"的思想意境以及"万壑树参天，千山响杜鹃"的思维绝唱——是啊，只有舍弃了无关乎灵魂与心灵的任何外在的一切，坚定地捍卫自身品格的纯洁，才有可能集中所有的精神能量完成自觉的历史使命。

没有这种自我疏离精神，没有这种冷静而执着的治学态度，便不会迈上提升自己灵魂的境界，便不会成就伟大的事业。海德格尔是这样，甚至他的前辈们如洛克、卢梭、休谟、康德等莫不是这样。精神的创造是这样，精神的学习仍然是这样。阅读马克思、凯恩斯以及哈耶克，他们这些具有极其强烈的理论磁场且具有极其睿智的社会洞察力的伟大著作，产生了致命的诱惑，持续不断的阅读几乎耗尽了心智而疲惫不堪。前后在太行山大峡谷停留了好几天，这在我来说，单纯的游走也还是首次，没有承想这美丽雄奇的太行山大峡谷居然清醒了我、惬意了我、愉悦了我，给了我新的力量与勇气，也使我原先一直耿耿于怀纠结一处的问题豁然开朗，心情也为之云消雾散，一片光明。

太行山壮阔，俯瞰三晋，雄视幽冀，远眺齐鲁，胸怀中原，而其大峡谷更是一个绝好的去处：山势雄奇，古木参天；涧水清澈，深潭凝翠；苍苔古藤，峰峦窈窕；疏松影落，细草香生；岩岫吐岚，瀑如白练；山势连绵，千里锦绣——此地消暑，正是传说中的清凉世界。

"幽意无断绝，此去随所偶。"离开太行山大峡谷，离开桥上桥，是一个清清亮亮的黎明时分，驱车行走在山岚缠绕的国道上，心情格外轻松，格外愉快，车子也跑得格外欢实——悄然回首，太行山还是那么绿，绿得那样纯净、那么清新。出了壶关，天地蓦然广阔，蓝天白云，铺天盖地的秋庄稼又是一望无际的绿，绿及天涯……

又游尧山

渭北从西向东有一道围屏，这道围屏就是莽莽苍苍的群山，而尧山就是这道围屏里的一个褶皱。不过端的奇怪，四山都长满了零零碎碎的草，而尧山却是漫山的郁郁葱葱的柏树，就像镶嵌了一块祖母绿翠，一年四季就这样翠色欲滴，娇羞在荒山野岭里。

翠绿的柏树硬是从山石里钻出来，平平整整的尽是苍苔的岩，几乎看不见纹丝的缝隙，而柏树便活活地立定在这里，迎着风，迎着雨，迎着霜，迎着雪，一辈子居守在这里，脚下是蓬蓬勃勃的野藤野草，不见开花，却绿得醉人……

地质学家认为远在第四纪时候，由于冰川的作用，出现了造山运动，气候也出现了明显的变化，陆地和生物界的面貌已经接近现代——这是一个伟大的翻天覆地时期，不但孕育了人类，也孕育了必将重新改造这个世界的精神文明。也许，雄峙渭北这一带的崇山峻岭就是这个时期的产物，尧山，便是钟了天地毓秀，有了这般模样。

环山青翠，怀抱里，汪出一眼泉，幽幽的，清澈见底，水波不兴，平静如镜。冬，温似玉，夏，寒如冰。平坦处，零星着几座神庙，宽阔的石阶上是青砖砌成的圣母殿，檐深窗阔，画栋雕梁，玲珑秀气，一派逶迤仙境。

据说，上古之时，尧巡视天下，适逢洪水暴发，一时间众山皆不见踪影，只有此山独浮于水面，便封之为"浮山"。站立山头，尧纵览水情，却苦于不得退水之法。此时，圣母乘着五彩祥云，徐徐降下，面授机宜。尧得圣母之助，重整山河，才有了如今这般锦绣大地。这山因了尧曾驻足，又称尧山。

这则传说，如果剥去神话色彩，就可以还原出一个真实的故事，尧山圣母应该是一个母系社会最美丽最具有智慧的女性，她带领着她的子民们生活繁衍在这一带，创造了一个温馨而富足的生存环境，既能防御洪水的侵害，又能安居乐业，且树木茂盛，鸟语花香——在洛河岸边，考古工作者不断发现新旧石器的陶片或者完整的红陶罐，证明了远古时期，这里已经不是未经开垦的荒野之地，而是烙上了深深的人类活动的印痕。

尧山圣母便是这山地里的最早居民。

人是需要信仰和崇拜的。史前社会，一般会有图腾时代，图腾是护佑人们的神而受到顶礼膜拜。于是，一个最美丽最具有智慧的女性氏族领袖就化作了人们心中的图腾和神，千百年来得到世世代代当地老百姓的纪念。

"若有人兮山之阿，被薜荔兮带女萝。既含睇兮又宜笑，子慕予兮善窈窕。"——仿佛有人经过深山谷坳，身披薜荔啊腰束女萝。含情流盼啊嫣然一笑，温柔可爱啊形貌姣好。是啊，这是伟大诗人屈原描写出来的南国女神，但是，用来形容聪明、淳朴、善良的尧山圣母也恰恰如也。

天不下雨了，去找圣母，会普降甘霖，祛除旱魔；身体有病了，去找圣母，会施药治疗，救死扶伤；有灾有难了，去找圣母，会巧解周旋，救人于危难；陷入困惑了，去找圣母，会指点迷津，送你康庄；遇到冤屈了，去找圣母，会伸张正义还你公平……圣母就是老百姓的神！

圣母操劳的是老百姓的事，圣母切近老百姓的心，老百姓就亲切，就信仰，就崇拜，就纪念。你看，清明时节，山下的老百姓张灯结彩，声势浩大地敲起锣，打起鼓，耍社火，唱大戏，鸣鞭炮，打腰鼓，要拜神呀，倾家而出，人如潮涌，一齐汇合在山上的圣母殿，祈福的，还愿的，持续几天几夜，好不热闹……

在我的记忆里，三十多年前的尧山很美很美，沿着崎岖的小径上山，远远望去山势崔嵬，山前有高大的古色古香的石门坊，横额上的唐诗"欲穷千里目，更上一层楼"，墨色古老而苍劲。夹路杂花乱开，姹紫嫣红，曲径通幽。到了山上，但见屋舍俨然，庙宇端庄，却又错错落落如同宋词一般。当夜，休歇在客舍，山风吹来，阵阵涛声……

打来甘洌的泉水，炉灶里塞几把柴火，一会儿瓦罐里的水就沸了，点几盏新茶，慢品，此时际，月转空廊，万山寂静，天地与我合而为一，此情此景绝佳！

前些时候，翻阅古代建筑方面的图书。在这久远的历史遗迹里，觉得异常安适，且不说房屋设计宛然随着天地空间，就是门里窗里都尽含着古意，边边角角盎然些诗情画意，一草一木，一砖一瓦，莫不搭建在低回有致的曲韵里。一处院落，或是一座寺观，简直就是凝固着烟色的音乐。

可惜的是，尧山上那些篇幅不大的美宇精舍早已经被毁掉，只留下记忆中影影绰绰的凤毛麟角。而今的殿堂亭阁，是近几年山下的乡民重新修建起来，然而无复当年的优美雅致，那由里到外都渗透了传统文化浓浓包浆的风貌恐怕是再难复制出来了……

攀援上山的途中，惊异地发现，巍巍尧山的山麓，却是深厚的黄土层，那高高的断崖里，积淀了几乎等高距离的石夹层，其石头有的像鹅卵石，有的是不规则青石块，像长带一样缠绕着，蔓延着。忽然有了这样的疑问，难道在第四纪冰川时代尚未降临之前，这里便是一望无际的黄土高原，而由于冰川的挤压力硬是从地壳之中隆起了这座山脉？

湮没在沙漠深处的王朝

也许是老天的眷顾吧，为了彻底清洗积聚身上的关中平原上夏季的郁热，到达陕北就一直是秋雨连绵，清凉的雨丝里夹着鄂尔多斯草原吹过来的花香，令人神情为之振奋。在这清凉的雨丝包裹下，乘车去探访位置处于靖边县境内的大夏王朝遗址统万城。

登上这座曾经被誉为固若金汤的古城池，昔日的繁华和威严早已遗落在历史的尘埃之中，只剩下残垣断壁独向秋风——这座修筑于十六国时期的大夏国都，据说城高十仞，规模宏伟，周围数里，城内建有宫殿、鼓楼、钟楼等建筑物，楼台高大，殿阁峥嵘，流金溢彩，在一眼望不到边际的漠漠黄沙深处，真个蔚为壮观，俨然人间天堂。

这是匈奴在沙漠深处构筑的一座国都。匈奴是汉代称雄中原以北的一个强悍的游牧民族，影响了当时中国的政局，但也同时促进了各民族之间的文化、经济、军事交流。

构筑这座国都的是大夏国王赫连勃勃。

赫连勃勃是一位具有雄才大略的君主，他原本是匈奴铁弗部人，骁勇剽悍，善骑射，多智谋，称雄漠北。青年时期归附后秦，历任骁骑将军，奉车都尉，持节、安北将军，并封为五原公。后出镇朔方，设计杀害岳父没亦于，趁机吞并其部。五世纪初年，反叛后秦，起兵自立，称大单于、大夏王。既然建立了王朝，首先就要考虑在何处建立国都。位于鄂尔多斯草原南部的萨拉乌苏河畔一带，水草丰美，山川秀丽，气候宜人，赫连勃勃行经此地，不由赞叹："我到过许多地方，但只有这里最为美丽啊！"于是，遂于此定都筑城。

匈奴是一个追逐水草而居的游牧民族，其文化注定有别于偏重农耕的汉民族——不仅仅是匈奴，就是建立了蒙古草原帝国的成吉思汗，也很少考虑建立城市，而是把全部的精力放在迅速扩大自己的领土之上，不但征服了广大的中原地区甚至远至中亚、东欧的黑海沿岸，这是缺乏远见的——不只是在战略上缺乏远见，而且也忽视了城市对政权和军队的经济供应和保障，当然，城市还是文化传承的主要载体。在这一点上，赫连勃勃是具有远见的政治家和军事家，他以此城为根据地，雄视着沙漠之南的沃野千里麦浪滚滚稻花飘香的汉民族居住的富庶之地，出则可以攻城略地，退又可以守城自保。城名曰：统万城——其意是：统一天下，君临万邦。

赫连勃勃趁东晋破后秦之机挥师南下，一路势如破竹，随即攻取长安。次年，在长安称帝——长安地处秦岭终南山北麓渭河南岸关中平原中部，地势开阔，东西南北各有函谷关、大散关、武关和萧关，天然形成四塞之国，且八百里秦川土地肥沃、河流纵横、气候温和，自古以来就有天府之国之称，确实是建立国家基业的龙兴胜地——赫连勃勃自然深知，占据长安实际上等于拥兵自雄于天下，然而，他到底不脱游牧民族的习气，深深留恋蓝天白云下一望无垠碧草连天的草原，渴望挥舞套马杆驰骋于荒野沙丘，更魂牵梦绕那沉沉月夜响彻在丛林深处，那音域辽阔婉转蔓延而又忧郁苍凉的咏叹长调……于是，毅然决定留下儿子镇守长安，自己带着守护兵将返回大漠里的统万城。

经过多年不停地构筑修建，此时的统万城已经今非昔比。《晋书·统万城铭》是这样描述的："崇台霄峙，秀阙云亭，千榭连隅，万阁接屏""温室嵯峨，层城参差，楹涧雕兽，节镂龙螭。莹以宝璞，饰以珍奇"；而《北史》亦云"台榭高大，飞阁相连，皆雕镂图画，被以绮绣，饰以丹青，穷极文采"——回到统万城的赫连勃勃踌躇满志，觉得自己功业已成，大业铸就，从此不再过问朝事，整日沉溺酒色，甚至以杀人为乐，过着醉生梦死的生活。殊不知，穷奢极欲必然导致灭亡！不久，这位曾经励精图治、挥戈征战南北的一代天骄命殒黄沙，统万城也随之被北魏的军队攻破……

站在统万城白色泥土筑成的残留古城外墙垣上，在潇潇秋雨中，同行的一位土壤研究专家仔细观察其土质结构，用手抠下来一小块结构紧密的土颗粒，近前端详之后，断然说道：这是用砒沙岩和沙建筑起来的墙垣！专业性质的结论打破了赫连勃勃修筑统万城的神话传说。以当时的经济社会发展情况而言，大夏王国还不具备用白石灰、白黏土和糯米汁混合浇灌墙垣的条件，不过，聪明的匈奴人发现了鄂尔多斯草原和沙漠上特有的一种沙石——当地人称之为砒沙岩或白色或红色的胶泥土，和沙按照一定的比例相配伍，修建了这座名扬千古的沙漠王城。

假如赫连勃勃不只是一个起起武夫，而是虚怀若谷；不只是迷信武力，而是善于学习先进文化，善于吸取以儒家学说为主导的中原文化，及时在大夏国设立国家制度、推行管理社会的秩序准则、举办学校普及教育，培养出一批善于治理国家的才俊，推行先进的生产方式，力求社会的和谐稳定，那么，大夏王国的结局也许会好一点。

法国学者勒内·格鲁塞的《草原帝国》，将活跃于欧亚草原的匈奴、鲜卑、突厥、蒙古等民族合并为一个草原帝国进行全景式勾描，而赫连勃勃、成吉思汗无疑是其中杰出的英雄人物。曾经在一个天高云淡的正午，进入内蒙古的鄂尔多斯草原专程探访成吉思汗陵。回首马背上英姿飒爽的成吉思汗雕像，一直在想：成吉思汗之所以能征战南北开拓疆域达到了一个征服者所能达到的极限，不只是他军事上的远大战略和战术上的机智勇敢，更重要的是他善于团结协调，充分调动将士们的积极性，还在于他能吸纳中原文化有益的营养，成就了草原帝国的千古伟业——而赫连勃勃则不能和他相提并论，这也许是后者之所以灰飞烟灭的主要因素吧——说到底，文化和精神是决定兴衰的关键所在。

大夏王朝其兴也勃，其败也速，这就是历史的必然结局！鄂尔多斯草原南端的毛乌素茫茫大漠终于湮没了曾经辉煌威赫的统万城，赫连勃勃雄心勃勃的企图不过是黄粱一梦，只留下在微微带有寒意的秋风里默默无语绝望而孤独的残垣断壁，而不远处的泥淖河一泓清澈碧透的细流依然缓缓远去，庄稼地、平头柳、丛丛红柳……

晚年的王安石

那些睿智的人，即使暂时看不到什么好处，也不会放弃对真理的追求。

——叔本华

听到神宗皇帝再次罢免自己的消息，王安石轻轻放下蘸满墨汁的毛笔，整理好案上凌乱的纸张和尚未批阅的文书，伸直腰杆，两手上举，终于长长地吐出一口气，淡淡地一笑，环视了一下这座光线有点黯淡的屋子里重重叠叠的散发着芸香的书卷。屈指算来，从江宁渡江而来，仅仅两个寒暑，就经历了一向委以重任并视为变法得力干才的吕惠卿的政治背叛和反戈一击等重大变故。吕惠卿真是名副其实的宵小之人。此人非常阴毒，"凡可以害王氏者无不为"。同时，以司马光为首的反对派不断攻讦，使他腹背受敌，变法一时陷入僵局——此时，除去官职，未尝不是急流勇退的明智之举呢？想到这里，王安石心里稍觉宽慰。

经历过宦海沉伏的王安石，对这又一次罢相，并没有在心里激起多大的波澜——他明白：变法无可奈何地落下了帷幕。遽然降落的帷幕遮挡住大宋王朝企图富国强民重振精神的最后一束光亮，天际间再也看不见闪耀的阳光——也许是大宋早已丧失了锐意进取的气象，而已然坠入迟暮。

　　　　　　别馆寒砧，

　　　　　　孤城画角，

　　　　　　一派秋声入寥廓。

　　——过去写过《千秋岁引》词中的这几句话，忽然异常清晰地涌现在王安石心头，一阵从未有过的悲愤情绪左右了他。是啊，自从庆历二年（1042）登杨寘榜进士第四名开始，供职朝廷，不曾丝毫懈怠。从签书淮南东路节度判官公事干起，一直两任同中书门下平章事（实际担任宰相），以身许国，积极推行变法，全部目的在于外御强敌，内强国力，此等心愿，可昭日月，为什么不被人们理解呢？想到这里，王安石情不自禁一阵酸楚，低声连道"罢罢罢"，叹一声："老夫去也！"

　　成也萧何，败也萧何。当初假如没有萧何知遇韩信，韩信可能就不会在浴血征战累立奇功之后遭人暗算，留下千古遗恨。神宗皇帝大概也没有想到，正是由于自己的倾力支持，王安石才趁势而起，无所畏惧地大刀阔斧进行变法，力图实现"民不加赋而国用足"的梦想，彻底扭转大宋王朝趋于穷途末路的命运。可是，又是神宗皇帝宣告了变法的结束，目送一代既有政治方面雄才大略又有盖世文学才华的王安石慢慢消失在血色的夕阳逐渐暗淡的深处……

还是前年，王安石离开朝廷中枢，重新退任江宁知府。又一次回到风景优美的江宁，这里山清水秀，江流绕城，虎踞龙盘。六朝烟雨至今依然笼罩着秦淮河碧波荡漾的楼船画舫，仿佛一幅幅年代久远、意境深邃的旧画……在钟山一处幽静的地方，王安石建造了一所将来退休还林、颐养天年的半山园。山中岁月虽然悠游舒适，但王安石还是放不下当时如火如荼进行的变法运动，然而，深知官场陋习积重难返的他，担心支持变法运动的神宗皇帝左右不了朝廷局面，更担心由于自己的缺席而引起半途夭折，殷殷期盼有一日能受到朝廷的召唤，再次跨上征鞍，因此显得心绪烦乱。平日轻易不大出门的他，这天，趁着风和日丽，便一人踏青寻春，来到长江岸边，遥遥望去，千里平沙绿意婆娑，无限生机，触景生情，王安石不觉吟道：

京口瓜洲一水间，

钟山只隔数重山。

春风又绿江南岸，

明月何时照我还？

由于推行新法，焕发了老百姓努力耕种田地的热情。还是早春天气，江南已经是绿意盎然，万木欣欣，而什么时候"明月"能够照耀着我重回推行变法运动的主战场呢？这首千古绝唱，真实地表达了王安石"老骥伏枥，志在千里"，毫不动摇地坚持既定变法治国路径的伟大精神，令人心生敬意！可是，现实却是这样始料未及，王安石似乎确凿地知道：变法运动终于碰上了"冰山"，当初这艘劈斩浪涛、奋勇前进的巨舰就要沉没了……在一个整体保守不思进取的社会境遇下，特别是当改革触及这个社会核心集团整体利益的时候，改革就会受到殊死的抵抗，这就是改革永远逃避不了的宿命。

英明的王安石，尽管设计出国富民强的改革方案，尽管尽量少一点触动这些核心集团的利益，然而，这场由上而下、并没有得到广大老百姓普遍支持的变法，就这样夭折了——夭折之后，便是全面清算变法，又是一场声势浩大的折腾——大宋就在这种折腾中走向衰落……

王安石是一个正直的政治理想主义者，而不是一个会办事的能吏。若是能吏，变法局面可能会是另一番景象。例如，他失于"察人"，重用小人吕惠卿就是一个很大的教训。另外，对神宗皇帝也过分迷信。神宗皇帝不是一路征战走向权力巅峰的，而是出身皇家且又生长深宫受过良好教育的人。未曾经过枪林弹雨，也未曾在社会底层经过一番艰苦的历练，也许谈书论画和品衡金石要比经纶天下和主陀社稷轻松愉快得多。好在有尽心尽职的老师不厌其烦、海人不倦地认认真真教他读六经，教他读《左传》《谷梁传》，读《老子》《庄子》《韩非子》等诸子学说，读《史记》、前后《汉书》和《三国志》，读新旧《全唐书》等典籍，除吮吸历史哲学思想营养外，还学习声律音韵以便写诗填词。当然，最为重要的是要寻找能够让国家奋发图强的经营管理之道——这些，神宗皇帝应对优裕，毕竟"纸上得来终觉浅"，这是出自比他晚几辈的著名诗人陆游的诗句，用来形容此时此际的神宗皇帝刚好合适。一旦遇到实际问题，特别是要很好地解决关乎国计民生的错综复杂的大矛盾，神宗皇帝不免变得不自信起来。当初，有人向他举荐治理国家的干才王安石，神宗皇帝思贤若渴，一见之下，便大大认同英俊潇洒却不大修饰自己的王安石的治国方略，于是，决定大胆使用王安石，强力推行中国历史上又一次伟大的变法运动！

王安石实质上所推行的不但是一场涉及社会各个阶层利益调整，而且也涉及以朝廷为核心的各个层级大小官僚观念的转变以及影响社会风尚的异常壮烈的改革运动——这场壮烈的改革运动，必定要触及一些既得利益者或者官僚或者聚敛社会巨大财富的核心集团的命根子，势必遭到这些不愿意丧失其根本利益的集团及其代表人物的抗拒——经过反复较量，王安石在神宗皇帝的支持下，借助至高无上的皇权和高度集中的行政职能力量，促使变法运动轰轰烈烈地开展起来⋯⋯

决定胜负的不是表面和形式上的花样文章，而是掩藏在海水下面沉稳的不轻易表露的体积庞大的"冰山"——这才是真正可以让飞速航行的钢铁巨舰"触礁"而沉沦深渊——看起来轰轰烈烈的变法运动，实际根本没有得到真正的推行，几乎处处掣肘，步履艰难，实效不大——这时候，早就对变法运动持有不同意见的反对派卷土重来。令人沮丧的是，站出来公开抵抗变法运动的是那些忠实于朝廷并在民间享有盛誉的显赫大臣：韩琦、富弼、司马光、苏轼等。这些大臣，反对变法的出发点和力主变法者的出发点是一致的，都是为了安社稷、保万民，其分歧在于：

1. 反对派片面地看到变法给一定的区域带来了商业经济的萧条，老百姓生活受到影响。

2. 对力主变法者启用的一些人的品质和所作所为有强烈的意见。司马光曾经尖锐地评价吕惠卿"非佳士"，其人"用心不正"，后果然应验司马光的话。

3. 禀赋守常的思想观念，反对革新改革。王安石针对守旧派响亮地提出"三不"："天变不足畏、祖宗不足法、人言不足恤"——这话也说得绝对了些，虽能鼓舞人心，却有不管不顾客观条件一味硬拼蛮干的横劲，结果适得其反。

在反对派和守旧派的身后，坚定的支持者还有在大宋历史上以贤德无比而著称的三朝皇后——曹皇后（仁宗妻）、高皇后（英宗妻）、向皇后（神宗妻）。"三后"虽说不操国柄，但她们说话仍具有很大的作用，直接影响到神宗皇帝。另外，司马光在"士"中颇有地位，而"士"占据天下的话语权，这也对变法带来了不少负面的作用。

王安石变法未能取得预设结果的原因，在我看来，主要是：过分依赖神宗皇帝，而没有获得上下官僚和广大老百姓的积极支持。要成就一件事业，仅仅凭借手握重权的人物的支持固然是非常重要的条件，但是，同时得到上下官僚和老百姓的认可和积极参与是决定性因素；另外，在一个政治经济发展极不平衡的国家环境中，有好的顶层设计，也要针对不同区域，制定出分类推进的政策，而不能不顾客观实际要求一致实施，这样势必引起各方冲突，酿成大乱；变法是一场持久战，不能操之过急，而应该抓住有利时机"积跬步"，"致千里"，虽然看起来缓慢，其实一直向前，水到渠成，取得正果；还要让所有参与改革者获得应该得到的红利，这是最为关键的东西。缺少利益驱动的改革注定不会得到绝大多数人的拥护和支持。重视充分发挥士的作用，也就是充分发挥知识分子的作用，团结依靠知识分子一道进行社会改革，因为他们代表了先进的科技和文化，离开了他们，改革只会走向失败；关键是要赢得军队的支持，国家机器是保障改革顺利进行的坚强后盾——这些，就是决定变法成败的内因和外因条件。

苏东坡的两个世界

晚凉秋风，转眼间明月就出来了，满地是融融的光，树梢上重重的枝叶也反射着银色，在这上下清澈的月的世界，不觉想起了苏东坡的《水调歌头·明月几时有》——恍如在谛听一首美妙而悠远的歌曲和浏览一幅年深月久却美丽如故的工笔长卷——这是丙辰年中秋，苏东坡通宵喝酒直至大醉，忽然忆及已经分别七年如今近在咫尺却无缘相会的弟弟苏辙，万端愁绪一时涌上心头，情不自禁写下的千古绝唱。就词而言，状写明月无有出其右者。如果仔细分析，这首词讲述了一个简单而明确的现象：人，总是同时生活在两个不同而又紧密相连的世界。

这也许是古代读书人不得不选择的生存状况。因为古代很少有纯粹的读书人，按照孔子的说法，是"学而优则仕"。学习的目的不是研究自然或者人类社会，而是去做管理国家的官吏。这就给读书人带来了一个困扰终生的现实与精神之间的矛盾，同时亦将读书人的生活分割为现实世界和文化世界。这在苏东坡身上表现得更为明显。

宋代是我国古代文化的一个巅峰时代，苏东坡是这个巅峰时代中的佼佼者，不仅在文学上，而且在绘画、书法和宗教哲学上都有极高的建树。苏东坡一生的文学创作大致以密州时期为分水岭，这也是他的新起点，此后的诗与词以及散文更加成熟，特别是词，不但在意境上更趋优美，而且创作的题材也更加广阔，形成了独有的艺术风格。而他的思想则大致以"乌台诗案"为界限。之前，主要是以儒家思想为主，昂扬着积极入世的精神；之后，由于经受了严酷的政治打击，便由此入道，进而归佛，出世的色彩日渐明显，这些自然都影响到他的诗文、绘画艺术以空灵、疏阔、豪放风格的形式呈现。

纠结苏东坡一生的问题不只是政治上的荣辱起伏，还有蕴藏在心底里的出世与入世的隐秘情结，这使他经常出入两个不同而又密切相连的世界——现实世界与文化世界。在现实世界，苏东坡是一个遭受蹭蹬的人，这与他当时的政治态度和对社会时局的认识有关。应当说，苏东坡是一个政治保守主义者，他没有勇气走出儒家"天不变，道亦不变"的思想藩篱，片面认识王安石变法，对变法缺乏整体和宏观的观照，只看到由于变法不彻底而带来的部分失误和困扰。所以，从表面上看，他似乎和司马光等不肯除弊图新的人结为一体反对变法，这是他囿于旧的观念，不接纳当时的先进思想，导致他在政治上难以有所作为；王安石变法失败后，面对以司马光为首的保守派否定变法、积弊重现的社会现实，具有正直人格的苏东坡，直言不讳地直陈全面取消变法成果的错误举措，这势必又引起保守派的激烈反对，对他也逐渐疏远以致另眼相看——处在这样的社会现实夹缝之中，再加上一些宵小之徒不断构陷，苏东坡接二连三地被贬谪流放，晚景困苦不堪。

相反，在文化世界，苏东坡却创造出了前所未有的辉煌。除了精通"六经"和《左传》《公羊传》《谷梁传》《论语》《孝经》《尔雅》《孟子》等儒家经典和先秦诸子之外，还对秦汉以来和他同时代的学问大家的著作悉心研究，"博观而约取"，努力吮吸这些充满原创精神的伟大著作的乳汁，汇集起相当丰富的思想哲学资源，建构起属于自己的系统而完整的认识论，甚至从《战国策》《国语》等典籍里得到文章学的有益启迪。热爱读书，并以读书为身心最持久的乐趣，这是传统读书人固守的高贵品质。苏东坡在《与王庠五首》其五里谈到自己的读书经验时这样说道："每一书皆作数过尽之"，"但得其所欲求者"，"每次作一意求之"，"此虽愚钝，而他日学成，八面受敌，与涉猎者不可同日而语也"。意思是，每一次读书只带着一个方面的问题去探求、去研究，不必涉及其他问题。如读《汉书》时，列出治道、人物、地理、官制、兵法、财货等若干方面，每次阅读，着重研究其中一个方面的问题，几遍读下来，对这几个方面都有了比较精深、透彻的理解。在分项研究的基础上，再进行综合研究，最终达到左右逢源、融会贯通。同时，苏东坡也熟知道家和佛教文化，尤其对参禅体会很深。

儒道释三者互相融合，形成了具有特色的东方文化的主流，讲究和谐、圆融、秩序、内敛和主张以静坐、养气为主要形式的心灵修炼，追求崇高的人格精神——这其实也是一种不断追求精神和道德情操完美的文化品格，或者说是一种审美化的文化品格——秉持这种文化品格，能起到强大的内心平衡和修复的作用；根深蒂固的儒学"天人合一"观念，不只表现在人与大自然的和谐相处上，还表现在徜徉大自然、在山林之中消弭人与现实社会发生矛盾冲突而引起的心理失衡、使心灵逐渐平和下来或者得到新生等诸方面——倾情于诗文、绘画创作也是非常重要的一面，在艺术之中升华灵魂，保持高贵而纯洁的气节——苏东坡正是这样，不论人生际遇如何不堪，却善于在大自然和诗文、绘画创作中表现自己的审美理想和精神寄托以及人生乐趣，这确实是历史上少有的旷达人生态度——其背后的文化支撑就是道与佛，而道与佛恰恰是引领我国古典诗文、绘画创作的主体思想。

苏东坡在经历了政治风波"乌台诗案"之后，逐渐对现实世界有了清醒的认识。对他而言，只剩下一个选择，就是全身心投入另外的一个世界——文化世界。只有在文化世界，他才觉得惬意和舒适，当然，不仅仅是惬意与舒适，他"一反常态"地成为这个世界才华横溢、左右逢源、大家为之敬仰的极具艺术创造性的人——那如行云流水一般的散文和幽美清纯而又窈窕秀丽的赋；那迹近白居易而又气象阔大的诗和发出黄钟大吕豪放之声的词；那意境悠远、略带禅意的文人画和流传久远、艺术生命力毫不衰减的书法；还有至今仍然机锋锐利、豁然醒人的佛家禅语……这些都是他在文化世界优美的艺术产品，堪称我国古典优秀文化的巅峰之作。

如果再从深层次观看，在现实世界，苏东坡无法施展才华，深受排挤，一生大半的时间都被流放在外，正如他离世前两个月写的带有自嘲色彩的《自题金山画像》："心似已灰之木，身如不系之舟。问汝平生功业，黄州惠州儋州。"受尽了艰难困苦，甚至鲜能温饱，但苏东坡一贯坚守儒家以"仁"为核心的伦理道德，绝不去做违背天良的事情。主政地方期间，力图除弊兴利，虽劳苦而不惜。更值得称道的是，他十分注意当地的学校教育和文化生活，提倡移风易俗，受到百姓的衷心爱戴。

苏东坡是一个真正的儒者。

时代对文学的要求

毛泽东同志的《在延安文艺座谈会上的讲话》（以下简称《讲话》）发表距今已经七十多年了，这篇闪烁着马克思主义文艺思想光芒的伟大篇章，从新民主主义到社会主义乃至改革开放时代，不仅是指导我国文艺路线和政策以及文艺创作沿着正确道路前进的指针，也是促进社会主义文艺事业大发展大繁荣的强大思想动力，特别是关于从生活到艺术的精彩论述，更是马克思主义文艺思想和我国实际相结合而产生的具有中国特色的社会主义文艺观，进一步深化和发展了马克思文艺思想，其内涵极具丰富性、科学性和前沿性——可以说，这是对整个文艺创作根本规律的本质揭示。

《讲话》是对整个文艺创作规律的本质揭示，主要体现在三个方面：其一，以人民为本的观点。这就是毛泽东同志提出的文艺为工农兵服务的方针，文艺为人民服务的方针，如果离开了人民，就谈不上我国的革命和建设。其二，是实践的品格。这就是认为千百万人民群众的革命实践活动是一切文艺的源泉，同时，文艺也积极作用于千百万人民群众的革命实践活动和建设实践活动。其三，是民族特色。这就是认为中国形态的马克思主义文艺思想不是教条主义，而是具有中国特色的革命文艺实践和具有中国特色的社会主义文化建设实践的科学总结，是和我国悠久的历史文化传统密切相连的。这三者是互相紧密联系在一起的，不可分割开来。不过，在这里，我们主要探讨的课题是生活和艺术的关系，也就是马克思主义文艺思想中国形态的显著特征之一：实践的品格——或者换句话来表述，就是从生活到艺术的观点，这就是千百万人民群众的革命实践活动和建设活动是一切文艺的源泉的高度概括和理论凝练。

从生活到艺术，是陕西已故著名文艺理论家胡采率先提出并为之坚持一生的文艺观。今天，当我们重新学习毛泽东同志的《讲话》精神，这一观点仍然具有旺盛的创作思想生命力，是值得予以肯定和倡扬的——也就是在去年，我国出版了英国著名马克思主义文论家伊格尔顿《马克思为什么是对的》这部最新论著，在全球化的背景下，资本主义内部的各种痼疾纷纷显露。从城乡差距、贫富不均到经济掠夺问题，加上全球霸权在金融海啸中显露的腐败，种种迹象显示，让整个世界重新认识、反思马克思主义的契机正在显现。作为一位坚定的马克思主义者，伊格尔顿通过大量实证内容反驳了世人对马克思主义的错误认识，进一步为马克思主义与可持续发展观找到了一个极佳的契合点，对当下我国文化艺术建设事业和经济建设工作有着深远且具操作性的价值——刚刚过去的二十世纪，曾经在世界范围内也包括在国内出现了一股否定马克思主义的思潮，认为马克思主义"过时了""僵化了""停滞了"。但是，面对新的国际国内实际，人们纷纷回到马克思主义，马克思主义仍然具有强大的生命力，仍然是指导我们前进的思想和理论指导，伊格尔顿的这部巨著就是最好的证明——在文艺上也是如此，作为中国形态化的马克思主义文艺思想的伟大光辉文献，《讲话》同样依然具有强烈的现实意义，依然是社会主义文艺发展的指导思想。

马克思主义不是教条主义，而是根据现实情况与时俱进的，但是，马克思主义的基本原理和基本原则是不会因为时事的变化而变化的，而是我们永远坚持实事求是的态度，对待《讲话》也应如是观。证之以世界各国对马克思主义文艺思想的发展情况来看，马克思之后，出现了各国文化的民族特色和文化的多样性，出现了从本国现实语境出发，去创造性地理解、运用和推进马克思主义文艺思想的基本理论，从而对文艺问题做出具有自己民族特色的独特阐释。例如美国出现的新左派运动、詹姆逊的文化政治诗学等；英国的伊格尔顿、托尼·本尼特等人的文艺学术理论；法国萨特的存在主义"介入"文论、亨利·列斐伏尔浪漫主义文论、加洛蒂无边的现实主义文论、戈德曼发生学结构主义文论、埃斯卡皮的文学社会学等，都探索、丰富和发展了马克思主义文艺思想。那么，在我国目前所处在的"第一次现代化"过程和正在向"第二次现代化"迈进的现实语境，在文艺领域，坚持和发展《讲话》精神是我们应该选择的正确道路，这是毋庸置疑的!

历史永远不会停留脚步，时代在昂首前进。我们现在所处的时代和社会生活已经不是二十世纪前半期在党的正确领导下首要任务是夺取全国的胜利和建立社会主义制度的战争阶段，也早就跨越了我国社会主义革命和社会主义建设在曲折中徘徊时期，以党的十一届三中全会为里程碑，中国历史和社会进入了改革开放时代——这是一个波澜壮阔的伟大时代，是中国漫长的历史上一个崭新的时代，一个前所未有的时代——应该说，我国从此在党的坚强领导下以清醒理智的面貌跃入了世界现代化的历史大潮之中……

现代化——这是世界发展的趋向，是人类走向光明与幸福的必由之路。人类经过了遥远的史前社会形态，经过了狩猎和采集社会形态，经过了农业文明社会形态，经过了工业文明形态，也就是说，从二十世纪末期工业文明兴盛开始，世界开始进入现代化，而我国的现代化则是从十九世纪中叶以来的"洋务运动"引入机器工业算起，开始由农业文明向工业文明转变，这个转变史称"第一次现代化"。其间，经历了剧烈的"三千年未有之变局"以及经历了土地革命、抗日战争、解放战争、共和国的诞生、社会主义制度的确立和曲折复杂的社会变革，但是，我国迈入世界现代化大潮的步伐一直未曾停歇。根据中国现代化战略研究课题组中国科学院中国现代化研究中心的《中国现代化报告2010》研究表明：截至二十世纪七十年代中叶，我国的"第一次现代化"完成程度大约在百分之六十；2008年，"第一次现代化"完成程度大约在百分之九十——由此可知：党的十一届三中全会以后，我国社会现代化程度在不断上升，由农业文明向工业文明转化仍然是我国社会的未竟之业——这也就是为什么要不遗余力继续全面建设小康社会、加快推进社会主义现代化的目的所在！

事实上，世界上一些发达国家目前已经进入"第二次现代化"，即由工业文明向后工业文明转化，这一态势，也日渐影响到发展中的国家，当代我国也不例外。在这种情形下，我国现代化避免了重走原初工业化的老路,而是直接采纳信息时代的成果,赢得"后发优势"。不可讳言的是,与此同时,生态危机、信仰危机等后工业社会的问题也纷至沓来,亟待我们解决——是呵,在"第一次现代化"尚未完成之际,又经历"第二次现代化"巨浪,这是改革开放三十多年来以及今后我国社会现代化进程的特征——这就是我们当下面临的真实的时代和社会,或者换句话说,也就是我们所处的现实生活——而这样的现实生活无疑是丰富多彩而又错综复杂的,蕴含着巨量的文艺创作矿藏和资源,特别是在现代化转变过程中,不仅深刻地影响到社会的物质文明,也深刻地影响到社会的精神文明,更重要的是深刻影响到人的心理、情感和心灵世界。而后者又是文艺异常关注的精神现象,因为,文艺作品假如不去关注人的精神现象,不去反映人的精神现象,那么,就很难说描绘出了时代精神,也很难说塑造出了典型的具有一定社会意义的人物形象,就会丧失了文艺作品的认识价值和审美价值以及历史价值。所以,身处这个伟大的时代,就应该贴近实际、贴近生活、贴近群众,不但身体力行,而且还要善于观察这个时代的社会生活,深入到社会生活的矛盾漩涡中去,判别光明与黑暗、真与假、善与恶、美与丑,无限量地积累文艺创作素材,不断提高认识和思想、审美水平,这样,才有可能创作出无愧于时代、无愧于生活的好作品。

我们时代对文艺的要求是什么呢?

简单地归纳到一点:就是坚持从生活到艺术,全力塑造社会主义新人形象!

文艺从属于一定的意识形态,是一定社会生活的反映。我们的社会主义文艺从属于社会主义意识形态，是我们走向现代化前程的社会生活的反映。只有走向现实社会生活，走向千百万经历着我国现代化转变的社会实践的劳动者，走向日新月异的世界，努力学习和吸纳一切先进的哲学、文化和思想，学习和吸纳一切优秀的文艺创作方法，站在时代精神的巅峰，洞察历史与未来，俯下身子，具有为文艺的发展和创新而献身的精神，也许会创作出人民群众期待的文艺作品，给我们这个走向现代化的历史转变期的社会留下珍贵的精神财富和时代画卷，这是文艺工作者非常重大的责任和义务——而要完成这个非常重大的责任和义务，就需要坚持从生活到艺术的创作路径，除此而外的路径，都不如这条路径通达着文艺的最高美学境界——这是文艺的实践发展确切告诉我们的一个真正的本质性的哲理。

坚持从生活到艺术的创作观，在今天具有更加迫切的现实意义。改革开放以来，我国文艺工作取得了世人瞩目的成就，但也存在若干偏离社会主义文艺方向的严重问题：有些作家、艺术家漠视工农大众，嘲弄"两为"方针，不屑表现"新的人物""新的时代"，鼓吹远离生活，拒绝崇高，偏爱庸俗低级，热衷感官描写，出现了什么"玩文学""痞子文学""下半身写作"等现象，这些都同我们的时代，同人民群众的思想、感情、愿望和利益是不相容的！

邓小平同志坚持和发展了毛泽东文艺源于社会生活，文艺工作者要与人民群众的思想感情打成一片等文艺思想的精髓，他《在中国文学艺术工作者第四次代表大会上的祝词》中明确指出，"人民是文艺工作者的母亲。一切进步文艺工作者的艺术生命，就在于他们同人民之间的血肉联系。忘记、忽略或是割断这种联系，艺术生命就会枯竭"。——这些马克思主义文艺思想中国化的最新成果，也都在反复陈述从生活到艺术的创作观，说明这一观点无疑在目前仍然对文艺具有积极的现实指导作用。

党的十七届六中全会决定大力推动社会主义文化事业大繁荣大发展，这是继毛泽东同志《讲话》之后又一个党关于文艺事业的纲领性文件，并且把发展文化和文艺事业作为提升我国文化软实力的重要方面。但是，繁荣和发展我国的文化和文艺事业，离不开社会主义核心价值体系，这是一切文化和文艺事业发展的指导——在这个历史背景下，坚持从生活到艺术的创作观，塑造社会主义新人形象，这是建设社会主义核心价值体系核心问题之一。

坚持从生活到艺术，关键是要全力塑造社会主义新人形象，这是当代文艺的首要任务，也是大繁荣大发展社会主义文化必不可少的部分——《讲话》的现实意义也在于催促文艺工作者竭尽自己的艺术力量来塑造社会主义新人形象——这是因为社会主义新人形象是我们走向现代化的典范人物和强大的精神鼓舞力量，也是社会主义文艺事业的主要创作目标。

文艺主要通过塑造生动感人的人物形象来反映广阔的社会生活，来传递时代精神。提到唐诗，人们眼前不由会出现唐代社会开放而壮阔的社会生活，而最能体现这种社会风貌和社会精神的，是李白高昂积极的浪漫主义诗歌。曹雪芹则透露出了封建社会没落时代衰退的死亡气息。文学艺术是形象的社会生活历史，直接的修补人心的善良和引发时代的情绪。在当代社会，社会主义文学艺术是建设社会主义核心价值体系的重要方面，而要完成这个伟大而崇高的使命，关键还是要注重塑造社会主义新人。这不但是各个历史时期文学艺术家的艺术使命，也是社会主义文学艺术工作者责无旁贷的艺术使命。因为，在不同的时代，杰出的历史人物和通过文学创作塑造出来的不朽的艺术典型，往往是所属时代的旗帜和在他们身上体现出历史的创造者和社会的脊梁的典型风范，而作为民族的魂魄，都必然体现出具有强烈时代感的主导思想体系和核心价值体系。塑造社会主义新人，就是要在他们身上，体现出社会主义核心价值体系，从而反映出我们这个伟大时代的时代精神。

进入现代化以来，特别是改革开放以来，中国社会发生了翻天覆地的巨大变化，这是中国历史一个完全崭新的发展阶段，其主要特征是在全球经济一体化的浪潮下，改革开放带来了中国社会的急剧转型。在急剧转型的社会历史时期，涌现出一批批具有超前意识的社会精英，他们体现着时代思想的精华。社会主义文学艺术家，要敏锐地捕捉当代社会生活中涌现的精英，在他们的身上发现时代精神的光彩，并通过文学艺术塑造出社会主义新人形象。还由于整个社会的急剧转型，中国社会出现了新的阶层，这些不同的阶层，都有其代表人物，都具有文学艺术形象的原型人物特征。社会主义文学艺术家，要善于观察、研究这些人物，开掘他们在社会转型期心理、思想的深层次矛盾和自身的思想冲突，表现他们不同的命运和不同的生活历程，从这些人物身上，看出中国社会的变化，特别是经济生活对他们带来的社会地位的转移所产生的种种情感的撞击，给当代社会提供壮阔的历史演变图景，这就是社会主义文学艺术家的责任。当然，重要的是全力塑造社会主义新人形象，因为他们集中表现出中国社会的发展趋向和当代伟大的时代精神。

　　从二十世纪四十年代开始的近代中国，是一个已经和正在发生着历史变革的时代。中国社会的性质和经济方式，都在发生着激烈的变化，特别是二十世纪初期，马克思主义的逐步传播，并且成为一股强大的社会思潮，还有不少资产阶级、小资产阶级的知识分子，他们在国外广泛接触了西方各种政治思想，掀起了声势浩大的新文化运动。这场声势浩大的新文化运动，出现了大批的社会精英人物，特别是掌握了马克思主义的社会先锋，他们在现代中国第一次社会急剧转型期，代表了社会的先进思想和先进文化，对中国构建新的价值体系，做出不可磨灭的贡献。在他们身上，体现出不同于以前社会的新人气象，而成为代表社会和时代精神的艺术典型。这些艺术典型人物，影响了当时和以后许许多多追求社会进步、追求理想的人们。二十世纪中上期，抗日战争爆发，是第二次中国社会的急剧转型期，同样出现了拯救祖国于危亡的社会精英人物，仍然是那个时代的社会新人和文学艺术的典型，其艺术生命的影响是长远的。新中国的成立，是现代中国社会的急剧转型期的结束和当代中国社会急剧转型期的开始，推动历史前进的社会主义新人，成为社会主义文学艺术的主要典型人物。目前，中国社会又一次经历着剧烈的社会转型。而这次社会转型，促使中国社会从此走上富裕的道路。关注中国社会现实的作家和艺术家，他们创作出不少优秀的跳动着社会前进的脉搏和昂扬着时代精神的艺术作品，塑造出不少具有社会主义新人风貌的文学艺术典型人物，他们是社会主义核心价值体系的承载者、践行者和宣扬者，对实施科学发展观，促进中国现代化的历史进程起到开路先锋的重要作用。

从生活到艺术，塑造社会主义新人形象是文艺的重要任务，而社会主义新人的思想内涵和精神风貌，是社会主义核心价值践行者。具体来说，就是通过社会改革的典型环境，塑造出通过人物的实践活动不断趋近和实现的理想精神，以爱国主义为核心的民族精神，以改革创新为核心的时代精神和以社会主义荣辱观为核心的伦理道德精神。——这就是对社会主义文学艺术的塑造社会主义新人的思想和艺术价值的要求。因为，任何艺术人物，都不能脱离具体的思想和价值体系，都在反映着一定的社会思想和社会价值体系。在他们的行为背后，都有强大的思想和社会价值体系在支撑着他们的艺术生命。同样，社会主义新人，在他们身上，集中表现了社会主义核心价值体系，主要应该具有这样的特征：

1．社会主义新人，必须是坚定的马克思主义者。马克思主义、邓小平理论、"三个代表"重要思想，落实科学发展观是新的历史时期马克思主义中国化的最新成果，是建设社会主义和谐社会的指导思想。达到目前思想理论能够达到的高度。社会主义新人，其思想道德闪耀着这些理论思想的光芒。

2．社会主义新人，胸怀中国特色社会主义的共同理想。中国特色社会主义的共同理想反映了中国最广大人民的共同愿望、利益和要求，得到最广泛的认同和拥护，是全国各民族人民不懈追求的共同理想，是实现中华民族伟大复兴的必由之路。民族的独立，国家的富强，人民的幸福，以及凝聚起社会各个阶层和全体人民，离开了中国特色社会主义共同理想，是注定不可能的！只有坚持中国特色社会主义共同理想，才能达到前面所述的目的。社会主义新人，是实现中国特色社会主义共同理想的楷模和榜样。

3．社会主义新人，必须继承和发扬爱国主义民族精神和具有改革创新的时代精神。爱国主义精神是中华民族源远流长血脉相连的主体思想和主体道德情操；是维护祖国统一，鼓舞各民族人民奋发进取的精神支撑。改革创新为核心的与时俱进、开拓进取、求真务实、奋勇争先的时代精神，是推动时代发展进步的强大精神动力，是当代中国人民的伟大奋斗中不断创造新的辉煌的力量源泉。社会主义新人，必须永远站在时代的前列，是爱国主义民族精神和改革创新时代精神的结晶。

4．社会主义新人，必须明耻知辱。社会主义荣辱观，是中华民族传统美德、优秀革命道德与时代精神的完美结合，反映了社会主义道德的基本要求，为在市场经济条件下判断行为得失、确定价值取向、做出道德选择提供基本准则。社会主义新人，必须具备这样的道德情操，而不是张扬着扭曲的人性和阴暗心理的唯利是图的道德低下者。

总体来说，社会主义新人的道德情操和精神世界是凸显社会主义核心价值体系风范的代表。在他们身上，充满着昂扬的时代精神和不能割舍的民族精神，充满着改革创新的探索精神，是能站立在世界文学艺术形象之林的永远不可磨灭的、永远焕发着生命鲜活力量的艺术形象。——这就是当代文学艺术家深入现实生活，追求进步思想，努力塑造社会主义新人形象，为建立社会主义核心价值而肩负起的文学艺术的重大历史使命。

为什么塑造社会主义新人，要体现社会主义核心价值体系呢？社会主义核心价值体系是建筑在社会主义思想体系的基础之上，两者具有亲缘般的血肉联系。脱离价值体系的思想体系是空洞的，而没有思想体系支撑的价值体系是盲目的。价值作为一种基于物质属性对人的关系属性，是不能脱离人对事物的认知关系的。无论是理想精神，还是以爱国主义为核心的民族精神；以改革创新为核心的时代精神和以社会主义荣辱观为核心的伦理道德精神，从根本上说，都是以谋求和实现人民的利益和福祉为宗旨的。从民族精神而言，人民是民族的主体，民族精神实质上也是人民精神。祖国热爱人民，人民热爱祖国。从时代精神而言，人民是时代的主人和改革创新的生力军和动力源，时代精神实质上也是人民精神。从伦理道德层面而言，社会主义荣辱观的根本目的同样是为了通过培育和提升大众的思想文化素质和伦理道德情操，弘扬以人民为主体的民族精神和时代精神。贯穿于社会主义核心价值体系的红线和轴心是人民的价值和人民的精神。人民的价值是社会主义价值核心的核心，是社会主义核心价值的价值。一切从人民出发，一切为了人民。从这个意义上说，人民的价值是高于、统领和主导一切的价值。而塑造社会主义新人，实际上就是坚持马克思主义的历史唯物主义，把推动和创造历史前进的优秀人物从现实生活中通过各种艺术创作方法移植到文学艺术中来，体现出人民价值，体现人民的热切希望，体现人民对幸福生活的期盼，体现人民对社会主义和谐社会的现实要求。

我国还是发展中国家，还在经历着"第一次现代化"，尤其需要作为创业者和改革者的英雄人物和新人形象。从革命实践和建设实践中涌现出来的一批批具有时代特征的既平凡又伟大的新人形象，为社会主义文艺创作提供了生动的、丰富的、具有典型意义的素材。人们有时从荧屏上所看到的现实生活中的那些先进人物和英雄人物甚至比起作家们所创造出来的艺术典型还光彩照人。而以往我们的革命文艺家对历史和现实生活里的先进人物的英雄业绩的写实性传播中，让人们深刻感受到那些为了人民的解放事业进行艰苦卓绝斗争的勇士和志士所表现出来的英雄主义和爱国主义精神，感受到那些为了实现当代中国的现代化建设而付出辛劳和智慧的民族脊梁和社会精英所表现出来的丰功伟绩和崇高境界。所有这些从革命实践和现实生活中涌现出来的新人，用自身所创造出来的胜过雄辩的事实，征服、温暖、滋润和激励着大众的心。他们是生活在普通老百姓中间的淳朴而又脱离了低级趣味的人。当代中国特色社会主义完成"第一次现代化"又不失时机进入"第二个现代化"能否获得成功？塑造社会主义新人形象，对培育和造就适合于建设社会主义的一代新人具有深远的文化战略意义——为了实现这个文化战略意义，就必须正确认识和牢牢把握我国社会发展的正确方向，深刻体验人民前进的准确信号，敏锐发现时代变革的风气之先，自觉响应社会发展的客观要求，坚持把个人的艺术追求融入国家发展的洪流之中，把文艺的生动创造寓于时代进步的运动之中，以充沛的激情、生动的笔触、优美的旋律、感人的形象，升起更加昂扬的理想风帆，描绘更加美好的生活蓝图，激励更加坚定的奋进信心，满腔热情地讴歌时代主旋律，密切同人民群众的血肉联系，永远坚持从生活到艺术的创作路径，塑造出血肉丰满、情感丰富，具有思想美、艺术美、人性美，体现着社会前进方向的社会主义新人形象，创作出深受人民欢迎、对人民有深刻影响的优秀作品——这就是我们纪念和学习毛泽东同志《讲话》的真正意义和价值，也是时代对文艺的要求。

但空江月明千里

　　1942 年 5 月，毛泽东作了《在延安文艺座谈会上的讲话》（以下简称《讲话》），次年 10 月 19 日，在《解放日报》上正式发表，漫长的岁月反复证明了《讲话》是马克思主义文艺思想中国化、大众化和民族化的伟大成果。特别是进入改革开放时期，作为艺术地反映社会生活形象的历史载体——文艺也发生了亘古以来未曾经历过的变化，首先是本土文化和西方先进文化的广泛交融，在短短的三十余年中，几乎把西方百年甚至再向前推进到启蒙时代以来出现的各种文艺流派、文艺现象和创作方法都做过有益的探索，丰富了当代文艺；其次，恢弘的传统优秀文化，努力吮吸中华文化血脉，这些都滋润当代文艺摇曳起生命的绿叶而活色生香，呈现出一派旺盛的生机和丰富多彩的现象。就在当代文艺正以强劲的姿态昂扬前进的时候，重新学习《讲话》，不但是及时的，而且是必要的，因为《讲话》具有重大的当代价值和意义。

　　《讲话》的当代价值和意义是什么——我以为，主要体现在三个方面：

其一，从生活到艺术的观点。毛泽东用辩证唯物主义的反映论来解决这个文艺创作的根本问题——辩证唯物主义的反映论是马克思主义的认识论，认为生活是"一切文学艺术的取之不尽，用之不竭的唯一的源泉，这是唯一的源泉，此外不能有第二个源泉"——在马克思主义文艺思想史里，对文艺与生活的关系作出这样深刻的科学的论断和明确的表述还是第一次。同时，毛泽东又从辩证的观点出发，在肯定生活是第一性的，文艺是第二性的时候，却又充分地阐明文艺可以而且应该比生活"更高，更强烈，更有集中性，更典型，更理想，因此就更带普遍性"——这是毛泽东把马克思主义理论同中国社会实际相结合，同文艺实际相结合而形成的伟大成果。不但肯定生活是文艺的唯一源泉这个不能有丝毫动摇的唯物主义思想，而且也充分肯定文艺反过来对于生活的能动性，肯定作家创作的主体性。

这里的生活是指人民的生活，因为历史是人民创造的。如果我们的文学是真实的，符合历史的本来面目，便不能不把真实地反映人民的生活放在第一位。在这里，毛泽东不仅用辩证唯物主义的观点来解决文艺与生活这个文艺创作的根本问题，而且把这个观点贯彻到社会生活中去，认定历史是人民创造的，社会生活的一切方面，都和劳动人民的创造活动分不开。文艺要反映生活，首先，而且主要就要反映劳动人民的生活。所以，要求"中国革命文学家、艺术家，有出息的文学家艺术家，必须到群众中去，必须长期地无条件地全心全意地到群众中去，到火热的斗争中去，到唯一的最广大最丰富的源泉中去"——并不只是一个时期的需要，这是党在文艺上的根本路线，这个根本路线是丝毫不能动摇的。

其二，文艺为人民服务的观点。这涉及文艺的性质和方向。毛泽东在《讲话》中指出："为什么人的问题，是一个根本的问题"——"文艺为什么人"这一文艺理论的提出，彻底颠覆了延续数千年的传统文学价值取向问题，确立了新的文学接受对象是人民。就当代而言，随着社会的进步，文艺作品的接受主体和人们的审美趣味日益呈现出多层面、多样化的局面。应该说，这种局面为作家和艺术家提供了广阔的用武之地，为文艺繁荣提供了难得的机遇。但是，服务对象的复杂性和多层次性，决不意味着放弃最基本的人民群众的需求。越是出现多层面、多样化的现象，文艺越要"深深地扎根于广大劳动群众中间"，越要力求"为群众所了解和爱好"，越要注意"从群众的感情、思想和愿望方面把他们团结起来并使他们得到提高"（见《列宁论文学与艺术》）。文艺一刻也不能离开人民——当下，我国人民的整体生活已经提前达到小康社会生活，但是，关心人民，特别是关心底层人民的生活和命运、欢乐和痛苦的艺术精神，是不能丢掉的。邓小平说，"人民是文艺工作者的母亲。一切进步文艺工作者的艺术生命，就在于他们同人民之间的血肉联系。忘记、忽略或是割断这种联系，艺术生命就会枯竭"（见《邓小平文选》第2卷）。——这就从根本上说明了文艺与人民的关系问题，强调文艺必须为人民服务，这是社会主义文艺发展的指针。

文艺为人民服务，要求文艺工作者自觉做到：

其一，深入生活，与人民群众相结合。在生活中"了解各种人，熟悉各种人，了解各种事情，熟悉各种事情"，获取大量的文艺素材和生活资源，这是进入文艺创作的首要条件。如果脱离或者远离了人民群众，就会带来艺术源泉的枯竭。所以，只有深入生活，与人民群众紧紧地结合在一起，向社会学习，不断积累思想资源、生活资源和艺术资源，才能保持旺盛的艺术创作激情，创作出富有时代和生活气息的好作品。

其二，实现审美情感的转化，创作出人民群众喜闻乐见的具有民族形式的艺术作品来。1938年10月，毛泽东在党的六届六中全会上作了题为《中国共产党在民族战争中地位》的报告，旗帜鲜明地提出"新鲜活泼"的具有"中国作风和中国气派"的观点，实际上是提出了艺术风格和艺术审美问题，而解决这个问题的关键就是文艺要扎根于人民，扎根于社会生活之中，研究人民群众的审美要求，从而艺术地表现出时代和社会前进的精神风貌。

其三，艺术的审美标准。关于文艺审美的标准，《讲话》明确提出"革命的政治内容和尽可能完美的艺术形式的统一"——这就对文艺提出了很明确的要求。任何时代的文艺都是要讲求反映自己时代本质特征的内容要求，也要讲求自己时代所能达到的艺术高度，只不过之前没有人能够给出很明确的论断，而《讲话》则从辩证唯物主义出发给予准确的理论概括，说明文艺既要有符合时代、符合现实的正确的思想内容，还要有尽可能完美的艺术形式，简明扼要地廓清了以往纠缠不清的关于文艺内容和形式的关系问题，也彻底颠覆了形式主义文艺观，给文艺注入了新鲜的时代、历史和价值观的人文内涵，丰富了文艺理论的精神意蕴。同时，《讲话》还涉及文艺的语言问题、主体情感体验问题、读者问题、典型化问题、源流问题、接受问题、形式问题、现实主义和浪漫主义问题、民族性和革新性关系等问题的论述——其中提出的一些问题，具有极其广阔的文艺理论前瞻性和预见性。例如文艺的接受问题，到二十世纪六七十年代，德国文学史学者和美学学者姚斯等人才依据海德格、伽达默尔的新解释哲学提出和开展研究——这说明《讲话》还蕴含着极其丰富的文艺理论资源，这是需要我们认真研究的。需要强调的是，文艺不能独立于意识形态之外，总是表现出一定的意识形态的本质。就当前来说，文艺就是要坚持马克思主义，就是要坚持用社会主义共同理想凝聚人心，就要反映出以爱国主义为核心的民族精神和以改革创新为核心的时代精神，就是要坚持社会主义荣辱观——这不但是文艺创作的思想要求，也是评判的标准。

虽然，目前我们所处的现实社会早已不是《讲话》诞生的那个炮火连天的民族解放战争时代，文艺发展面临的问题也不是那个时代需要急迫解决的问题，但是，《讲话》是运用唯物史观和辩证法考察、研究、论证文艺问题相当完整的科学体系，不但是新民主主义革命时期的文艺指针，也是社会主义革命和建设时期的文艺指针，更是我国目前大力推进社会主义文化事业大发展大繁荣的指针——宋代著名文学家苏东坡的状物写景真乃臻于极端，只一句"但空江月明千里"便引人入胜，而《讲话》正如这浩渺江水上空一轮饱满的明月，月涌大江流，照耀着我国文艺沿着为社会主义服务、为人民服务的道路前进，必将出现欣欣向荣、绚丽多彩的伟大气象！

在场的批评

　　新中国成立后，陕西省文艺批评的主要理论与思想资源是 1942
年毛泽东同志《在延安文艺座谈会上的讲话》（以下简称《讲话》）。
这篇伟大的中国化马克思主义文艺光辉文献，不但正确指引新民主主
义革命时期进步文艺的蓬勃发展，而且指引着我国社会主义文艺的健
康发展。

　　特别是著名文艺评论家胡采从生活到艺术的观点，几乎从各个艺
术侧面和层次结合当下生动活泼的文学艺术实践活动论述了文学艺术
的内部发展规律，不是空洞的教条主义说教，而是切近作家、艺术家
及作品，进行有益的评述——这些文艺理论家和批评家的文艺批评观
直接来自毛泽东同志的《讲话》精神，也包含了他们自己对文学艺术
的理解和力图倡导的文艺理论观点，形成了客观能动反映论为主体的
文艺批评观——文艺理论和文艺评论很大地促进了当时陕西的整个文
学艺术创作实践活动，无论是小说、散文，还是诗歌创作，甚至书画
创作也概莫能外，出现了一大批具有全国影响力的文学艺术大家。

　　二十世纪七十年代中后期开始，我国历史进入新时期，陕西又出

现了"笔耕"文学批评小组为标志的第二代文艺理论家和文艺评论家。适逢改革开放的年代，他们思想活跃，艺术感觉灵敏，所秉持的文艺批评观，在坚持《讲话》精神的同时，大量采纳了一些新鲜的文学艺术理论成果，也包含译介过来的西方文艺批评论点，注重了从艺术的角度来分析衡量文学艺术创作，而且对艺术创作起到了直接的、有益的帮助，同时，也张扬了自己的文艺批评品格。

目前，陕西第三代文艺评论家已经显示出强大的阵容和实力，其中李国平的小说研究，邢小利的文学文献学与文学史研究，段建军、仵埂的文艺理论研究，沈奇的诗学研究，韩鲁华、梁向阳（厚夫）的作家个案研究，笔者的散文研究……这些文艺理论和文艺批评家，各领风骚，绝大多数在全国都取得了广泛的影响。例如，邢小利的《文学陕西：也曾灿烂也有迷茫》（见 2013 年 5 月 3 日《人民日报》），就是一篇具有真知灼见、不胫而走的好文章。这一代文艺评论家，若是从理论功底和理论眼界上来说，要比前两代扎实和宽阔的多，大都经过了严格的系统的文学艺术理论学习和学术训练，具有比较好的文化素养，而且，对世界特别是欧美各国的先进文化、哲学、思想流派和一些著名的代表人物及其作品异常熟悉，这就为进行文艺批评奠定了比较雄厚的学术基础。然而，客观地说，这一代文艺批评队伍，缺少前两代的文艺批评热情和勇气，这和现实社会发展有关，也和文学艺术活动发展的状况有关。宏观而言，文学艺术已经边缘化，不再是人们获取社会信息和社会理想的主要渠道，也不再是审美的主要载体，网络和信息化已经笼罩了整个社会，人们可以通过各种渠道获得自己所需要的信息和审美愉悦，而以文学艺术实践活动为对象的文艺批评，也就不如以前那样景气，那样容易得到社会的普遍关注——所以，这一代文艺评论队伍，陷入了尴尬的境况。不过，也就是这第三代仍然在支撑着陕西的文艺批评，在发展着陕西的文艺批评，也在成熟着陕西的文艺批评。他们及时对陕西的文学艺术现象做出敏感的回应和有力的评论，有的长期追踪研究作家作品，有的从宏观上进行理论剖析研究，有的把注意力集中在陕西作家及作品的历史性研究上，有的致力于文艺现象的专题研究，等等，都做出了显著的贡献。

随着社会生活的急剧变革和文艺活动的不断发展，文艺创作和文艺活动将会愈来愈呈现出风格多样、流派众多的可喜局面，这就亟须贯彻落实习近平总书记 2014 年 10 月在北京文艺座谈会上的讲话精神。习总书记的讲话，是马克思主义文艺观与我国走向现代化走向工业化道路的伟大历史实践相结合的具有中国特色的崭新的马克思主义文艺思想，其根本在于赋予了我国社会主义文学艺术发展新的内容与要求，这就是"坚持扎根生活，文艺为人民"的观点，就是要求文学艺术不仅要有"高原"，更要有"高峰"，要努力反映我国当下前进的史无前例的伟大社会变革和汹涌澎湃然而又五彩缤纷的现实生活。从另一个角度看，习近平总书记的讲话也是衡量文学艺术思想性与艺术性高低的准绳，闪烁着真善美的光辉，提供了丰富的马克思主义文艺思想资源，是进行文艺研究与剖析文艺现象以及文艺批评切实有力的指导思想。

为此，要充分注意两个方面的问题：一是正确认识当下的社会语境；二是加强第三代文艺评论家队伍自身的思想建设和提高哲学理论及文化素养。第三代文艺理论和评论队伍所处的时代和社会与第一

206

代、第二代相较则有明显的不同——当下的现实生活既不同于二十世纪前半叶和后半叶，也不同于改革开放前三十年，而是进入了以知识经济为主要标志的全球化时代。就西方而言，当代资本主义国家已经进入后现代社会，其文化与哲学以及文学艺术理论崇尚解构，不但解构了现代主义，而且还不断解构后现代化社会出现的一些文化哲学现象，在工业化时代形成的一些价值观和审美观以及一些社会生活准则被颠覆，被改写，人们的精神陷入无所适从的境况，与此相适应的是其文学艺术抛弃了元叙事或者宏大叙事；而我们的社会生活呢？不断加快的工业化进程不但引起了农业、农村和农民生存的变化，而且还影响到整个社会各阶层的生存状态，人们的社会身份和社会地位有了新的定位，加快城镇化建设更是促进了现实生活向着更和谐更美好的方向前进，也随之出现了未曾经历过的各种社会矛盾。其矛盾各不相同：激烈的或者平和的，深层次的或者浅层次的，带有根本性的或者无关乎大局的，各有各的诉求和关注的对象，各有各的利益关系，这些林林总总、大大小小的矛盾交织在一起，构成了一幅幅色彩斑斓的社会生活图画。而这一幅幅的社会生活图画，是千百年我国社会生活中未曾出现过的，这就给文学艺术家提供了生活的无限多样性和丰富性以及复杂性——如何正确认识和把握现实社会，如何进一步担当起继续推进陕西的文学艺术事业持续前进的责任。

面对现实社会和现实生活的急剧转型，第三代文艺评论队伍要重新振兴陕西文艺批评，树立陕西文艺批评品牌，促进文学艺术事业健康发展，就必须加强思想建设。思想建设是一项长远而又异常重要的任务。其一，必须加强对马克思主义文艺理论的学习，特别是马克思文艺理论与我国文艺发展现实相结合而产生出来的富有中国特色的马克思主义文艺理论的学习，贯彻落实习近平总书记在北京文艺座谈会上的讲话精神，建立文艺批评正确方法，探索社会主义文艺批评的内涵和特征，来剖析、阐释和评价文学艺术，揭示文学艺术发展的本质规律和审美认识结构，这是非常重要的基础工程。当然，这就需要认真学习马克思主义文艺理论，掌握其根本原理、方法，特别是要树立社会主义文艺观，这是文艺评论的出发点，也是开展文艺评论的立场。其二，需要认真学习西方马克思主义文艺理论以及思想哲学资源和我国古典文艺批评理论资源，从中吸取有益的营养，来建构富有时代气息的当代社会主义文艺批评理论体系。其三，要有担当精神。担当精神首先是一种责任。文艺评论本身是一种社会文化责任，就是说文艺评论一个重要的任务是能够从历史的审美的立场对文艺现象、文艺思潮、文艺流派、文艺作品进行客观、科学和具有说服力的批评，好处说好，坏处说坏，从而引导文艺活动沿着正确的方向前进，提高社会成员的文艺鉴赏水平，自觉抵制低级趣味的艺术垃圾。文艺批评要解释和说明文学艺术产生和文学艺术的创作规律，文艺批评不是学院里设定的课题研究，也不是新闻媒体的宣传，而是具有其独立发展规律的，既具有哲学思想色彩甚至包含有美学、政治学、社会学、考古学、历史学和人类学、艺术学等学科内容的多学科构建起来，旨在研究文艺活动与文艺创作，并向前者提供理论指向与审美判断以及精神引领功能的人类意识科学，当然，其主要任务就是要揭示出文艺活动与创作的内部发展理性因素。其四，要有宏大的志向。不满足于零敲碎打，而是要有撰写系统的文艺批评的设想。最近笔者一直在阅读卢卡奇最为看重的著作《审美特性》，这是一部伟大的巨著，至少，对我们有这样的启示：如果能沉住气，静下心，努力治学，能够奉献出在文艺批评史上站得住脚的著作，该是多么令人鼓舞的事情呵！当然，这需要一定的条件支持和巨大的献身精神……

文艺批评和文学艺术创作一样，都有各自独特的发展历史和发展趋势，两者互为生成和发育的条件，离开了文学艺术创作实践，文艺评论就成了无本之木，无源之水，而文学艺术实践离开了文艺评论就会迷失方向甚至缺少进步的思想和美学动力。文艺评论的对象决定了自身必须具有正确的哲学思想，必须具有敏锐的理论洞察力，必须具有崇高的审美观和巨大的生活热情，这样才能站得高，看得远，才能对剖析和研究的对象做出客观实际的分析，才能从文艺作品的人物、情节、结构、语言、叙事和修辞学等方面进行价值和艺术判断。文艺评论要有自己的品位或者品格，不是说用一定的价值和艺术判断的条条框框去套处于变动不居的文学艺术创作实际，而是要具备一种能体现时代精神，也能持续发展文艺批评本学科的基本理论观点。此外，担当精神要有问题意识。就目前来看，陕西的文艺批评如何回应时代提出的重大课题是需要进行研究的，这就是说，文艺评论如何担当起应该承担的历史使命，把文艺批评汇入整个时代的文艺评论中去，回答当代文学艺术实践活动迫切需要解决的重大问题，是摆在文艺评论家面前的严峻现实。

应当清醒地认识到，我国社会已经进入了工业化和以信息化为标志的后工业化历史时期，现实情况发生巨大的变化，如何坚持社会主义文化方向，如何保持文艺为人民、为社会主义服务的宗旨等，都是我们文艺评论时刻关注的问题。在当前这个历史巨变时期，尤其要始终坚持社会主义核心价值观，并以此来评判文艺作品的思想价值和美学价值，高瞻远瞩地引导文艺创作和文艺活动，坚持生活是文艺活动的根源，描绘出我国在走向工业化、城镇化、信息化和农业现代化伟大道路上出现的波澜壮阔的生活图画和精神世界，文艺评论家才能无愧于这个伟大的时代——也许只有这样，才能不辜负厚重的历史与鲜活的现实的双重期盼吧。

唤大地清华

　　文化自觉的内涵是什么呢？著名学者费孝通认为，文化自觉是指生活在一定文化中的人对其文化有"自知之明"，明白它的来历、形成过程、所具有的特色和发展的趋向，不带任何"文化回归"的意思，不是要"复旧"，也不主张"全盘西化"或"全盘他化"。还有一些学者从不同角度对文化自觉进行阐述，综合可以理解为：文化自觉首先是对自己国家和民族文化的觉醒，包括对自己国家和民族文化的来历、发展、特点、趋势、规律、地位和作用有正确的认识。同时，文化自觉还包括对其他国家和民族的文化有正确的认识，对世界各种文化的交流交融交锋等有正确的认识。文化自觉的目的是要使自己国家和民族的文化在面对新环境、新时代时能够不断传承、创新和发展，在世界文化多元竞争发展格局中具有自主能力，取得自主地位，从而实现与时代同行、与世界同进。

　　培养高度的文化自觉是新形势下推动社会主义文化大发展大繁荣、促进当代文艺健康发展的必然要求。促进当代文艺的健康发展，就必须大力发展社会主义先进文化，为经济社会发展提供强有力的思想保证、精神动力、舆论支持和文化条件。而要发展社会主义先进文化，首先必须培养高度的文化自觉。如果对源远流长、博大精深的中华文化的来历、发展、特点、趋势、规律、地位和作用等模糊不清，对发展社会主义先进文化的指导思想、重要方针、目标任务等不甚了解，就不可能发展面向现代化、面向世界、面向未来的，民族的、科学的、大众的社会主义文化，也不可能发展具有时代精神的当代文艺。另外，还要注意到，当下的各种思想文化交流、交融、交锋更加频繁，思想文化领域斗争相当复杂，文化软实力较量比以往更加激烈，综合国力竞争中的文化因素日益突出。

培养高度文化自觉与认真剖析当代文艺发展趋向，离不开中国化的马克思主义文艺思想的指导，而毛泽东同志的《在延安文艺座谈会上的讲话》（以下简称《讲话》）就是马克思主义文艺思想中国化的伟大篇章之一，这是我们研究社会现实和复杂的当代文艺现象的哲学和思想理论指导，进而帮助我们科学、客观和正确地把握当代文艺发展的趋向。

培养高度文化自觉，实际上就是要正确处理学习、继承我国传统文化和社会主义文化，以及努力掌握世界各国一切有益于我国社会主义文化建设的先进文化，融会贯通，从而切实促进我国当代文化和当代文艺沿着社会主义文化方向前进——而更重要的是首先必须学习、继承在毛泽东《讲话》精神哺育下的我国当代社会主义文化，坚持为社会主义服务、为人民服务的宗旨，建设社会主义核心价值体系，大力推动当代文艺发展。

培养高度文化自觉最为重要的内容是继续发扬毛泽东《讲话》的

精神和基本观点，因为这是指导社会主义先进文化和当代文艺发展极其宝贵的哲学思想与文艺创作方法论。如果忽视或者背离了《讲话》精神，也就根本谈不上培养高度文化自觉，更不能清醒地认识当代文艺发展的趋向——因此，有必要学习和分析《讲话》的精神实质，认识和理解《讲话》精神的当代价值和意义——根据马克思主义历史唯物主义观点，科学、准确地认识和理解《讲话》精神，需要从《讲话》的精神内涵、基本观点和现实社会发展特征以及当下文艺现象、现实社会生活对文艺的要求等方面来进行探讨，这对培养高度文化自觉是很有必要的。

毛泽东同志的《讲话》是对整个文艺创作规律的本质揭示，主要体现在三个方面：其一，以人民为本的观点。这就是毛泽东同志提出的文艺为工农兵服务的方针，文艺为人民服务的方针，如果离开了人民就谈不上我国的革命和建设。其二，实践的品格。这就是认为千百万人民群众的革命实践活动是一切文艺的源泉，同时，文艺也积极作用于千百万人民群众的革命实践活动和建设实践活动。其三，民族特色。这就是认为中国形态的马克思主义文艺思想不是教条主义，而是具有中国特色的革命文艺实践和具有中国特色的社会主义文化建设实践的科学总结，是和我国悠久的历史文化传统密切相连的。这三者是互相紧密联系在一起的，不可分割开来。本文主要探讨的是马克思主义文艺思想中国形态的显著特征之一：从生活到艺术的观点，这就是千百万人民群众的革命实践活动和建设活动是一切文艺的源泉的高度概括和理论凝练。

现代社会与二十世纪四十年代相比较，已经不能同日而语，就是表现在文化和文艺上，也有了质的发展。经济全球化引发了中西文化之间的激烈碰撞和文明对话，国学逐渐普及和传统文化的复兴，这些都给现代社会文艺提供了全新的历史和美学的氛围和背景，但是，就文艺而言，《讲话》所秉持的文艺的发展方向依然未曾改变。早在1938年4月28日，毛泽东在延安鲁迅艺术学院演讲时就深刻指出，要造就"具有远大的理想、丰富的斗争经验和良好的艺术技巧"的文艺工作者，而这三个条件缺少任何一个便不能成为伟大的艺术家——这段话明显地表达出了党对文艺工作者的基本要求，也是培养高度文化自觉比较早的实践和探索，而这一要求和1942年5月《在延安文艺座谈会上的讲话》精神是相一致的。

《讲话》是马克思主义文艺思想的中国化、民族化和大众化，而马克思主义文艺思想仍然具有旺盛的生命力，所涉及的文艺问题至今仍然具有指导意义。——2011年，我国出版了英国著名马克思主义文论家伊格尔顿《马克思为什么是对的》这部最新论著，在全球化的背景下，资本主义内部的各种痼疾纷纷显露。从城乡差距、贫富不均到经济掠夺问题，加上全球霸权在金融海啸中显露的腐败，种种迹象显示，让整个世界重新认识、反思马克思主义的契机正在显现。作为一位坚定的马克思主义者，伊格尔顿通过大量实证内容反驳了世人对马克思主义的错误认识，进一步为马克思主义与可持续发展观找到了一个极佳的契合点，对当下我国文化艺术建设事业和经济建设工作有着深远且具操作性的价值。

马克思之后，出现了从本国现实语境出发，去创造性地理解、运用和推进马克思主义文艺思想的基本理论，从而对文艺问题做出具有自己民族特色的独特阐释。例如，比较早些的卢卡奇的马克思主义文艺理论观点，还有后来相继产生的诸如美国的新左派运动、詹姆逊的文化政治诗学；英国的伊格尔顿、托尼·本尼特等人的文艺学术理论；法国的阿尔都塞的意识形态国家机器论、萨特的存在主义"介入"文论、亨利·列斐伏尔的浪漫主义文论、加洛蒂的无边的现实主义文论、戈德曼的发生学结构主义文论、埃斯卡皮的文学社会学等，德国马尔库塞的新感性美学论、本雅明的文学生产论、哈贝马斯的文化公共空间论等——这些学说，都在不同程度上探索、丰富和发展了马克思主义文艺思想，同样，《讲话》是结合我国本土现实社会而产生的马克思主义文艺思想中国化的经典文献。

历史从来不会停留脚步。以党的十一届三中全会为里程碑，中国历史和社会进入了改革开放时代——这是一个波澜壮阔的伟大的时代，是中国漫长的历史上一个崭新的时代，一个前所未有的时代——应该说，我国从此在党的坚强领导下以清醒理智的面貌进入世界现代化的历史大潮之中——人类经过遥远的史前社会形态，经过狩猎和采集社会形态，经过农业文明社会形态，经过工业文明形态，也就是说，从十八世纪末期工业文明兴盛开始，世界开始进入现代化，而我国的现代化则是从十九世纪中叶以来的"洋务运动"引入机器工业算起，开始由农业文明向工业文明转变，这个转变史称"第一次现代化"。其间，经历了剧烈的"三千年未有之变局"以及经历了土地革命、抗日战争、解放战争、共和国的诞生、社会主义制度的确立和曲折复杂的社会变革，但是，我国迈入世界现代化大潮的步伐一直未曾停歇……

世界上一些发达国家目前已经进入"第二次现代化"，即由工业文明向后工业文明转化，这一态势也日渐影响到发展中的国家，当代中国也不例外。在这种情形下，我国现代化避免了重走原初工业化的老路，而是直接采纳信息时代的成果，赢得"后发优势"。不可讳言的是，与此同时，生态危机、信仰危机等后工业社会的问题也纷至沓来，亟待我们解决——是啊，在"第一次现代化"尚未完成之际又经历着"第二次现代化"，这是我国社会生活当下的进程特征——而这样的现实生活无疑是丰富多彩而又错综复杂的，蕴含着巨量的文艺创作矿藏和资源：在当下现实社会，城市化正在一波又一波地向前扩展，城市人口超过了非城市人口，曾经缠绕着无限美丽诗意的乡村正在走向历史的深处，规模越来越大的工业园区成为社会经济的主要支撑……这些翻天覆地的历史演进变化，改变了人们的生活方式和生活态度，也彻底改变了人们的认识方式和行为方式。不可否认，就在这剧烈的社会变革中，人们的意识、观念和思想也必然随之而变化。有时候，这种变化是始料未及的；有时候，甚至是相当激烈的，这也势必引起人们生存状态的变化。旧有的平衡被打破了而产生了新的平衡，旧有的矛盾解决了又出现了新的矛盾——我们的现实社会一切都在变化，都在以前所未有的姿态变化，而这些却为文艺储藏了非常丰厚的生活资源，提供了空前汹涌澎湃的生活流变——这些都深刻地影响到社会的精神文明和政治文明，更重要的是深刻影响到人的心理、情感和心灵世界。所以，身处这个伟大的时代，就应该贴近实际、贴近生活、贴近群众，深入社会生活的矛盾漩涡中去，判别光明与黑暗、真与假、善与恶、美与丑，积累文艺创作素材，提高认识和思想、审美水平，培养高度文化自觉，这样，才有可能创作出无愧于时代、无愧于生活的好作品。

培养高度文化自觉，重要的任务是始终不渝地坚持马克思主义文艺道路，强调艺术来源于生活，简单地归纳到一点：就是坚持从生活到艺术，努力塑造社会主义新人形象——这是当代文艺发展义不容辞和一直在进行有益的艺术探索的课题和任务，也是促进当代社会主义文化必不可少的部分——《讲话》的现实意义也在于促使文艺工作者竭尽自己的艺术力量塑造社会主义新人形象——这是因为社会主义新人形象是我们走向现代化的典范人物和强大的精神鼓舞力量，也是社会主义文艺事业的主要创作目标。文艺主要是通过塑造生动感人的人物形象来反映广阔的社会生活，来传递时代精神。

培养高度文化自觉，还在于善于调动各种艺术方法来刻画文艺的核心和灵魂是人物形象，并通过人物形象来描写和刻画社会历史变化——从二十世纪四十年代开始的近代中国，是一个已经和正在发生着历史变革的时代。中国社会的性质和经济方式都在发生着激烈的变化，特别是二十世纪初期，马克思主义逐步传播，并且成为一股强大的社会思潮，还有不少资产阶级、小资产阶级的知识分子，在国外广泛接触了西方各种政治思想，掀起了声势浩大的新文化运动。在这场声势浩大的新文化运动中出现了大批的社会精英人物，特别是掌握了马克思主义的社会先锋，在现代中国第一次社会急剧转型期，代表了社会的先进思想和先进文化，对中国构建新的价值体系做出不可磨灭的贡献。在他们身上，体现出不同于以往社会的新人气象，而成为文学艺术方面能代表社会和时代精神的艺术典型。二十世纪的中上期抗日战争爆发，是中国社会第二次急剧转型期，同样出现了拯救祖国于危亡的社会精英人物，仍然是那个时代的社会新人和文学艺术的典型，其艺术生命的影响是长远的。特别是改革开放以来，中国社会发生了翻天覆地的巨大变化，这是中国历史上一个完全崭新的发展阶段，在全球经济一体化的浪潮下，带来了中国社会的急剧转型。而在这个急剧转型的社会历史时期，无疑会大量涌现出一批批具有超前意识的社会精英，他们体现着时代思想的精华，所以，当代文艺就要敏锐地捕捉当代社会生活中涌现出来的这些精英，在他们身上发现时代精神的光彩，并通过各种艺术手段塑造出社会主义新人形象，这是当代文艺对我们的迫切要求！

社会主义新人形象从本质意义上来说，应该具有这样的特征：其一，必须是马克思主义者。其二，必须胸怀中国特色社会主义的共同理想。中国特色社会主义共同理想反映了中国广大人民的共同愿望、利益和要求，得到最广泛的认同和拥护，是全国各民族人民不懈追求的共同理想，是实现中华民族伟大复兴的必由之路。所以，社会主义新人，是实现中国特色社会主义共同理想的楷模和榜样。其三，必须具有继承和发扬爱国主义民族精神和具有改革创新的时代精神。必须永远站在时代的前列，是爱国主义民族精神和改革创新时代精神的结晶。其四，必须具有社会主义道德伦理观念，是中华民族传统美德、优秀革命道德与时代精神的完美结合——要塑造社会主义新人形象，这对当代作家、艺术家来说是一个前所未有的艺术挑战，要不断培养提高其文化自觉，善于继承优秀的传统文化和善于吸纳先进的外来文化，关注进入工业化和后工业化时代出现的一些目的在于改善人类生存境遇和提升人类认识世界能力的哲学思想——这是文艺进步的主要文化和理论能量，特别是在多元化多样性的大的历史背景下，更需要储备较多的文化和理论能量，选择正确的创作路径来完成当代文艺工作者的历史使命。

总而言之，培养提高文化自觉，不仅要注重传统和书本，还要始终以马克思主义文艺思想，特别是毛泽东同志的《讲话》精神和基本观点为指导，努力从生活中学习，善于在生活中发现富有诗情画意的东西，触摸社会生活发展的本质，深刻体验人民前进的准确信号，敏锐发现时代变革的风气，把个人的艺术追求融入祖国的前途命运中去，以充沛的激情、生动的笔触、优美的旋律，描绘出更加美好的生活蓝图，塑造出血肉丰满、情感丰富，具有思想美、艺术美、人性美，体现着社会前进方向的社会主义新人形象，创作出深受人民欢迎、对人民有深刻影响的优秀作品，这既是现代社会对文艺的历史和审美的要求，也是当代文艺发展的必然趋势——二十世纪著名学者王国维是值得人敬佩的，他同鲁迅、胡适等先生，确实是文化自觉的绝好例证。王国维不但精通古典文化和西方哲学，且能两相交融，发前人之未见。更胜一筹的是，他还能填词，有一首《人月圆·梅》，其中"一声鹤唳，殷勤唤起，大地清华"——真好！

神散而形不散

  过去，有人把散文的特征归结为"形散而神不散"。应该说，这对把握散文艺术规律有一定的认识作用，但是，这句话并没有从本质上揭示出散文的特征。那么，散文的特征是什么？我认为是"神散而形不散"。也就是说，作为散文发展主要内动力的思想观念，应该追随时代与社会的发展而革新与进步，这个思想观念不是固守不变的，而是依据时代与社会的前进重新确立的思想观念，即与时俱进的思想观念——这就决定了散文的革新与新生，但散文的文体（外在形制）却不会随着时代与社会的前进而有多少变化。

  散文这种文体，在我国可谓源远流长。应该说，从古文字的诞生之时起，就诞生了散文。《尚书》是我国第一部伟大的散文著作。虽然《尚书》中记载了不少当时皇室的历史档案和资料，看起来像是公文汇编，但就文学价值而言，它是中国古代散文形成的标志。书中的文章结构渐趋完整，有一定的层次，已注意在命意谋篇上下功夫。可以说，之后的春秋战国时期散文的勃兴，是对它的继承和下展。

  散文一经诞生便是成熟的文体。仍以《尚书》为例：尽管是记录皇室的公文汇编，但其语言的整饬、生动、凝练，极富说服力和巧妙的修辞艺术以及力图表现出的完整的主题思想，都构成比较完整的散文文体，特别是其中的情态、对话描写和勾画语言环境的能力，简直到了出神入化的地步，即使现在读来，依然感觉生机盎然，其形容如在眼前。

在春秋战国时期——这一散文创作的黄金时代，无论是议论、策对、辩论，还是记叙、状物、抒情等都开拓了散文文体的表现疆界，并为以后的散文立下很高的艺术标杆，此后鲜有超出者，以韩愈、苏轼为代表的"唐宋八大家"也未能逾越。有人说，春秋战国时期是一个"王纲解纽"的时代，是一个思想解放的时代，因此出现了诸子百家散文的昌盛局面。这个说法有一定的道理。然而，问题是，这一时期并没有凌驾于其他学说之上的思想，也没有核心价值观，任何学说都可以共生共存，都可以在互相激辩中或发展壮大，或消亡——只是到了后来，严格地说，到了汉代以后，才有了统领一切学说的核心价值观——儒家思想。儒家思想既推动了我国古典散文走向繁荣，也埋下了散文衰败的因子——两千多年来，我国古典散文在思想内容的表现上几乎如出一辙，都是在努力诠释和张扬儒家思想，而拒斥一切新异的学说和观点，儒家思想既是散文思想内容的出发点，也是归宿点。这也许就是历代散文缺少思想生命力的主要原因吧。

然而，这种"万马齐喑究可哀"的格局终于被打破，散文出现第二个黄金时代——这就是新文化运动时期，出现了以陈独秀、胡适、鲁迅、周作人以及冰心、梁实秋、林语堂、梁遇春等人为代表的散文大家。

进入二十世纪八十年代，社会发展到了以改革开放为主旋律的时代，到了走向工业化、城镇化和以后现代化为特征的现代社会，现实迫切需要记录铿锵前进的脚步，需要一定的文学载体来引导人们清醒地认识急剧变化的社会生活，同时，也需要鼓舞起人们走向未来的信心和理想，散文便应运再起——单就散文的产量而言，估计早就超过春秋战国文化轴心时代与新文化运动时期这两个黄金时代的散文总量了——这是一个散文异常发达、异常活跃的时期，也是一个良莠不分、泥沙俱下的散文创作时期。散文的作家身份不再仅仅是那些从事文化工作的人，而几乎是普及到了各个阶层，他们不在乎自己的散文作品能不能登上大雅之堂，而是注重宣泄自己的情感和对社会生活带有极其强烈的个性化认识。

　　互联网上难以数计的网站，为他们提供了发表散文的平台，在他们自娱自乐的同时，也影响到了整个社会，有些还产生了较大的艺术影响——这些散文创作，都为当代文学奉上了一片葳蕤的绿色——不但散文的题材范围更为宽泛，而且文体界限也有了很大的变化：在题材方面，除了延续"文以载道"以及模山范水、写景抒情这些传统的题材之外，还出现了以回溯历史和以充满文化色彩为特征的新散文。这给散文这个古老的文体注入了强大的力量，并使散文进行自我更生、自我发展，而且来势汹涌、风起浪生，成为我国当代文学甚为壮阔的散文景观——出现了和小说、戏剧、图像、电视以及绘画、书法联姻的新的散文文体，其艺术的触角不但深入时间，而且深入空间，这是散文相较其他文学体裁所很少或未曾出现过的艺术现象。

　　可以说，散文已经成为这个时代普遍、寻常但审美境界越来越高的文体形式——这仅仅是散文热的表象，而更重要的是，这个世界已经不再是单一与封闭的，而是凭借着现代化为我们提供了各种获得文化、思想和科技信息的有利的物质条件，前所未有地开阔和改变了人们的眼界和思想，人们的认识达到了前所未有的高度，这才是散文热的主要原因——其特征就是"神散"：禁锢人的旧思想、旧观念犹如"落花流水春去也"，而出现的是完全有别于之前的崭新的思想和理念，散文的生命被激活了，呈现出春色无限好的兴旺景致。

散文的"神散而形不散"，实际上是说，新的思想和观念，形之于散文则是决定其内在生命力的内核，没有这个内核，散文就不会摇曳起绿色的生命。至于散文的文体，从春秋战国时代至今仍然没有多少改变。就当下的散文创作实际而言，有人写历史，有人写文化，有人写山水，有人写人物，有人写民俗，有人写风情，题材不一；姚黄魏紫，各有千秋，但是，散文的文体并没有改变，依然是固有的形制。

需要说明的是，这里所说的散文"神散而形不散"是指决定散文生命力的内在的新的思想和理念。文学写作是富于个性的艺术，但只要作者把自己的命运同祖国和人民紧紧地联系在一起，就必定会有新的收获。有一位当代诗人写过这样两句诗，我以为放在这里很恰当："登高知几重，太白连太乙。"是啊，散文艺术的追求是一个永无止境的"神散而形不散"的过程。

新散文的写作

工业革命的历史逐渐式微而信息时代突飞猛进的当下，社会生活也随之发生了新的变化，标志之一是数字化已经进入日常生活并直接地影响生活。文学艺术是社会生活的反映，散文是文学艺术的主要文体之一，其主要的艺术功能是叙事和抒情以及论说，因此，散文特别要反映当下的社会生活，要时刻注意捕捉社会生活中带有本质意义的东西，这是散文保持旺盛生命力的内在热能——而数字化的文字、图片、影像、视频和语音传递媒介平台，又为散文创造了很好的发展与生成条件。

信息化时代为散文"零距离"传递和介入生活以及扩大艺术受众面提供了先进的科学技术条件。散文相对其他文学艺术形式来说，和现实社会生活有着千丝万缕且血肉相依的关系。无论是叙事散文，还是抒情散文，或是论说散文，都来自当下深厚的社会生活，带着变动不居的社会生活新鲜的气息和味道，也无不深切地记录着社会生活或者缓慢或者急促的运动变革景象，渗透着写作者极其强烈的感情色彩和价值倾向。

古往今来，无论是先秦精彩纷呈的诸子散文，还是气象宏阔的汉代散文；无论是优美纯粹的魏晋散文，还是以韩愈、柳宗元为代表的唐代文以载道以论说见长的散文，或是唯苏轼、王安石等马首是瞻的诗情与哲理明显完美统一的宋代散文；无论是抒发性情的明代散文，还是追求形制精美的清代散文；无论是吸纳了欧美散文随笔艺术营养的新文化运动乃至二十世纪初期的散文，还是吮吸着延安革命文艺思想的社会主义时期的散文，莫不是扎根于大地的摇曳生姿、艳丽无比、鲜艳芬芳的艺术之花——我国这些产生于不同历史时期的散文，既深刻地反映了其时社会生活的深度和广度，揭示了其时社会生活发展的本质，同时，也非常及时地反馈于社会生活，以蕴含在作品里的作者对世界的认识以及审美追求，来影响阅读者的精神世界。

不过，限于当时媒体传递技术的物质条件，文本与阅读者之间往往不能够很快链接起来，受众面也受到一定的影响。这种情况，在信息化时代，由于数字化的实现与普及，文本与阅读者的链接非常迅速，几乎达到了同步，其作品一经发表，就像插上了翅膀，很快飞翔各个角落。例如，刚刚兴起的微博、微信，瞬间就可以让文本通过朋友圈，使文本阅读者的数量呈现出几何级数的倍增。这是过去简直不可想象的事情。因此，信息时代为文学艺术提供了前所未有的媒介条件，实现了"零距离"传递，受众面得到空前的提高。更重要的是，信息化也实现了快速的文字、图片、影像和语音发表和推出，只要作者认为有和大家分享的必要，就可以即时发表和推出，不一定只凭借出版时间总是相对滞后的纸质媒介的发表和推出。

这样一来，过去一些喜欢文学艺术的人，苦于没有成名，轻易得不到受制于版面空间条件限制而不得不严格选择文本。在选择过程中，其取舍有时候决定于编辑的个人兴趣和主观意愿，有的堪称质量上乘的好作品，往往得不到刊发而被掩埋，大部分送往报刊社的文本石沉大海不见天日。而现在就不一样，即使是幼稚点，也能发表和推介出去，说不定还能找到属于自己的阅读群体。在这样的情形下，这些作者经过大量的艺术实践和不断的积累写作经验，未来只要愿意沿着这一路径走下去，其散文艺术成就当是不可估量的。

散文实现了"零距离"传递，也就实现了"零距离"介入社会生活，能够迅速地普及到群众中去，通过阅读来影响阅读者，影响社会，营造出健康向上积极进取的社会氛围，引导阅读者树立正确的人生观和健康的审美态度，以净化自己的灵魂，起到不可忽视的作用。散文文体，从表面来看，不同于其他文学艺术形式，艺术起点不高，好像容易入手，也容易敷衍成篇，加之题材范围比较广，不像小说、戏剧、诗歌对文体有这样和那样严格要求，几乎人人都可以操弄。信息时代特别是当下的"微时代"的微博、微信，拥有数量庞大的作者队伍，每天不知道发表多少文字，也不知道每天有多少人在阅读，在转发……散文似乎走到一个极其普遍的写作时期——出现了散文的"巨量"生产壮观的社会现象。

然而，如果就这一现象进行深入冷静地剖析，可以发现：信息化时代散文的"巨量"生产现象与散文精品"荒芜"现象几乎同时存在，这真是一个引人深思的悖论。那么，如何走出这个悖论怪圈，其路径又在何处呢？信息化时代为人们表达意愿和文字、图片、影像、视频及语音传递提供了先进的技术条件，而"微时代"的迅速到来，微博、微信等应用软件的普及极大地推动了信息获取和社交行为的便捷，构成了新型信息交流巨大的场域——无疑，这就为许许多多具备一定文字写作能力的作者提供了作品发表和传播的良好条件，在每个人都有可能成为别人的粉丝并拥有自己粉丝的平等境遇下，由此而激发出来的写作热情，使得微博、微信几乎在瞬间重新更新，一篇漂亮的文章很快尽人皆知。例如，印度工程师孟莎美的《不阅读的中国人》在网络走红，就是很好的证明。就我有限的微博、微信阅读，常常惊喜蓦然出现的一些令人叹绝的好文章，无论是立意，还是语言和结构，简直就是轻易不可遇见的好散文，甚至堪称经典！文需厚积而薄发。你想，现实生活中，一些才华横溢的人，平日或者忙于本职工作，或者不曾想在文学艺术方面发展，现在，有了如此方便的条件来展示自己的语言艺术才华，笔下常常会出现有情有意、行文精彩的文字，获得粉丝和大家的赞扬，很快出类拔萃获得社会承认也未可知呢！数以亿计的极其庞大的覆盖人数，是信息时代散文写作潜在的作者资源，因而，出现"巨量"的散文作品是正常的事情。需要指出的是，"巨量"散文作品的出现，并非是一种孤立的、偶然的现象，事实上，它与信息时代网络空间的极度扩张，尤其是"微时代"的迅速到来密切相关。换句话说，网络空间与"微时代"从根本上推动和成就了散文写作。而支撑"微时代"微博、微信的主要文本，自然是通常所说的广义的散文。不难设想，即使每月更新一两篇微博、微信文章，其整体的散文产量已堪称铺天盖地，而其传播之迅速之广泛亦可想而知。由此可见，信息时代的发展和"微时代"的出现，确实为散文的"巨量"写作提供了空前的便捷和巨大内在动力。

然而，一个不可忽视的问题是：散文在信息时代真的繁荣起来了吗？我看未必。散文确实不是上述的那样，而是具有很高的艺术要求的。就是一个非常成熟的散文作家，一生也很难创作出几篇质量上乘、艺术完美的作品。清代有学者穷其一生之力披沙拣金，从浩如烟海一般的历代散文作品里，才挑选出一部《古文观止》来，认为这就是古典散文的精粹。当然，我国古典散文优秀之作远远不止这些。但是，也说明了散文艺术创作并非易事，必须具备德、才、学、识、见、情等因素，才有可能创作出比较好的散文作品。拥有大量的散文写作者，并不能说就会产生"巨量"的散文优秀作品，而在一定程度上，也许是江海横流，泥沙俱下，良莠不分，严重影响了当代散文艺术的正常发展！

如何走出信息时代散文"巨量"生产与散文精品"荒芜"的悖论怪圈呢？我觉得，应该采取这样的路径：其一，要充分认识散文"巨量"生产的积极意义。"微时代"的微博、微信，有着成千上万职业、经历、思想、性情、趣味迥然不同的写作者，带着鲜明的个人印记进入散文世界，其五花八门、无拘无束的言说，不仅彻底改变了散文为一些作家或者学者一统天下的格局，使散文首次拥有了更为丰富和愈发斑驳的精神与文化承载，也是散文放下身架走向生活，走向人民群众，走向雅俗共赏，立足于不同的生活根基与生命趣味，随心所欲地表达着人生感知、社会见闻、时代欲求、现实评价，以及母爱亲情、童稚记忆、旅途奇观、艺文畅想，乃至下岗境遇、求职过程、讨债情形、被骗经历、合租体验、情感体验和知性思考，这些质朴、真切、幽微、细腻的表述，不仅将散文刻录个体性灵的功能优势张扬到极致，而且于无形中酿成了一个时代不加过滤与粉饰的众声喧哗——假设把所有的文本汇集在一起，则足以成为当代社会历史的精神图谱与生活长卷，而其中所包含的社会进步、经济繁荣、教育普及、文化提升等积极因素，更是极具认识和艺术价值。其二，对于当下散文来说，散文的"巨量"生产固然具有重要的积极意义，然而同时，也有了散文精品"荒芜"的问题。主要原因是："微时代"极其庞大壮观的散文生产者的理论修养、认识能力、审美能力、语言文字水平等方面因素，以及微博、微信发表文字、图片、影像、视频和语音传递等文本与其他形式的读物（听、视）基本不设防，出现一些作品思想不健康，或者艺术格调不高，价值取向混乱的文本，这就需要我们采取疏通引导和积极发挥网络文艺批评的功能，积极倡导散文创作正确的思想倾向，树立健康的散文艺术的审美观、艺术观，对"微时代"微博、微信出现的优秀散文汇集出版或者通过高层次的评奖等行之有效的方法进行疏通引导，牢牢掌握散文艺术创作的社会主义方向；积极开展卓有成效的散文艺术批评，好处说好，坏处说坏，既有力地对一些包含腐朽思想、奢侈作风以及种种不良现象的散文进行冷静剖析、准确评价之外，还要关爱扶持那些精美的散文之作，这才是解决信息时代特别是"微时代"微博、微信"巨量"与"荒芜"悖论的正确路径。如是，相信我国当代散文艺术创作必将会有很好的发展，成为追寻美丽"中国梦"的黄钟大吕或者千里烟柳江上明月般充满着诗情画意的婉转悠扬之歌……

时代精神高度的标刻

文艺评论是时代精神高度的标刻。

尤其是在伟大的新的历史社会转型期，文艺批评担负着对文学艺术"好处说好、坏处说坏"的理性的言说——而这理性的言说是建筑在思想与哲学制高点上的认识。或许文艺评论缺少广泛阅读的大众，可文艺评论却是引领文学艺术的路标，无时无刻不在提升时代的整个精神水准。那么，我们的时代特征是什么呢？应该说我们正处于一个伟大的时代，一个正在走向工业化、走向城镇化的伟大时代。这个时代的特征是：在走向未来、走向世界、走向现代化的过程中，社会生活既是丰富多彩的，又是错综复杂的。改革是社会发展的强大动力，追求幸福是社会改革的终极目的——这个伟大的社会变迁现实，给文学艺术带来了前所未有的生产机遇，也给文艺评论带来了很好的发展机遇。

新历史时期对文艺评论的迫切要求

当下的现实生活既不同于二十世纪前半叶和后半叶，也不同于改革开放前三十年，而是进入了以知识经济为主要标志的全球化时代。就西方而言，当代资本主义国家已经进入后现代社会，其文化与哲学以及文学艺术理论崇尚解构，不但解构了现代主义，而且还不断解构后现代化社会出现的一些文化哲学现象，在工业化时代形成的一些价值观和审美观以及一些社会生活准则被颠覆，被改写，人们的精神陷入无所适从的境地，与此相适应的是，其文学艺术抛弃了元叙事或者宏大叙事；而我们的社会生活呢？不断加快的工业化进程不但引起农业、农村和农民生存的变化，而且还影响到整个社会各个阶层人的生存状态。人们的社会身份和社会地位有了新的定位，加快城镇化建设更是促进了现实生活向着更和谐更美好的方向前进，也随之出现了未曾经历过的各种社会矛盾，其矛盾各不相同：激烈的或者平和的，深层次的或者浅层的，带有根本性的或者无关乎大局的，各有各的诉求和关注的对象，各有各的利益关系，这些林林总总、大大小小的矛盾交织在一起，构成了一幅幅色彩斑斓的社会生活图画，而这一幅幅的社会生活图画，是千百年我国社会生活中未曾出现过的，这就给文学艺术家提供了生活的无限多样性和丰富性以及复杂性，而更重要的是：各种矛盾交织的焦点是——人，是活生生的人，当然，这既有群体的人，也有个体的人。只要抓住了人，抓住了社会生活中的主要矛盾，就会积累起相当丰富的文学艺术创作素材，也会激发文学艺术家的艺术创造热情，从而写作出带有个性特征的文艺作品。

问题是：文艺评论在波澜壮阔的社会生活以及作品数量几乎呈现出几何级数状态的文艺生产状况面前，该如何作为呢？文艺评论一个重要的任务是能够从历史的审美的立场对文艺现象、文艺思潮、文艺流派、文艺作品进行客观、科学和具有说服力的批评，好处说好，坏处说坏，从而引导文艺活动沿着正确的方向前进，提高社会成员的文艺鉴赏水平，自觉抵制低级趣味的艺术垃圾。其次，文艺评论要解释和说明文学艺术产生和文学艺术的创作规律——这是文艺评论的主要学科内容。文艺评论和文学艺术创作一样，都有各自独特的发展历史和发展趋势，两者互为生成和发育的条件。离开了文学艺术创作实践，文艺评论就成了无本之木，无源之水，而文学艺术实践离开了文艺评论就会迷失方向甚至缺少进步的思想和美学动力。文艺评论的对象决定了自身必须具有正确的哲学思想，必须具有敏锐的理论洞察力，必须具有崇高的审美观和巨大的生活热情，这样才能站得高，看得远，才能对剖析和研究的对象做出客观实际的分析，才能从文艺作品的人物、情节、结构、语言、叙事和修辞学等方面进行价值和艺术判断。再次，文艺评论要有自己的品位或者品格。不是说一定要形成什么流派，也不是说用了一定的价值和艺术判断的条条框框就处于变动不居的文学艺术创作实际，而是要具备一种既能体现时代精神，也能持续发展文艺评论本学科的基本理论观点。

目前的文艺评论如何进一步担当起继续推进我国的文学艺术事业持续前进的责任呢？重要的是文艺评论队伍的思想建设。思想建设决定了文艺评论水平的高低与认识能力的强弱。这就是要加强对马克思主义文艺理论的学习，特别是马克思主义文艺理论与我国文艺发展现实相结合而产生出来的富有中国特色的马克思主义文艺理论的学习，建立文艺评论正确方法，探索社会主义文艺评论的内涵和特征，来剖析、阐释和评价文学艺术，揭示文学艺术发展的本质规律和审美认识结构，这是非常重要的基础工程。当然，这就需要认真学习马克思主义文艺理论，掌握其根本原理、方法，特别是要树立社会主义文艺观，这是文艺评论的出发点，也是开展文艺评论的立场。同时，还需要学习西方马克思主义文艺理论以及思想哲学资源和我国古典文艺评论理论资源，从中吸取有益的营养，来建构富有时代气息的当代社会主义文艺评论理论体系，以无愧于我们这个伟大的时代，也无愧于将来。

文艺评论如何担当起应该承担的历史使命，担负起责任与作为，回答当代文学艺术实践活动迫切需要解决的重大问题，这是摆在我们面前的文艺评论现实。我国社会已经进入工业化和以知识经济为标志的后工业化历史时期，现实情况发生巨大的变化，如何坚持社会主义文化方向，如何保持文学艺术为人民服务、为社会主义服务宗旨等都是文艺评论时刻关注的问题。在当前这个历史巨变时期，应该用怎样的思想和艺术、内容和形式标准来评判文学艺术的高与低呢？也就是应该怎样回答文艺评论如何贯彻落实社会主义核心价值观，这也许就是建立社会主义文艺评论体系的核心所在。要说文艺评论的责任与作为，做好并努力完成这个课题就是一个严峻的考验。

文艺评论的现状与显相症候

当下的文艺评论陷入比较尴尬的语境，与活跃的文艺创作相比，显得相对滞后。一个时期以来，不止一次听到个别作家放言"从来不看文学评论"，当然，事实未必如此。但我们需要思考的是，为什么会有人对评论如此轻傲？如果关于一个作家的评论是切中要害、令人信服的，并对其创作有深刻启发和巨大帮助，任何作家都没有理由对评论如此不屑。文学评论，评论的是文学。当评论家已经习惯于躲在象牙塔内，或者靠索引和注释炮制鸿篇巨制，或者热衷于制造"理论狂欢"，不妨反思一下，文学到底需要什么样的评论？要解决这个问题，就需要弄清楚文艺评论的现状和找准其显相症候。

1. 文艺评论应该走出学院。这十多年来，远离文学现场的不及物评论、削足适履式的"项目课题"评论、堆砌大量文献而鲜有真知灼见的"学术规范"评论、独尊某一创作思潮或者理论倾向而罔顾文学丰富性的"学阀"评论以及唯西方新潮马首是瞻而脱离文本实际的泛文化评论，等等，在学院评论中占据绝对多数。产生学院文学评论的原因是学院体制对所谓人文类学术成果的要求，是仿照科学技术和社会科学的专业评价体系制定的。为了对各种项目申报以及职称晋升和评奖"有用"，机械化大生产出来的"学术模样"的成果，大批量地内循环于学院范围，文学研究、文学批评跟鲜活的文学关系甚微。文学专业教育也被纳入从拿学位到拿项目再到拿职称这样的循环体系，唯独不见了心灵里对文学的愉悦，内心的文学感受和兴味，由此，出产了那么多或者艰涩或者平庸的文学研究与评论著述。这样死硬的评价机制不改，一厢情愿地去触动学院文学研究和评论现状，几无可能。另一方面，学院评论也不能完全否定，毕竟学院中深厚的人文根基是文学学科的学术沃土，拥有人文自觉的学者会将文学史教学本身当成人文根基自我修正的途径，并以此为新的文学确立源自史识的经纬。

2. 文艺评论应该在场。文学评论不能远离当下。事实上，文学评论本身就是一种当下性很强的学科。对文学发展脉动的敏锐捕捉，对新生力量和新质元素的及时发掘，对现实文学经验的梳理和提升，都鲜明地印证着文学评论不可或缺的当下性。但颇为奇怪的是，在我们今天对文学评论的评价机制中，当下性反而成了要竭力祛除的要素。尤其是在学院内部，刻意规避当下，追求所谓的纯粹性、学术性成为颇有市场的识见，甚至成为判定评论高下的标准。这是对文学评论本质特征的否定，也是对文学评论价值的消解。文学评论应该在场，是指我们的评论，在把握时代的脉搏、感受生活的脉动的过程中，有所感触，有所思忖，属于实打实的生活感喟与人生感悟。这种对于当下性、本土性的注重，是通过个人化的感受，对一定时代的历史与情绪的捕捉与定影。因此，解读这样的作家与作品，同时需要评论家面对当下驰骋思索，立足文本品评分析，而不是离开应有的时代定位与本土立场，凌空虚蹈，自说自话。

这里提到的两种文艺评论的显相症候，只是目前文艺评论的主要问题，还有一些问题由于篇幅关系，只好删去不说。

文艺评论如何才能担负起时代精神高度的标刻

文艺评论如何才能担负起时代精神高度的标刻？换句话说，文艺评论的发展途径是什么？经过二十世纪八十年代、九十年代和二十一世纪以来的持续演变，随着市场化、大众化、全球化和媒体化的影响与推动，发生了种种新变。这种多样性与混杂性的文学现状使得评论的处境、地位与过去迥然不同。当下评论面对不少难题，面临诸多挑战，是问题的一方面；而文学评论确实需要在自省中自立，在自立中自强，是问题的另一个方面。这些属于自身方面的问题，也确实需要坦诚直面、深刻认识和切实解决。

文艺评论家需要增强社会责任心，增强历史使命感，以知识分子的良知、审美高端的感知，观察现状，洞悉走势，仗义执言，激浊扬清。要超出对于具体作家作品的一般关注，由微观现象捕捉宏观走向，由典型性现象发现倾向性问题。该倡扬的要敢于倡扬，该评论的则勇于评论，对于一些疑似有问题的倾向和影响甚大的热点现象，要善于发出洞见症结的意见和旗帜鲜明的声音。要通过评论家自身心态与姿态的切实调整，强化评论的厚度与力度，逐步改变目前这种文学评论宣传多于研究、表扬多于评论、微观胜于宏观的不尽如人意的现状。

文艺评论家在观念、方法和语言上，要不断地与时俱进。比如有的评论家的思想与情绪还停留在过去的岁月，这使得他们在看取现状和表述问题时，都明显地与当下现实错位或脱节。还有不少评论家，在知识结构与理论准备等方面很少有新的吸纳和大的变化，甚至明显老化。因此，在面对超出已有经验的新的文学现象时，要么文不对题，要么就失语、缺席，显得力不从心、束手无策。譬如在市场上长驱直入的青春文学，在网络上广为流传的网络文学，就基本上游离于主流评论的视野之外。出现这种现象的原因，并非文学评论的"不为"，而是现在批评家的"不能"。这种现状长此以往，既可能会使如青春文学、网络文学等新兴文学难以得到品位的提升，也会使文学整体的和谐发展受到很大的影响。

文艺评论家要适应文学与文坛各个方面（从观念到群体）的新变化，走出传统的文艺评论模式，在评论的样式和方式上增强多样性，体现鲜活性，加大辐射性。比如，在传统的以作家作品为主的评论之外，要借助新的传媒方式和传播形式，适应新的阅读群体，介入各类文学评选、评奖；利用电视、网络视频等就有关现象、话题进行座谈、对话与讨论；利用网络阅读跟帖点评网络文学作品；运用微博、微信（据我国权威报纸报道：2012 年微博覆盖居然最高达到了2.023 3 亿人，最低程度也有 1.724 亿人，很快又上升到 1.092 9 亿人——数以亿计的极其庞大的覆盖人数，是信息时代写作潜在的作者资源）发布文讯、书讯，或短评、点评，等等。总之，要打破固有的观念，走出传统的模式，使评论在新的历史条件下争取话语权，实现有效性。

文艺评论要面向文本，面对现实的文艺实践。笔者以为，单就文学评论而言，仍然要强调"文本细读"这种认真阅读、研究文本的评论方法。文本细读源于二十世纪西方文论中的一个重要流派——语义学，这一流派将语义分析作为文学批评最基本的方法和手段，其中文本细读是语义学对文本进行解读的重要方法和显著特征。文本解读是一种大而化之的提法，事实上并不真正存在一种抽象的、普适的文本解读方法。文本解读总是具体的、实证的，诸如文体论式解读、社会学解读、文化学解读、接受美学解读，等等。而文本细读则是一种语义学解读。其基本特征是：① 以文本为中心。文本细读强调文本本身就是一个自主独立的存在。布鲁克斯主张，文学批评就是对作品本身的描述和评价。至于作者的真实意图，我们只能以作品为依据。只有在作品中实现的意图才是作者的真正意图。至于作者事前对作品的设想和事后对作品的回忆，都不足为据。文本细读强调文本语言和思想的关系，认为文本语言的功能和意义可以体现为意思、感情、语气和意向等四个方面，如果能够准确把握语言的这些因素，我们就能够解读作品的意义。② 重视语境对语义分析的影响。文本细读认为语境对于理解文本词汇的深层意义是十分重要的。瑞恰兹反复强调，文本中，是某个词、句或段与上下文之间的联系，正是这种联系确定了特定词、句或段的具体意义，甚至一本书也存在着语境问题。③ 强调文本的内部组织结构。文本细读还将文本解读重点聚焦到文本内部的组织结构上。韦勒克认为，对文学背景、环境和外因的研究绝不可能解决对作品这一对象的描述、分析和评价等问题。他强调作品就是一个隐含着并需要意义和价值的符号结构，主张解读就应该以具有这样的符号结构的作品为主要对象。文艺评论之于文学创作，犹如在繁荣而缭乱的土地上描绘地图，并把它呈现给普通的文学受众。一个读者是否接触文学、如何接触文学以及接触怎样的文学，一定程度上取决于文艺评论。二十世纪八十年代是文学的黄金时代，更是文艺评论的黄金时代。那些新锐的面孔和大胆的论断，让普通读者陶醉，也让作家着迷。若干个敢于推介和评定的评论家，成为被反复讨论和传颂的经典。文学史上的"朦胧诗""寻根"或者"现代派"之所以能成为具有社会影响的文学思潮，与文艺评论家的参与和推动密不可分。无论以何种方式，文艺评论终究要并一定会影响和引领读者。可以说，与读者和作家的密切互动，是二十世纪八十年代文艺评论之所以辉煌的重要原因。建立与读者的关联是文艺评论无法逃避的责任，也是它存在的根基。

真正的文艺评论应当对普通读者产生积极作用。沦为"小圈子"的玩物，以我画线，属于自己"山头"的，或者能给自己带来"好处"的，就死命吹捧，这真是文艺评论的悲哀，也是文艺的悲哀！还有一些人，写文艺评论喜欢掉书袋，玩术语，纠缠于一些云山雾罩的概念，卖弄自己的"学识"，会失去与读者的联系，这样只会加剧文学的危机。真正的文艺评论首先要直指人心、给人力量，使普通读者也可亲可感。

文艺评论要以社会主义核心价值观为引领，始终坚持为社会主义服务，为人民群众服务，为社会主义新文艺的茁壮成长而春风化雨，还要敢于始终坚持自己的理论品质和立场。当然，文艺评论的风格应是多种多样的，而不只是千部一腔的公共文体。例如，可以有一种本身也是艺术品的文学评论。这样的评论除了指出我们的审美理想，它本身就具体地呈现了我们的审美理想。它对人的影响不仅是理性的，还是感性的——像启蒙的光，但又像不断自我生长的植物根系，是随着反复阅读品鉴而不断向下深化的。文艺评论要好读，要耐读，尤其要有在阅读中不断展开的复杂韵味。这样，文艺评论才能把理性和感性、知识和感觉、艺术性和社会性统摄起来，成为既影响作家，又引领一般受众的文本。让文艺评论从这些世俗的或非世俗的工具中解放出来，重新回到文学自身，是文艺评论发展的希望所在，也不会辜负党和广大人民群众对文艺评论的殷切希望。如是这般，文艺评论才能担负起时代精神高度的标刻！

旋随新叶起新知

"旋随新叶起新知"，这是北宋大哲学家张载《芭蕉》诗里的一句话。在这首诗里，张载非常形象地通过吟咏肥绿而茁壮的绿植芭蕉，说明了一个探究宇宙与万物学理以及继承文化传统和开创新的知识格局的道理，形象而又深刻——读过习近平在文艺座谈会上的讲话以后，不知道怎么回事，张载先生的这句诗就一直盘旋在心头。确实，习近平关于文艺的思想，就是继承和创新了马克思主义文艺观和毛泽东文艺思想。

马克思和恩格斯在十九世纪创立了马克思主义。马克思主义是一个视野广阔、辐射人类社会各个方面的伟大思想体系。马克思主义文艺观是这个伟大思想体系的一个有机组成部分。对于马克思主义文艺观而言，也是建立在马克思主义的基本原理之上的。马克思主义的基本原理是什么呢？这就是关于生产方式的一般理论，即人类社会的基础结构是生产方式，生产方式是社会演变和发展的形式，社会制度的变化是由生产方式的变化而引起的；运用历史唯物主义关于生产方式的理论，对人们身处的现实社会进行分析，建立关于资本主义社会生产方式的理论，以及从现实社会发展到一个不同于资本主义社会的新的社会制度历史的可能性。恩格斯说，"这两个伟大的发现——唯物主义历史观和通过剩余价值揭开资本主义生产的秘密，都应当归功于马克思。由于这两个发现，社会主义变成了科学"（见《马克思恩格斯文集》，第 1 版，第 3 卷，第 565 页）。——当然，这两个基本原理或者核心思想本身不是文艺观的直接论述，但是，马克思关于社会发展演变的思想，对于作为社会中包括文艺在内的所有现象，都具有深刻的解释能力。马克思主义关于生产方式的思想提供了解释文艺生产、存在和发展的社会基础理论；关于唯物主义历史观的思想提出了文艺与无产阶级历史使命关系的理论，是一百多年以来马克思主义文艺观得以产生的真正基础，为马克思主义文艺观的建构和发展提供了世界观、美学观和方法论。毛泽东根据我国革命和我国革命文艺发展实际，创造性地发展了马克思主义文艺观，提出了我国新民主主义革命时期乃至社会主义革命时期的文艺思想，是具有中国特色的马克思主义文艺观的伟大理论成果。而当我国进入社会主义革命和社会主义建设新的历史时期，面临许许多多前所未有的新的社会现象和新的文艺要求，为了适应社会主义生产方式，就必须高瞻远瞩，立足于马克思主义文艺观的立场做出科学的判断和创新发展马克思主义文艺观。习近平文艺思想就是在这个需要对新的社会主义发展时期的文艺现象进行剖析和论述的历史时刻，依据马克思主义的基本原理和马克思主义文艺观，提出了符合我国社会主义新的历史时期实际的，同我国古典文艺的民族形式相结合的文艺思想，是具有中国特色的马克思主义文艺观的崭新理论成果，具有强烈的现实指导意义和深远的历史价值。习近平的文艺思想，集中表现于《在文艺座谈会上的讲话》这篇闪烁着马克思主义文艺观和毛泽东文艺思想伟大光辉的文本中，是对马克思主义文艺观和毛泽东文艺思想的继承与创新。

坚持了马克思主义世界观、美学观和方法论

这主要体现在以下几方面：其一，运用生产方式作为社会基础的理论，来认识社会主义文艺的性质和功能，来认识文艺的产生、存在和发展，以生产方式作为分析文艺现象的理论出发点。习近平在《文艺座谈会上的讲话》中说，"为什么要高度重视文艺和文艺工作？这个问题，首先要放在我国和世界发展大势中来审视"——这句话，就鲜明地表达了，文艺问题，事关重大，应该放在整个世界情景和社会现实的大格局里来考察，来审视。也就是说，要放在资本主义和社会主义这两个不同性质的社会状况下，来研究文艺，我们的社会主义文艺建设刻不容缓。因为，我们要"实现中华民族的伟大复兴"，这"是近代以来中国人民最伟大的梦想"，而要实现中华民族的伟大复兴，就必须坚持社会主义道路，实质上就是通过社会主义的生产方式来极大地提升我国的经济实力。而为了适应和促进尽可能高效发展我国的社会主义经济，就"必须高度重视和充分发挥文艺和文艺工作者的重要作用"——在这里，习近平充分地肯定了社会主义文艺对社会主义生产方式的积极推动意义和价值，也深刻地论述了社会主义文艺的性质与功能。其二，文艺像一切文化精神一样受到生产方式的决定和制约，但是，由于人类的生产方式具有延续性，一种新的生产方式总是从旧的生产方式中脱颖而出，因此，文艺在随同生产方式的变化而发展时，也具有自身的连续性，这就是伟大的文艺所具有的永恒的美学力量。这种美学力量是人们已经形成共识的，对艺术的最重要的基本经验，这就是艺术的审美性。习近平说，"文化是民族生存和发展的重要力量。人类社会的每一次跃进，人类文明的每一次升华，无不伴随着文化的历史性进步"（见《在文艺座谈会上的讲话》）。在这里，习近平充分认识到马克思主义文艺观关于生产方式与文艺的关系问题，充分认识到文艺的审美价值和艺术延续性，也认识到在社会主义生产方式下的社会主义文艺，必须延续以前其他生产方式下产生的文艺形式，因为，文艺的审美延续性决定了人们的审美历史与审美的心理构成，同时，社会主义是人类社会一次伟大的跃进，那么，相应的，社会主义文艺伴随着这一社会的跃进，而依据自身的发展规律升华，这个升华就是"文化的历史性进步"。其三，无产阶级的历史使命就是进行新的社会革命，实现无产阶级和全人类的解放，"代替那存在着阶级和阶级斗争对立的资产阶级旧社会，将是这样一个联合体，在那里，每一个人的自由发展是一切人的自由发展的条件"（见《马克思恩格斯文集》，第 1 版，第 2 卷，第 53 页）。文艺在这场伟大革命中，要让无产阶级认识到自己的本质，激发人们为实现人的自由解放而奋斗，这是马克思主义文艺观的实践品格。习近平《在文艺座谈会上的讲话》中说："衡量一个时代的文艺成就最终要看作品。推动文艺繁荣发展，最根本的是要创作生产出无愧于我们这个伟大民族、伟大时代的优秀作品。"他又说，没有优秀作品，其他事情搞得再热闹、再花哨，那也只是表面文章，"是不能真正深入人民精神的世界的，是不能触及人的灵魂、引起人民思想共鸣的"。习近平的这些论述，强调社会主义文艺要把创作出"优秀作品"当作最重要的事情，只有创作出优秀作品，才能"深入人民精神世界"，才能"触及人的灵魂"，"引起人民思想的共鸣"，实际上就是坚持马克思主义文艺观的实践品格。

强调坚持以人民为中心的创作观

历史唯物主义十分重视物质生产在社会中的基础地位，这就必然重视直接从事物质生产的普通工人、农民这样的劳动者在历史中的地位和作用。列宁说，"资产者忘记了微不足道的人物，忘记了人民，忘记了千千万万的工人和农民，可这些工人和农民却用自己的劳动为资产阶级创造了全部的财富，并且正在为了他们所需要的像阳光和空气一样的自由而进行斗争"（见《列宁全集》，中文版，第11卷，第149页）。马克思主义者要始终记住人民，记住人民在支撑这个社会，推动历史不断前进。十月革命之后，列宁就提出了"艺术属于人民"的马克思主义文艺观。在我国，当马克思主义文艺观从苏联传播过来以后，毛泽东根据我国革命和我国革命文艺发展的实际，创造性地发展了列宁文艺人民性原则，提出了人民本位的文艺思想，成为马克思主义文艺观中国化的重要成果。毛泽东的人民本位文艺思想，在1942年的《在延安文艺座谈会上的讲话》（以下简称《讲话》）里得到了集中的阐述。其基本思想是革命文学必须把人民群众作为文学活动的主体，必须把写作的目的、写作的服务对象，即为什么人写作作为根本问题、原则问题。革命文艺必须为人民服务，"首先为工农兵而创作，为工农兵所利用"。毛泽东的《讲话》有两层基本论述：一个是明确提出了以工农兵为主体的人民本位文学思想，这是我国革命和建设不能离开的根本目标；另一个是实施人民本位文学思想的主要方式。主要有：人民的文艺应当表现"新的人物和新的世界"；强调作家、艺术家深入生活，树立劳动人民的世界观。人民生活是"一切文学艺术的取之不尽、用之不竭的唯一的源泉"；人民群众是推动历史前进的真正动力，文艺要表现人民群众推动历史前进的伟大力量；根据人民群众不断变化发展的欣赏能力和需要，把文艺的普及与提高结合起来；人民群众的审美价值标准是文艺批评的根本标准。1979年，邓小平在《中国文学艺术工作者第四次代表大会上的祝词》中说："我们要继续坚持毛泽东同志提出的文艺为最广大的人民群众、首先为工农兵服务的方向。"2014年10月，习近平《在文艺工作座谈会的讲话》中深刻地指出："社会主义文艺，从本质讲，就是人民的文艺。"这一论断，是对马克思主义文艺观和毛泽东文艺思想的继承与发展，具有重要的理论价值和现实意义。人民是文艺生存和发展之本。文艺要生存和发展，首先必须解决文艺为了谁、依靠谁的问题。这是中国共产党人历来高度重视的问题。这也是马克思主义的群众史观和文艺观。为此，习近平提出了党对文艺战线的基本要求："文艺要反映好人民心声，就要坚持为人民服务、为社会主义服务这个根本方向。"这是基于，第一，人民为文艺工作提供了必要的物质前提。"人们首先必须吃、喝、住、穿，然后才能从事政治、科学、艺术、宗教，等等"——恩格斯的这段话，在今天仍然是完全正确的。正是人民群众创造的丰厚的物质财富，为推动社会主义文艺发展繁荣提供了极其有利的条件。其次，人民为文艺工作提供了丰富的精神滋养。从理论上讲，人民群众的社会实践是精神财富的根本源泉。没有这个基础，许多艺术的成果就不可能创造出来。文艺的一切创新，归根到底都直接或间接来源于人民，人民生活是文艺创作的活水源头。再次，人民对文艺工作提出了急切的需要。文化艺术活动是人类生活的重要组成部分。中华民族历来重视精神文化生活，并且深谙"仓廪实，衣食足"与"知礼节，知荣辱"的内在逻辑。改革开放以来，物质生活条件的改善，催生了人们对于文化艺术的需要。

是对马克思主义文艺观的理论创新

明确提出我国社会主义文艺，就是要表现中国精神与社会主义核心价值观。什么是中国精神？中国精神是当代国人在改革开放伟大实践基础上，继承历史文化优秀传统同时大规模开拓创造而形成的精神体系和精神类型。中国精神可以划分为理论体系和社会心理两个层面，前者是清晰严谨的认知体系和思想体系，后者是社会大众的心理倾向和思维方式。中国精神的内容极为广泛，其核心内涵是社会主义核心价值观。其主要特征就是以爱国主义为核心的民族精神和以改革创新为核心的时代精神。爱国主义是始终把中华民族坚强团结在一起的精神力量，改革创新始终是鞭策国人解放思想、与时俱进的精神力量。中国精神是当代中国凝心聚力的兴国之魂、强国之魄。有必要指出的是，中国精神并非指当代中国所有的精神现象，一些负面的消极的内容只是作为中国精神的对照物和扬弃对象而存在的。这里之所以强调中国精神正面积极的本质特征是为赋予这一概念的长远的引领意义和历史价值。中国精神在所有精神领域都有展开和表现。作为精神领域最具感性色彩的表现形式，当代文艺以多种形式在多个层面贯穿着中国精神。中国精神在当代文艺作品中的贯穿方式多种多样。既会作为思想主题直接灌注到作品的整体，也会作为点睛之笔在关键处得到揭示；既会作为思想背景得到淡淡的描绘，也会作为主要情节得到浓墨重笔的描写。可以说，中国精神是当代文艺的灵魂，是它的整体底色和深层本质。通过文艺中国精神可以更为便捷地影响国人和表达国人，并在全球交往中将宝贵的精神财富呈现给世界、贡献给世界。

阐明了由"普及与提高"到走出"高原"、攀登"高峰"的社会主义新常态下的文艺创作要求。毛泽东《在延安文艺座谈会上的讲话》标志着有中国特色的马克思主义文艺思想正式形成，基本要求是文艺工作者深入工农兵群众，深入实际斗争，把立场转移到无产阶级和人民大众方面来，在思想感情上和工农兵打成一片，创造为工农兵服务、表现工农兵，并为工农兵所需要和便于接受的作品。而那时候"最广大群众所最先需要的"是"初级的文艺"，这就存在一个普及的问题。另一方面，工农兵的水平不可能总是停留在低级阶段，延安、解放区及至整个中国还有不少有一定文化水平和文艺修养的人，如知识分子、干部等，文艺本身有"阳春白雪"和"下里巴人"之分，低级的总要指向高级的并向高级的过渡。这又存在一个提高的问题。毛泽东主张要正确处理好"普及与提高"的关系。他提出了两条基本的原则：其一，"我们的提高，是在普及基础上的提高；我们的普及，是在提高指导下的普及”；其二，“所谓普及，也就是向工农兵普及，所谓提高，也就是从工农兵提高”。但是，毛泽东侧重于文艺的普及问题。原因是多方面的。首先，是文艺的服务对象。文艺应该为工农兵服务。但“由于长时期的封建阶级和资产阶级的统治”，工农兵“不识字，无文化，所以他们迫切要求一个普遍的启蒙运动，迫切要求得到他们所急需的和容易接受的文化知识和文艺作品……对于他们，第一步需要还不是‘锦上添花’，而是‘雪中送炭’”。“雪中送炭”就是普及，要把人民群众容易接受、符合他们的实际水平、比较浅显简单的东西送给他们，使他们获得教育、得到鼓舞、得到情感的愉悦和美的享受。其次，是文艺的目的。毛泽东主要是从无产阶级革命事业，从民族解放战争的角度看待文艺的作用。他指出，召开延安文艺座谈会的目的，“就是要使文艺很好地成为整个革命机器的一个组成部分，作为团结人民、教育人民、打击敌人、消灭敌人的有力武器。帮助人民同心同德地和敌人作斗争”。革命需要就是文艺的目标。而当时“中国政治的第一个根本问题是抗日”，要打败日本侵略者，建立新中国，就要最大限度地将千百万工农兵调动起来，这就需要文艺发挥作用，多创造工农兵喜闻乐见的作品。另外，强调普及，有利于文艺工作者转变创作方向，使其深入工农兵的生活之中，熟悉他们的生活，学习他们的语言，了解他们的思想感情，从而使他们转变立场、思想和情感，成为党所需要的文艺工作者。

习近平《在文艺工作座谈会上的讲话》不再围绕“普及和提高”这一思路展开，而是明确提出，“坚持以人民为中心的创作导向，创作出更多无愧于时代的优秀作品”。他指出，“推动文艺繁荣发展，最根本的是要创作出无愧于我们这个伟大民族、伟大时代的优秀作品。文艺工作者应该牢记，创作是自己的中心任务，作品是自己的立身之本，要静下心来、精益求精搞创作，把最好的精神食粮奉献给人民。必须把创作生产优秀作品作为文艺工作的中心环节，努力创作生产更多传播当代中国价值观念、体现中华文化精神、反映中国人审美追求，思想性、艺术性、观赏性有机统一的优秀作品"。——这就说明了，习近平强调多出文艺精品，繁荣文艺创作，满足人民精神文化需求，这是习近平文艺思想的基本精神和核心内容，也是马克思主义文艺观，特别是对具有中国特色的毛泽东文艺思想"普及与提高"论述的创新，与时俱进地改变了对文艺的既有认识，不再从"普及与提高"的角度讨论文艺问题。在社会主义建设时期，人民的物质需求得到初步满足，精神文化的需求越来越多、越来越高，正如习近平所指出："随着人民生活水平不断提高，人民对包括文艺作品在内的文化产品的质量、品位、风格的要求也更高了。"这样，"普及与提高"这对范畴与今天的文艺现实逐渐产生了距离，逐渐失去了其现实的迫切性。习近平及时地提出"精品"，即强调"高峰"战略，要求创作优秀作品，这不能不说是对七十多年文艺传统认知模式的一种里程碑式的改变。这对社会主义文艺的发展和繁荣有着重大的理论与实践意义。

提出了历史的、人民的、艺术的和美学的文艺评论的四个原则是对马克思主义文艺观的创新。习近平强调，要高度重视和切实加强文艺评论工作，运用历史的、人民的、艺术的、美学的评判和鉴赏作品。他倡导的文艺批评的"四大观点"，是马克思主义文艺批评理论的基本原则，对从事文艺批评具有重要的指导意义。

"美学的"和"历史的"。"美学的"和"历史的"观点最早是恩格斯于1847年提出的，而在1859年写给斐·拉萨尔的信中更为明确地提出这一思想："我是从美学观点和史学观点，以非常高的，即最高的标准来衡量您的作品的。"这是恩格斯评论完拉萨尔的剧本《济金根》之后作的总结。他的批评实践是如何践行这一标准的呢？恩格斯首先解释为什么这么久才回信给拉萨尔，"由于现在到处都缺乏美的文学，我难得读到这类作品"。恩格斯认为，《济金根》在当时是值得花费时间大书特书的美的作品。接下来，他从形式的角度赞叹情节的巧妙安排和从头到尾的戏剧性。在谈到韵律时，恩格斯关注到剧本与舞台演出的效果问题，继而提出了自己的文学理想："较大的思想深度和意识到的历史内容，同莎士比亚剧作的情节的生动性和丰富性的完美的融合。"结合剧本的内容，恩格斯对其表现形式进行批评："要更多地通过剧情本身的进程使这些动机生动地、积极地，所谓自然而然地表现出来。"在这里，恩格斯所阐明的，实际上就是要以文学或审美的形式表达历史和现实。在历史内容的评论上，恩格斯从农民运动和宗教改革的宏大叙事中抓住了对人物的"有代表性的性格作出卓越的个性刻画"这一点。进一步地，恩格斯结合人物的历史角色与悲剧效果，提出了"历史的必然要求和这个要求的实际上不可能实现之间的悲剧性冲突"这一著名论断。

实际上，比恩格斯的这封信早一个月，马克思就剧本《济金根》已经给拉萨尔写了信。马克思的批评套路与恩格斯几乎一致，先从形式谈起。除却韵律，马克思更从具体生动的悲剧冲突来批评剧本的结构和情节。他指出,拉萨尔最大的缺点是席勒式地把个人变成时代精神的单纯的传声筒。在他看来,拉萨尔应追求更加莎士比亚化,剧本在人物个性的描写方面缺乏特色,他还就作品的细节给出了建设性的意见。不难看出,马克思、恩格斯对剧本的评论是以"美学的"和"历史的"为一体的批评标准,把社会历史的内容融入文学的形式中。以马克思主义的美学观点和历史观点评论文学,不仅能把握文学的审美特征,而且能把握文学的社会本质;不仅能揭示文学的创作规律,而且能揭示文学的发展规律。

毛泽东文艺批评的理论资源即来自马克思、恩格斯文学评论思想。毛泽东文艺思想是在中国革命实践中形成的,它所表征的是中国无产阶级的文化立场,《在延安文艺座谈会上的讲话》中,毛泽东提出了文艺批评的政治标准和艺术标准,其中包括"政治标准第一,艺术标准第二"的文艺口号,而这二者的关系,则是"政治和艺术的统一,内容和形式的统一,革命的政治内容和尽可能完美的艺术形式的统一"。马克思、恩格斯以及毛泽东,他们的文艺评论思想无疑是对促进当时的文艺运动起到巨大的历史作用。而在当下,习近平依据文艺的实践要求,提出的"运用历史的、人民的、艺术的、美学的观点评判和鉴赏作品"这个原则,是对马克思主义文艺观特别是文艺批评理论的丰富与创新。

1. 历史的观点。恩格斯倡导用"美学的、历史的观点"来评价文艺,即尊重文艺的审美属性,关注文艺的历史内容,把作品放到一定的历史范围内、历史条件下、历史背景下、历史过程中、历史结构中加以审视和评论。我们提倡的社会历史学的观点,实质上是马克思主义的历史唯物主义观点。强调：

① 社会历史是文艺的根基和源泉。文艺是一定历史条件和环境中现实生活的产物。社会历史结构决定、影响和制约着作家作品的文化思想结构。文艺的性质、功能、价值、思想内容都植根于所属时代现实生活的土壤。文学结构受历史结构的决定和制约。

② 文艺反映社会历史风貌。特定时代的社会历史环境中产生的作家作品，必然反映出特定的社会历史风貌，是被主体化了的、被情感化了的、被虚构化了的、被形象化了的社会史、风俗史、思想文化史。文学艺术是社会历史的一面镜子。从这个镜面上所反映出来的，首先应当是那些主要的、基本的社会关系和起主导和支配作用的阶级关系。

③ 文艺表现社会历史变革。文学应当表现和促进社会环境的变革。马克思主义认为，实践虽然不是第一性的，但却是第一位的，具有极其重要的功能和价值，改变社会环境唯一正确的途径是实践。更为重要的是，文学应当反映和推动社会历史的转折。环境可以区分为小环境和大环境。个体的、群体的、集团的、民族的、国家的环境的内涵和外延是不同的。小环境的改变是比较容易做到的。人民的、民族的、国家的大环境的变革，需要历史变迁和社会转型，即一个旧时代转换为一个新时代。这种改变大环境的伟大变革实际上是遵循历史发展的客观规律进行的。不管作家艺术家是否自觉意识到，他们的创作和作品所描写的社会生活的大改组、大分化和大变动构成了这个时代和这个历史阶段的现实风貌。

2．人民的观点。人是社会历史的人。社会历史是人的社会历史。因此，不能把人学观点同社会历史观点割裂开来。应当这样描述：当我们运用社会历史观点的时候，实际上也是运用社会历史的人的观点；反之亦然。文艺批评的人民的观点应当有助于关注人的生态，提高人的素质，体现人文关爱，弘扬人文精神，实现人的解放和人的全面自由发展。应当这样描述：当我们运用社会历史观点的时候，实际上也是运用社会历史的人的观点；反之亦然。坚持人民的观点，应当有助于关注人的生态，提高人的素质，体现人文关爱，弘扬人文精神，实现人的解放和人的全面自由发展。因为：

① 人民是文艺的主体。人民是文艺表现和服务的主体。文艺属于人民、文艺为了人民这是文艺的根本宗旨。人民群众是历史的创造者，理应成为文学艺术的主体。文学是人写的，是写给人看的。作为作家的人是写作主体；作为被写作的人是表现对象；作为欣赏的人是阅读主体。文学和人学都是历史的概念，文学中的人和人民也是历史的概念。

② 文学应当表现人文精神。文学作为人学表现人的生活和命运一直是文学的永恒主题。人的生存和发展，培育着一种积极向上的人文精神。这种人文精神又是人的生存和发展的驱动力。为了人的美好的生存和理想的发展，文学作品应当表现奋发有为的、健康的、富有蓬勃生命力的人文精神。而这里的人文精神，应当承接和弘扬中国的传统美德和仁爱精神，只有这样才能有利于建设现代文明，创建和谐社会，实现中华民族的伟大复兴。当中国处于大变革和大转折的时代，实现中华民族的伟大复兴，必然要中华民族文化复兴。中华民族的文化复兴，必然产生一批划时代的、具有里程碑意义的天才巨匠和伟大

人物。

3．艺术的观点和美学的观点。这两种观点是比较接近和相互联系的，体现出对文艺本身的要求。文艺要有表现高格调的艺术精神和美学精神。这两种观点相应的功能是追求高质量的艺术水平和审美品位。不应当孤立地强调表现艺术精神和美学精神、艺术水平和审美品位，必须和表现上述所说的历史精神和时代精神、人文精神和人文关爱结合起来。换言之，追求艺术精神和美学精神是为了更加出色地弘扬历史精神和时代精神、人文精神和人文关爱。在市场经济条件下，如何处理好审美和功利的关系是非常重要和迫切的问题。在审美和功利的关系问题上，只看到对立，忽视统一；或只看到统一，忽视对立，都是片面的，都是违反辩证法的。市场经济条件下的审美和功利的矛盾和冲突变得更加凸显。被强化和泛化了的市场经济加速了文艺商品化进程，使一些主张和推崇纯审美、纯形式、纯艺术的文化精英和书斋学者感到迷茫和困惑，我们要努力正视和研究当代中国新历史条件下市场经济运作过程中文艺所面临的新情况和新问题。

文艺本身所有内涵的矛盾具有明显的二重化性质：从传统的文艺创作的意义上说，文艺是作品，主要解析文艺创作和文艺欣赏的关系，追求文艺的审美价值；从文艺生产的意义上说，文艺是产品，强调文艺生产和文艺消费的关系，追求文艺的票房价值和经济效益。文学艺术作为一种特殊的精神之本，是具有两面性的：它既是文艺创作的作品，又是文艺生产的产品。这两种观念，都可以在马克思主义经典著作中找到理论根据。马克思在《1848年经济学哲学手稿》中，一方面指出：艺术是"按照美的规律来建造"的产物，这是论述文艺创作与文艺欣赏的关系，同时启发我们解决好"美的规律"和"市场规律"的关系；一方面又把文艺视为一种特殊的精神生产，指出："艺术，等等，都不过是生产的一种特殊方式，并且受生产的普遍规律的支配。"文艺作为一种特殊的精神生产和一般的物质生产既有联系，又有区别。探讨文艺创作和文艺欣赏与文艺生产和文艺消费这两大系列内在的二重化矛盾，是学术界必须解决的理论难点和热点问题。应当全面地、辩证地理解和处理文艺作为文艺创作的作品和文艺作为文艺生产的产品之间既对立又统一的相互关系，阐明了一个困扰多年的理论和实践问题：文艺的社会效益和经济效益、文艺的审美属性和商品属性、文艺的审美属性和功利属性、文艺的文化品位和文化利益的关系问题。

提出了文艺要反映中华优秀传统道德与美学智慧。中华优秀传统文化是中华民族语言习惯、文化传统、思想观念、情感认同的集中体现，凝聚着中华民族普遍认同和广泛接受的道德规范、思想品格和价值取向，具有极为丰富的思想内涵；积淀着中华民族最深沉的精神追求，是中华民族生生不息、发展壮大的根基和血脉，是华夏炎黄子孙的精神家园和文化之魂，是实现中华民族伟大复兴中国梦的力量源泉，是建设中国特色社会主义最深厚的文化软实力，有着极高的教育价值。习近平《在文艺座谈会上的讲话》中提出："中华民族在长期实践中培育和形成了独特的思想理念和道德规范，有崇仁爱、重民本、守诚信、讲辩证、尚和合、求大同等思想，有自强不息、敬业乐群、扶正扬善、扶危济贫、见义勇为、孝老爱亲等传统美德。"他又说："中华美学讲求托物言志、寓理于情，讲究言简意赅、凝练节

256

制，讲求形神兼备、意境深远，强调知、情、意、行相统一。"在这里，他从我国优秀传统伦理道德与古典美学等方面，高度凝练出至今仍然具有强大生命力和仍然在延续着、滋润着当代人文精神的核心概念，并倡导能在社会主义文艺创作和文艺活动中得到正面的反映，或者贯彻这些美学智慧，这对繁荣和促进社会主义文艺事业具有巨大的益处。

还提出了正确对待外国和我国古典文化的方针和方法。习近平《在文艺座谈会上的讲话》中指出："古为今用，洋为中用，辩证取舍，推陈出新。"这就是在毛泽东提出的正确对待外国和我国古典文化的指导方针基础上，特别注入了"辩证取舍"这一新的内容，使得更加科学、准确和全面。辩证取舍，就是要"摒弃消极因素，继承积极思想"。因为，外国和我国古典文化由于是不同的社会形态文化的积累而生成，其中有封建主义文化、资产阶级文化，而我们不断推进的是社会主义文化，虽然文化具有传承的品质，但是，根据马克思主义的观点，应该具体问题具体分析。我们应当采取科学的态度，来"辩证取舍"，对建设社会主义文化有益的积极的文化因素，自然尽量吸纳，而对一些不适应建设社会主义的文化因素则采取批判的方法，进行借鉴和规避一些消极的文化因素，这才是保证我国社会主义文化事业兴旺发达的科学方法。习近平提出的这一正确地对待外国和我国古典文化的方针和方法，具有强烈的现实指导意义。

总而言之，习近平文艺思想有两个非常鲜明的特色，一是坚持了马克思主义文艺观和毛泽东文艺思想，同时，与我国古典文艺的民族形式相结合，特别是论述了我们的文艺要传承传统优秀伦理道德和美学智慧和借鉴外国优秀文化；二是论述了中国精神和社会主义核心价值观对文艺的引领作用以及创作要求，强调爱国主义精神，提出了历史的、人民的、艺术的和美学的文艺批评观点，为我国社会主义文艺指明了道路，也真的符合了一代大思想家张载的"旋随新叶起新知"的关于继承与创新的诗意化的阐述，他的文艺思想是马克思主义文艺观在新的历史时期的重大发展，是实现中国梦文艺的伟大纲领。

手稿的故事

　　大约是在二十世纪的九十年代中期，笔者就开始使用电脑写作了，最觉方便的是解放了手，从此彻底摆脱了原始的书写劳作。原先的写作那简直是一项繁重的体力活，以至于手指上磨出了厚厚老茧，胳膊经常感到酸胀麻。现在这一切都烟消云散，只消轻轻地触压键盘，漂亮整齐的文字便神奇地排列在明亮的屏幕上……

　　用笔书写，需要稿纸。如果能有纸质良好、软硬合适、印刷精良的稿纸，书写起来感觉也特别好，犹如在雨后春天的田野上踏青而行，舒缓而心情愉悦。而这种专门供给书写的稿纸，一般只有报社或者出版社专用印制，其他地方很少见到。当然，也有私人印制的稿纸，这在民国年间的那些文人圈子里是司空见惯的事情，不过，早就已经成为遥远的记忆了。

　　喜欢使用素色的稿纸，那年去北京，还留出时间专门去琉璃厂的荣宝斋寻找比较适意的稿纸。这里有一种浅蓝色的稿纸，右下角还水印了素雅飘逸的兰花图案，真是惹人喜欢。就是不写作，留在案头，也是非常赏心悦目，使人心情平静下来。当然，用这样的稿纸写作，

259

似乎思维格外的活跃，文思泉涌，不择地而出，汩汩流淌。而平时的写作，远没有这般奢侈，用过报社或者出版社专用印制的稿纸，用过商店里出售的一身俗气低劣不堪的稿纸，也用过中小学生纸质单薄粗涩的作文本，这些稿纸，五花八门，形形色色，大小形制不一，写作的手感也各异，感到庆幸的是，在那个时代，居然并未断止过，总能找到书写的稿纸。

写作《二十世纪中国散文》这部书的时候，很是中意刚刚问世不久的复印机使用的那种静电复印纸，一是纸张洁白无瑕，二是纸质柔韧，写起来笔感好极了。一位甚为要好的朋友，知道了我的这种喜好，他煞费苦心，按照稿纸的格式给我复印了不少纸张送来，帮我解决了纸源问题。于是，带着这些沉重的稿纸和必要的参考书籍，躲在秦岭太白山北麓一个十分僻静的院落，开始了写作。此书杀青之后，手稿居然堆积尺余。

这是我使用笔墨完成的最后一部书稿。此后，就更新换代，直接进入信息化时代，开始使用电脑写作了。后来陆续出版的各种散文集和研究专著，均是电脑写作。电脑写作，最初的感受是修改文章十分方便，删除增添，挪前移后，再也不用在稿纸上面勾画涂改或者剪贴黏糊了，而且字迹工整，文稿清晰，清洁干净。和笔墨书写相较，简直不可同日而语，何况轻松愉快，若是高兴，自己就可以编辑起来，省去出版社许多手续，真是利人利己。

不过，时间久了，心里渐渐感到似乎总是缺少点什么。仔细琢磨，哦，明白了，使用电脑书写，缺少了笔墨在稿纸上书写的那种亲切的感觉，那种创造般的耕耘的感觉，一种温馨家园的感觉。你看，用笔墨在稿纸上书写，那文字的线条是心情和情绪的直接流露，心情舒畅，则文字线条灵动起伏，荡漾着欢快和惬意；心情不舒畅，则文字线条枯涩曲折，隐含着怨愁之气。而电脑写作，呆呆板板，中规中矩，缺乏活力，更看不出书写者此时此刻的心境如何——汉字，只有在笔墨的书写过程之中才能体会到字之特质，在线条的形式里蕴含着丰富内在的意义，渗透出无以名状的韵味，这是任何汉字以外的文字所不能具有的品性。汉字书写是认知汉字文化的重要条件。不再书写汉字，就会游离汉字文化，成为中华文明的孤魂野鬼。

不管你的汉字书写能力高与低，也不管你的汉字书写能够达到怎样的艺术水平，只要你在书写，你的血脉里便注入了汉字文化的酵素。而这酵素会持久不变地渗入你的心灵，并不断地集合凝聚和核变，终于生长成你精神的根，从而缠绕上悠远而美丽的乡愁……当我阅读美国学者宇文所安的中国古典诗歌研究系列著作的时候，这种强烈的感觉油然而生，持久不散地盘旋在我的心头。我知道，对一种文化的认同，必然先从其文字开始。蕴含着极其旺盛生机而又神秘的汉字，向这个世界构图出伟大而波澜壮阔的文化景象，就是蔓延不断、气象万千的山脉，跪拜，必有难以预料的恩赐。

绝不是拒绝现代科学技术，而现代科学技术正在酝酿着新的发展趋势，这是改变世界进程的杠杆。电脑不只是解放了原始的手的文字书写，更重要的是改变了人对外界信息的获取方式。然而，就在我们使用电脑的同时，倘若坚持笔墨的汉字书写，这就会替我们日益逼仄的心灵寻找到一个无限的文化空间，在这个意义上，依然是有价值存在的。

是的，现在也就是当下，突然想到，若干年过去了，我们只能看到书籍，却再也不会重温灯下抚摸依稀在文字笔画间隐隐约约勾画出书写者亲切的面影，还有笼罩在轻轻散发着书写者手泽之香的手稿上的旧梦，这也确实令人十分伤感……

或许，这就是手稿存在的价值与意义吧！可惜的是，我久已缺失手稿而常常注意备份，怕把保留在电脑或者其他存储设备里的书籍电子文档丢失了。毕竟，现代科学技术已经真真实实左右了我们的生活，手稿成为一种念想，如同念想陶渊明时代的田园生活。

年之初

　　有年初，就有岁尾。理由无它，天行健，有起端，必有终端。年初，天气虽冷，却是英国诗人雪莱所预言的：冬天来了，春天还会远吗？信然。大地积雪的季节，也是"当春乃发生"的时候。若是要验证，极简单，只需轻轻拂开那厚而轻盈的雪花，湿润的地头冷不丁就迸出了一星、两星蒙眬着绿意的幼芽。这蒙眬着绿意的幼芽，便是春天的前哨。

　　或许这样说比较合适：岁尾既是年初，年初也是岁尾。日月循环，首尾相连，本就是这样的道理。毕竟是年尾，很是希望犹如老年间那样，来上一场铺天盖地的大雪，把困扰人们的阴霾一扫而空，出现一个"看红妆素裹，分外妖娆"的世界来。可惜，不凑巧，天老阴沉着，但就是看不见飘雪花。想体味体味白居易先生"绿蚁新醅酒，红泥小火炉"那样富有诗意的生活，也只好作罢。

　　有位当代诗人，把枯黄色的落叶比喻成回馈土地的金币。这个比喻巧妙。此刻，手持一杯淡茶，临窗，看着大树上遗留不多的"金币"，在寒风里，一片一片的回馈土地，愣是出神：土地一定在精确地计算着大树的落叶，数数"金币"的多寡，这是土地滋养最好的"回馈"。

忽然想到，岁尾年初，该是检点自己的劳作了。春夏秋冬，晴雨霜雪，昼夜交替，"一万年太久，只争朝夕"。工作几何，读书几何，所垒文字几何？茫茫长河，耿耿星月；漫漫历史，悠悠岁月，人何以自立，何以回馈？反躬自问，汗出如浆。

又是一年春草绿

难怪孔老夫子站在泗水河边大发感慨，时间也确实流逝得太快了，这也可能是我国有史以来比较早的关于时间的认识与思考，只不过在表述上语言稍微形象化了。同样的，古希腊哲学家赫拉克利特对时间的认识与思考也从河流中得出结论——看来，这些轴心时代的伟大思想家一个共同的特点，就是深刻地感受到了时间所具有的一维性，但我以为：孔老夫子的诗意揭示，给人留下了更大的再思考空间。

当我重新阅读《论语》的时候，不知道怎么回事，头脑整日盘桓的就是孔老夫子在泗水河边的这句话，这是先前阅读《论语》时不曾出现过的——也许是到什么山上唱什么歌吧。告别一个时间段落而进入另外一个时间流程，人往往不由自主地努力思考这个异常艰深而又体验最为深刻的问题。比如，现在，春节临近的时刻……

去年是农历的蛇年，除旧换新，今年就是马年了。说句真话，在人们的心理深层还是非常在意以月亮运行的周期来计算时日的，特别是具有我国传统文化的读书人，总觉得阴历来得比较准确和庄重，甚至还有点神秘的感觉——西周是我国古代文明十分灿烂的时代，不单单表现在伦理道德方面，就是在天文地理上也达到了匪夷所思的地步。要不，孔老夫子终其一生志在克己复礼，这个礼就是西周之礼。从这个礼出发，构成了博大精深的儒家学说，影响了我国数千年的历史，至今仍然是人们重要的思想和行为规范。春节，在文化意义上，大约就是礼的一个外在承继形式。

古代没有春节这个名称，隋唐时期称之为元日。王安石曾以"元日"为题写过一首诗，诗的结句历代传颂："却把新桃换旧符。"除去他蕴含着诗句里的政治意义所指不说，元日说到底，就是一个新的时间开端——民国以后，春节代替了元日。

不管元日也好，春节也好，就是一个时间的符号。一元复始，万象更新。德国伟大的古典哲学家康德对时间的认识至为深刻，而现在的哲学家则相反，把注意力集中到空间研究上来。其实，时间和空间是联系在一起的，不能分割，时间能穿越空间，但时间却永远是空间里的时间。看起来是悖论，而世界往往就是这样复杂、这样矛盾地纠结在一起。

人在时间里存在，世界也在时间里存在。

为了让人和世界不至于在时间里迷失，于是，就有了记录时间的符号。而从时间的本质上来看，时间不能被刻记，时间的符号不过是人的虚幻标示而已——这一点，古代的贤达之士早就认识到了。《文子·自然》云："往古来今谓之宙，四方上下谓之宇。"——用了"宇宙"说明时间与空间。

既然时间需要一个人为的标示，依据时间与大自然的呼应关系，便有了春节与二十四节气，这就是时间的刻度——从此，人就生活在这时间的刻度里，日月更替，春秋相移。有了刻度和符号的时间就流逝得非常快，如白驹过隙……

春节是一个时间段落的终结，又是一个时间段落的开始，在这个终结与开始之际，便有了无际的意义和价值——春节将至，突然产生了这些想法——那就让湍急的时间带走一切灾害和不幸，让全新的时间带来好运与吉祥吧！

孔老夫子站在泗水河边，感慨之后，若是再向前走几步，说不定会看见：又是一年春草绿，依然十里杏花红……

附录
蓬勃生命力的思想绿地

　　大约是二十多年前，读到柏峰的《二十世纪中国散文》这部精彩而又充满激情的书，知道了我的家乡秦岭北麓渭河平原一带又出现了一位带着质朴气息的散文理论研究者。后来，在北京的一次会议上终于相识，由此还知道了柏峰的散文也很不错。

　　柏峰很重感情，又是一个低调的不喜欢走动和张扬的人。他的身上居然保存着如今已经稀缺的儒者的品性，喜欢读书，是一个纯粹的学者形象。陆续阅读了柏峰的几部散文集，明显地感觉就是他艰苦卓绝地固守在高贵的文学世界，向人们奉献出近乎纯美的散文作品，抵抗日趋下滑的世风道德，营造出一片枝叶茂盛的洋溢着春天蓬勃生命力的思想绿地。

　　柏峰《枫窗新月》《月在东篱》《柔软的心灵：我的美丽古典书事》《归梦绕家山》等散文集里的作品，语言文字优雅清新，思想表现深刻有力，也常常惊叹他读书之多之广，字里行间散发着浓郁的书香，注意把传统文化与当下社会生活紧密地结合起来，流溢着鲜活的古典气韵和独特的思想体悟，以新的视角诠释了历史，复活真实的旧景余韵，把读者引入使人沉醉不知归路的人文精神绝美世界——这是对他散文整体的艺术感觉。不过，要说的是，近期以来，柏峰的散文创作又出现了和以往迥然不同的新气象：他的散文笔触突然离开了自己十分熟悉的题材领域，转向西方的古典、现代和当代思想哲学，从中寻找那缠绕着无限诗意的去处，着力描绘那闪烁着光亮的人类思想，给人以很好的精神享受和艺术感染。在他的笔下，柏拉图、斯宾诺莎、康德、尼采、德里达、拉康……这些名震环宇的西方思想和哲学家，无不绽放出鲜艳芳菲的精神花朵，活色生香，这在他的《星垂平野阔》《春画远山长》等近年出版的散文集里都有集中的艺术反映，例如《读书的村》《春日》《拉康的镜像理论及其他》《山深闻鹧鸪》《走向历史深处的村庄》《高原跋涉》《在轴心时代里重新发芽》《墙外的世界》等作品都具有这样的艺术特征——在我的阅读里，既对我国古典文化非常熟悉，又对西方哲学有着精湛研究，且能用摇曳生姿的笔墨写将出来的作者并不多见，而柏峰却能举重若轻，成一家之言，显示出他的散文创作愈来愈雄浑和深刻，卓然具有新散文家的气象。

散文创作，最为关键的是思想的高度和深度，这是衡量散文艺术高低强弱的标志之一。无论是先秦散文，还是唐宋以及明清散文，其优秀篇章都达到了其时思想的高峰，也都贯穿了伟大的时代精神，这是散文艺术的本质所在；同样地，西方的散文创作，仍然也是把思想视为散文的根蒂，成为表达作者思想与哲学观点的文学题材，这从培根、蒙田、帕斯卡尔，一直到既是学者又是优秀散文家的兰姆、叔本华，无不是这样。这就提出了一个严肃的问题：散文创作必须强调思想的高度和深度——这也是散文艺术的审美需要和追求。而要在散文创作中达到较高的思想水平，就必须努力地读书，不断提高自己的认识能力。可以说，这一方面，柏峰作出了自己的努力并且体现在散文创作实践过程中。柏峰散文创作展示出来的新气象，其实是他的思想与艺术新的选择和追求，也是他长期凭窗读书大量的精神积累的自然反映，更是一个真正的作家不断开拓自己的艺术视野，寻找一个较高的艺术立足点，借以深刻地表现当代历史与现实生活，构建属于自己的散文艺术世界的勇敢尝试和探索。

周矢

（原载《文学报》2015 年 3 月 26 日）

爱智者亲炙大师们的智慧风景

——读柏峰先生《星垂平野阔》

非名校毕业，非名师弟子，非身居要津，以关中东部一个市局下属单位研究人员的身份，以其教育研究著作、散文著作、文学理论著作，温纯宽诚的性格，低调的处事风格，柏峰先生一步一个脚印走来，逐渐赢得了陕西文坛、文艺评论界的尊重，也成为我的来往不多，但却随时可以托付的忘年朋友。对于他的各类著作读过一些，知道他于研究和文学性、理论性写作方面的努力和用心之精。这不是一个喜欢张扬、喜欢赶文坛各种热闹的人，但却从来不是一个让人可以轻视的人。然而，我却从来没有想到他在知天命之年以后，拿出一本如《星垂平野阔》这样几乎离开当代中国文学，鸟瞰中西方哲学家、哲学的学问性著作，让人们看到了一个爱智者读书的情状，也看到了他亲炙大师们的智慧风景。

《星垂平野阔》是一本谦恭、虔诚的读书笔记，但只要看看他书中所涉及的人和书，柏拉图及《柏拉图全集》；卢梭及其《论人类不平等的根源》《社会契约论》《新爱洛绮丝》《爱弥儿》《忏悔录》；康

271

德与《康德全集》；朱熹及《朱子全书》《朱子新学案》；王阳明及《阳明先生集要》；李颙及《二曲集》，以及杜威、罗素等生平及其全部著作，就知道这本书对中外哲学家生平及其主要思想的归纳和梳理，绝不是学问小贩的"热蒸现卖"、假学问家东凑西拼式的装饰门面。正因为如此，从他的文章中，人们不仅得到了关于这个大师确切的知识和思想的视野，看到了丰富和广博，看到了真学问，同时也看到了中外大师是如何成为大师以及他们与同时代的前辈和同辈大师之间的关系：如柏拉图之与苏格拉底，如卢梭之与伏尔泰、狄德罗及休谟，如朱熹之与二程、张载、陆九渊，王阳明之与朱熹、二陆等。还从他们身上看到了一个个伟大的哲学家和思想家辈出的时代，如柏拉图与孔子、老子所处的世界轴心时代，卢梭所处的法国的"百科全书"时代，朱熹所处的构成中国古代文化巅峰的宋代，王阳明、李二曲所经历的明清两朝"万马齐喑究可哀"的思想专制时代，以及杜威所处的美国资本主义发展和上升时代等。正如作者所感慨的："这是由人类高度发达的智能种植起来的漫无天际的思想的森林，每一棵大树上都烙印着种植者，每一棵大树都是一处优美的风景，而这每一处优美的风景都使人流连忘返、陶然若醉。"

如果换一个角度阅读，就会发现《星垂平野阔》同时也是作者穿行在书籍丛林、人类思想隧道的心灵记录。从孜孜不倦的阅读中，他得到的不仅是人类思想史、哲学史知识和学问，哲人智慧和人生命运的感悟，还有关于读书求学过程中精神的体验和方法的感悟。《此法读书正好》和《读书的村》《跋涉高原》《走向历史深处的乡村》等全书的开篇之作超出了所介绍的思想家、著作家的意义正在于此。一是

"由着性情，一路逶迤，徐徐读去，不知伊于胡底"的没有功利目的随性阅读；二是"不止增长学问，亦可怡悦性情"，遇到会心之处，不妨在书页空间留下心情、议论笔墨的西方所谓的文本细读；三是"读书且读原著"，不仅不读"二道贩子"的伪作，甚至可以不纠缠于"注疏"，选择忠实于原著的译本来读，是一种"诗意的学习"，"更是心灵的滋养和精神的修炼"。他借用古人"山重水复疑无路，柳暗花明又一村"和"暧暧远人村，依依墟里烟"的诗句，将一次次阅读与饥渴相加的旅行相比："忽然，绿树掩映的地方，闪出一个小村庄……村接纳了你，又给你无限的希望。不断地阅读，沿着先哲的思想路线，曲曲折折、坎坎坷坷，而又心灵极为满足地坚定地走下去，走下去！"走过哲人们所搭造的一个"山明水秀的村落"。他以此种寻找"村"的感觉，阅读了雅斯贝尔斯汉语翻译足有百万字的巨著《大哲学家》，又读了隐晦、艰涩、佶屈聱牙的《康德全集》，终于由"迷魂阵"进入"桃花源"。在另一处，他又说，"阅读就是在这一座座高原上跋涉"，"这高原诱惑着你，又征服了你，让你不由自主地进入它的生命及精神，看到了不曾被世俗污染、内心蕴藉的清新淡雅、散发芳香的花朵开放，找到属于自己的高原"。贪权者以有了支配他人命运的权力而幸福，贪财者以有了巨大的财富而幸福，弄术者以权术阴谋成功而幸福，而如柏峰一类嗜书如命的读书人，却从阅读的辛苦求索和精神探险中得到了心灵的满足和幸福。在物质欲望滚滚、知识文化人竞相追逐名利和权力的当今社会，这种自甘寂寞的凤夜阅读是一种多么弥足珍贵的生命、人生境界！他说："阅读大自然也好，阅读世俗也好，阅读被时光做旧仍然饱满着青春汁液的书籍也好，在阅读中延伸历史，延伸生命——从这个角度上说，只有不停顿地阅读才有可能在现代浪潮里不会迷失了方向，才有可能保持着一颗完整的没有被锈蚀的心灵，才有可能认识你自己。""两千多年前的苏格拉底就告诫人们：要保护你们的灵魂。问题是：直至现在我们还没有能很好地保护好自己的灵魂。""保护好自己的灵魂"，这是重大而又常被人们，特别是知识者所忽略的永恒使命啊！读哲人的著作，接受中外大师思想精神的熏陶和洗礼，他不断攀登的正是自己生命和精神的新境界、新高度。古语云："士别三日，当刮目相看。"我因之对柏峰先生心生敬畏。

"星垂平野阔，月照大江流"，不知出于何典？但这种伟大的天地自然意境，也是本书自始至终的意境。在人类思想精神历史的无限星空里，大师们的著作和思想永远高悬于蓝天之上，大地因之广阔，江河因之生动，历史因之不被无边的黑暗所笼罩，人类因之免于陷入愚昧。即使在谈论那些时空距离遥远的西方大师的著作时，柏峰心中也不时出现与他时时相伴的秦腔，生他养他的关中大地，关中东部渭南乡村的四时景色。"一场清亮的晨雨过后，散落在广阔平原地带上的村庄顿时焕然一新：郁郁葱葱的绿树合围了青砖灰瓦的房舍，碧色似海的麦地无边无际，就连那整个冬季都深藏在灰暗的云层里的秦岭也显豁挺拔起来，苍苍莽莽横亘在地平线上……"在阅读美国施坚雅的社会学著作时，他"脑海里不断闪现出关中乡村初夏时这美丽的景色"；读拉康时，想起了"准确把握了关中乡村精神"的小说《白鹿原》；读巴乌托夫斯基、契诃夫、范仲淹时想起了进入雨季的渭河流域关中平原的美景："原野上那点缀着金黄色大地的醉人的树树红叶",黄河岸边的"苍苍蒹葭",清晨路边的充满无限诗意的木槿花;读雅斯贝尔斯时,他看到窗外的寒冬已过去,春天来临,"一切都悸动起来"的关中平原早春风光;读杜威时想到"关中平原横平竖直的庄稼地",等等。如果说《星垂平野阔》一书是一循环往复、浅吟低哦的思想、心灵的生命交响曲的话,那么关中平原的田野、村庄、秦岭、渭河就是它始终的深沉伴奏,这是作者对故乡的爱和依恋,也是他全部思想精神的出发点和最终归宿。在《走向历史深处的乡村》等文中,他多次深情地说:以"仁"为核心的乡村道德价值,一直是"延续我国优秀思想文化的生命线",它不仅是安妥人们灵魂的地方,也"唤起了心底不可遏止的诗情画意的地方","乡村就像密密层层的沙石,过滤了太多的世俗偏见和流言蜚语,敞开温暖而宽厚的胸脯接纳了"如陶渊明、王维、孟浩然、苏东坡、王安石这样伤痕累累的儿子,"给他们重新注入思想的汁液,支撑起他们顶天立地的骨架"……这是柏峰的"心灵家园",显然也是被他在记忆中无限美化的文化的寄托之所。心灵、情感始终是全书的动人旋律,这使书中的学问、思想获得了新的生命力——他并没有远离文学。

（原载《陕西日报》2013 年 5 月 13 日）

跋

时间过得真快，古人云："山中才一日，世上已千年。"这句话大概就是对时间易逝的表达吧！觉得还处在阴晴不定却是处处欣欣向荣的春季，忽然就已经进入了小麦开始孕穗的初夏了……人生也是这样，转眼间就有了"万里江山尽寥廓"的感觉。这种感觉是深秋的感觉，虽然蓝天万里，白云悠悠，虽然"战地黄花分外香"，然而，毕竟经过了春，经过了夏，到了"耳顺"之年了。

回视以往，除过平淡还是平淡，几乎把全部的生命都消耗在无穷无尽的阅览图书的过程中，也真真应了"只问耕耘，不问收获"的话。而感到心安的是，在这漫长的阅读岁月里，未曾一日虚度，始终与书相伴。愁也好，乐也好，生命就这样一天天走过来了。

走过来的生命，犹如在原野上的树木一样，在阳光下，在狂风里，生长起来密密层层绿意盎然的叶子，张扬着内在永远在燃烧的热情和永远不会枯竭的力量——要说明的是：收入这部集子的篇什，蒙各位老师的厚爱，大多发表在《光明日报》《中国社会科学报》《中国艺术报》《中国散文报》和《陕西日报》《文化艺术报》等报纸上。令人惴惴不安的是，这些文字能否经受得起时间的严酷选择而幸存，则非常难说。难说的事情就不说了。据说，现代物理已经发展到了可以追究人的灵魂之有无的地步，那么，且走且看这一路优美的风景……